Pour ma mère

Markus Schwenk

[Navigasjönn]

Ein Frauenversteher-Roman
oder
„Die vier Frauen des Winfried F."

Markus Schwenk
[Navigasjönn]
© 2015

Lektorat, Korrektorat: Bianca Weirauch

tredition GmbH, Hamburg
978-3-8495-9342-1 (Paperback)
978-3-8495-9343-8 (Hardcover)
978-3-8495-9344-5 (e-Book)
Printed in Germany

„An der nächsten Kreuzung bitte rechts abbiegen!"

Die freundliche, aber sehr direktive Frauenstimme aus dem Navigationsgerät weiß immer ganz genau, wo es langgeht. Winfried lenkt seinen Wagen noch ein Stück weiter geradeaus und bereitet sich innerlich schon auf das nächste, unvermeidliche Kommando vor.

„Jetzt bitte rechts abbiegen!"

Winfried biegt rechts ab.

Winfried! Wie kann man seinen Sohn nur Winfried nennen! Was denken sich Eltern dabei eigentlich? Winfried! Da wird über kurz oder lang mit tödlicher Sicherheit *Winnie* draus. Und das bereits im Kindergarten. *Winnie!* Das klingt dann so wie *Winnie the Pooh.* Drollig-tapsig-doof. Oder später in der Schule wie ein lächerlicher Typ mit Brille, dicken Pickeln und zu kurzem Pimmel. Klasse! Augen auf bei der Namenswahl! Winfried! Dankeschön, liebste Eltern. Wirklich vielen herzlichen Dank!

Winfrieds Pimmel ist gar nicht zu kurz. Er ist vollkommen normal. Wie Winfried eigentlich auch. Anfang 40, ziemlich cooler Typ, Akademiker, 181 groß und wirklich nur ganz, ganz leichtes Übergewicht. Dunkelblond mit beginnendem Geheimratseckenansatz und zartem Grau hie und da. Kein Schönling oder Adonis, aber auch mit Sicherheit kein Quasimodo. Ansehnlich, charmant, sportlich und absolut humorvoll. Schon viel erlebt und viel gesehen. Und immer noch richtig neugierig.

„An der nächsten Kreuzung bitte halbrechts abbiegen!"

Er nennt sie *Claudette*. Die Frauenstimme aus dem Navigationsgerät. Sie klingt weich, manchmal sogar fast ein wenig lasziv, aber sie lässt absolut keine Widerrede zu. Und wenn das doch einmal vorkommt, dann kennt sie keine Gnade:

„Wenn möglich, bitte wenden!"

Das wiederholt sie dann so lange, bis Winfried endlich wieder in der richtigen Richtung unterwegs ist. Den Namen *Claudette* hat er sich ausgedacht, weil er ein absoluter Frankreich-Fan ist. Er liebt das Land, die Leute, das gute Essen und das *savoir-vivre*. Vor allem im Süden. In der Provence oder im Languedoc hat er schon ein paarmal wunderschöne Urlaube verbracht. Er genießt den generösen Charme der alten Städte und die moderne Küche der jungen Maîtres. Richtig toll wäre es natürlich, wenn Claudette mit leichtem Akzent spräche.

„An die näxe Kreusüng bittä albreschs abbiege!"

Wie schön! Aber so etwas gibt es leider noch nicht. Eine richtige Marktlücke eigentlich. Winfried würde sich sofort ein *Fronkreisch*-Navigationsgerät zulegen.

„Jetzt bitte halbrechts abbiegen!"

Winfried biegt halbrechts ab. Er ist auf dem Weg zu einem Date, einer amourösen Verabredung. Er hat sie im Internet kennengelernt. Eigentlich ist er gar nicht der Typ für Internet-Bekanntschaften. Und es ist auch das erste Mal, dass er bei einer dieser neumodischen Dating-Plattformen mitmacht.

Together Now hat ihm sein alter Kumpel Axel empfohlen. Wer auch sonst? Axel ist groß, schlank, gebildet, ein gutaussehender Dressman-Typ und eine echte Frauenverschleißmaschine. Früher hat er seine Mädels immer aus Bars oder aus der Disco abgezogen, aber Internet geht schneller. Und einfacher. Sagt Axel. Und *„Man wird ja schließlich nicht jünger"*, sagt er auch. Winfried hat gerade eine langjährige Beziehung hinter sich, ist etwas aus der Rendezvous-Übung und hat daher nichts zu verlieren. Also *Together Now*! Axel hat ihm erklärt, wie das so funktioniert. Erst mal ein passendes Profil erstellen. Das muss eine Mischung aus Soft-Macho, Frauenversteher, Marlboro-Mann und Pferdestehler sein. Natürlich mit wahnsinnig viel Humor und irrem Charme. Und einem gewissen Esprit. Und natürlich „Gerissma". Das ist einer von Axels Lieblingsausdrücken. Eine Mischung aus Gerissenheit und Charisma. Also etwas für auf den ersten Blick einfältige Gemüter, dann aber doch mit diesem Anklang von Cleverness durchs Hintertürchen. Aus schlau mach blöd und wieder zurück. Wenn man einigermaßen intelligent ist, kann man sich ja ganz einfach doof stellen. Anders herum ist das schon sehr viel schwieriger!

Als Perspektive wünschen sich Frauen im Internet meißt eine langfristige Partnerschaft. Da muss man natürlich sorgfältig drauf eingehen. Das versteht Axel allerdings in seiner eigenen Welt so, dass *er* dabei eingehen würde. Also erst mal so tun als ob und dann halt doch nicht. Nach vier Wochen ist der Spaßfaktor sowieso rückläufig. Sagt Axel. Und macht dann aus *Together Now* ganz schnell *Apart Soon*. Damit wieder woanders etwas *together* geht. Wobei es da durchaus gewisse Überlappungszeiträume geben kann. Gewissermaßen zwei *Togethers*. Oder drei. Oder wie sich das auch immer entwickelt. Kann ja Axel nichts dafür, dass es so viele einsame Herzen gibt, die getröstet werden wollen.

Allerdings gibt es Regeln für diese Mehrgleisigkeit. Strenge, eiserne Regeln. Regel Nummer 1 ist die Dislozierung. Zur Vermeidung unerwünschter Kollisionen. Axel und Winfried wohnen in München, in der für beide unstrittig schönsten Stadt Deutschlands, ach was: der Welt! Da gibt es sehr viele tolle Frauen. Gute Voraussetzungen. Aber die sind leider alle tabu. Denn es besteht die Gefahr eines unerwünschten Zusammentreffens. Mal angenommen, Axel geht mit Date Nummer 1 – nennen wir sie Elisabeth – abends aus. Und dabei stößt er dummerweise und rein zufällig auf Date Nummer 2 – nennen wir sie Sabine. Der Teufel ist bekanntlich ein Eichhörnchen. Was passiert wohl, wenn Sabine Axel mit Elisabeth bei Giovanni erwischt, wo er zärtlich an Elisabethens Ohr knabbert und den Arm besitzergreifend um sie gelegt hat? Axel erlebt dann wahrscheinlich die wundersame und blitzartige Verwandlung eines Lachs-Carpaccios in ein äußerst klebriges Latz-Carpaccio, dann nämlich, wenn das hauchdünne Fischgericht beschwingt auf seinem bis dato sauberen Hemd landet. Er wird Zeuge, wie aus einem halben Liter feinherbem Vermentino eine erfrischende Ganzkörperdusche wird, und kommt anschließend – oder gerne auch mal vorher – in den fragwürdigen Genuss einer schallenden *fica del orecchio*, einer ge-

8

meinen Ohrfeige also. Das alles gilt es natürlich unbedingt zu vermeiden. Also: Dislozierung! Daher kümmert sich Axel ausschließlich um die geneigte Weiblichkeit aus Augsburg, Ingolstadt, Rosenheim, Garmisch, Tölz, Erding und was sonst noch alles in einem ausreichenden Sicherheitsabstand um München herum liegt. Das Risiko wird so erheblich minimiert. Das müsste schon wirklich ein arger Zufall sein, wenn Andrea aus Pfaffenhofen plötzlich in Bad Aibling auftaucht. Und Birgit aus Landshut hat jetzt auch nicht unbedingt so viele Gründe, in Landsberg in den Biergarten zu gehen. Axel schon, denn dort wohnt ja Annette. Und sogar wenn Axel mit seinen Damen in München unterwegs ist, kann er sich relativ sicher fühlen. Also nochmal, superwichtig: Dislozierung!

„In 300 Metern bitte geradeaus fahren!" Jaja, Claudette, was immer du befiehlst.

Regel Nummer 2: Lieber Auswärts- als Heimspiele. Begegnungen im eigenen Stadion sind immer sehr gefährlich. Was die Gastmannschaften da so alles hinterlassen. Lippenstift an den Gläsern, Haare auf dem Spielfeld und in der Umkleidekabine, Dusch- und Pflegeutensilien in den Nasszellen und Trikotteile an allen möglichen und unmöglichen Orten. Blöd, wenn am nächsten Abend dann schon das nächste Freundschaftsspiel stattfindet und der Greenkeeper seine Arbeit noch nicht sorgfältig genug erledigt hat.

„Was ist denn das da für ein schwarzes Haar unter dem Kissen?" ist eine Frage, die man nicht wirklich hören und schon gar nicht beantworten möchte.

Außerdem besteht die Gefahr, dass Gastmannschaften Souvenirs aus dem Stadion klauen oder sogar offen für sich reklamieren.

„Schenkst du mir was von dir? Deinen blauen Pulli? Und bitte nicht waschen!"

Und wenn ich ihn nicht kriege, nehm' ich ihn halt heimlich mit! Den blauen Reliquien-Pulli? Der schon seit mehr als 12 Jahren im Vereinsbesitz ist? Der schon unzählige legendäre Heim- und Auswärtsspiele bestritten hat? Der Hattrick-Pulli? Geht's noch? Frauen verstehen so etwas nicht wirklich. Sie haben einfach keinen Sinn dafür.

Zugegeben, so etwas kann auch bei einem Auswärtsspiel passieren. Aber da hat man die Sache immerhin besser im Griff. Man merkt ja dann hoffentlich noch, ob man mit oder ohne Pullover heimgeht. Und es gibt immer gute Erklärungen, warum der Pulli gerade nicht abkömmlich ist. Zu kalt draußen. Oder dann beim nächsten Mal. Oder „*Nö, doch nicht das alte Ding! Ich kauf Dir lieber einen schönen neuen Pullover, einverstanden?*" Oder ein Paar Schuhe. Schuhe ziehen immer.

Das Heimstadion bleibt auf alle Fälle sauber. Keine Haare in der Dusche oder auf dem weißen Laken, keine Stringtangas in der Bettritze und keine vergessenen Ohrringe auf dem Nachtkästchen. Von originellen Lippenstift-Messages auf dem Badezimmerspiegel mal ganz zu schweigen. Ruhe und Frieden. Das Heimstadion ist auch deswegen als Austragungsort gefährlich, weil während eines regulären Punktspiels plötzlich eine Gastmannschaft zum unangekündigten Freundschaftsspiel auflaufen kann. Überraschung! Ja, Pustekuchen: Panik! Das ist dann wie ein Elfmeter, nur halt aus 11 Millimeter Entfernung in der 89. Minute beim Stand von 0:0. Und der Torwart muss auch noch einen Meter hinter der Torlinie stehen. Eine anschließende rote Karte ist sicher, vielleicht sogar Schlimmeres. Platzverweis, Sperre, Ausschluss aus dem Verband. Na gut, man kann sich ja am nächsten Tag in einer neuen Liga anmelden, aber muss ja nicht sein: Auswärtsspiel, bringt dir viel! Sagt Axel.

„Im nächsten Kreisverkehr bitte die dritte Ausfahrt nehmen!"

Kreisverkehr klingt immer irgendwie wie der alte Witz mit den Mönchen, die im Klosterhof …
Aber das gehört jetzt nicht hierher.

Lieber Regel Nummer 3: Handy aus! Das klingt so wunderbar nach Wertschätzung. „Wenn ich bei Dir bin, dann bin ich bei Dir. Basta! Da brauch ich keinen blöden Anruf aus'm Büro oder sonstwoher. Ich bin auch gar nicht so der Handy-Typ. Muss ja nicht immer und überall erreichbar sein wie diese modernen Telefon-Junkies!" Das spart eine Menge Ärger. Kein peinliches Gebimmel, kein Weggedrücke und keine unerwünschten Störungen. Andersrum heißt das auch: Wenn Du mich erreichen möchtest und ich geh nicht ran, dann hab ich mein Handy mal wieder aus – das kennst Du ja –, weil ich beim Sport bin, weil ich mich gerade entspanne oder weil ich kreativ arbeite. Quatsch auf die Mobilbox und ich ruf Dich zurück, sobald ich das blöde Ding wieder eingeschaltet habe. Ganz normal. So wie früher. Da war man ja auch nicht immer erreichbar.

Winfried und Axel gehören nämlich noch zu der goldenen Generation vor Handy und Internet. Sie sind mit Schwarz-Weiß-Fernsehern ohne Fernbedienung aufgewachsen. Wenn man umschalten wollte, ist man einfach aufgestanden, die drei Meter zur Klimperkiste hingelaufen, hat auf einen Knopf gedrückt und ist wieder zurückmarschiert. Deshalb waren wohl auch früher die Leute nicht so übergewichtig. So ein bisschen Kommunikations-Nostalgie ist ja fast schon wieder sexy. Wer wirklich cool ist, der ist nicht immer im Netz, schon gar nicht auf *Gesichtsbuch* oder einer anderen komischen *Ich-hab-gerade-einen-feuchten-Pups-gelassen*-Plattform. Und der kann auch mal locker drei Tage ohne Handy auskommen. Passt auch gut in das Marlboro-Mann-Image. *War draußen auf der Ranch, Baby, hab die Zäune an der Nordgrenze repariert, wilde Mustangs mit bloßen Händen eingefangen und den aufmüpfigen Hendersons mal wieder gezeigt, wer hier das Sagen hat.* Dazu braucht man kein Handy.

Also mit diesen drei Regeln kommt Axel gut durchs Leben.

„In 300 Metern bitte links abbiegen! In die Zielstraße!"

So, jetzt wird`s dann langsam ernst. Winfrieds erstes richtiges Date seit fast neun Jahren. So lange war er mit Carola zusammen gewesen. Gemeinsame Wohnung, gemeinsamer Freundeskreis, gemeinsame Urlaube und gemeine Trennung. Carola hatte nämlich einen anderen. Und zwar schon länger. Seit mindestens vier Monaten. So einen schmierigen Bank-Fuzzi mit einem Haufen Kohle, einem schnittigen Cabrio und einer fetten Penthouse-Wohnung in bester Lage. Den hatte sie auf einer Party bei ihrer besten Freundin Corinna kennengelernt. Eine der Partys, vor denen sich Winfried erfolgreich hatte drücken können. Wo sich blasse Cocktail-Schwenker über ihren sensationellen Abschlag auf den Cayman Islands unterhalten, die PS-Zahlen ihrer wahlweise schwäbischen oder italienischen Boliden vergleichen und nebenbei sabbernd die Absatzhöhe der Gastgeberin bewundern. Winfried mochte diese Partys bei Corinna nicht. Wahrscheinlich, weil er lieber ehrlichen Roero trank, weder Golf spielte noch die Caymans jemals in natura gesehen hatte. Und wohl auch niemals in diesem Leben dort hinkommen würde. Die Kanaren vielleicht. Oder mal nach Kreta. Auch denkbar. Die heißen Stilettos von Corinna allerdings – na ja, die waren wirklich nicht schlecht.

Jedenfalls ist Carola jetzt weg, stolpert wahrscheinlich irgendwo mit ihren 15 cm-Plateaus über exotische 18-Loch-Plätze und schlürft *Sex on the Beach* on the beach. Das Schlimmste ist allerdings, dass Winfried scheinbar der Letzte war, der davon erfahren hatte. Die volle Supertrottelvollidiotennummer. Alle wissen Bescheid und nur du allein bist der Depp!

So etwas stellt sich Winfried als alter Filmliebhaber immer als cineastische Szene mit expliziten Drehbuch-Anweisungen vor. Bildausschnitt: Carola und ihr neuer Lover beim Sex. Er rackert laut stöhnend hin und her, während Carola auf ihre Frisur achtet. Dann zieht die Kamera langsam auf die Totale und gibt den Blick auf das ganze Liebesnest frei. Es ist voller Freunde und Bekannter. Und sonstigen Personen aus dem näheren und weiteren Umfeld. Da ist der Friseur, der Mann von der Bank, die Nachbarin, der Tennislehrer und der gesamte Abschlussjahrgang aus dem Studium. Sie sitzen alle ganz ungezwungen da, unterhalten sich leise, nehmen einen bunten Drink und knabbern Chips oder lesen Zeitung. Hinten in der Ecke wird Poker gespielt. Keiner beachtet den schweißtreibenden Paarungsakt. Plötzlich reißt Carola mitten im Liebesspiel weit die Augen auf, zuckt und – ein Orgasmus! Nein: Zu hören ist ihre etwas zu schrille Stimme, die nur von einer einzigen Sorge kündet: „Aber bloß nix dem Winfried sagen!"

Drei ewige Sekunden lang herrscht konsternierte Stille. Dann ein vielstimmiges *„Nein, nein"*, Kopfschütteln allenthalben, Abwinken, thumbs up und die berühmten *„Moi? Non!"*-Gesten. Keine Sorge, wir halten dicht! Ein zufriedenes Lächeln macht sich auf Carolas Gesicht breit, während Bänkmän lautstark kommt und in der nächsten Sekunde röchelnd auf ihr zusammenbricht. Alle haben es gewusst!

„Sie haben Ihr Ziel erreicht! Das Ziel befindet sich links!"

Wieso siezt ihn Claudette eigentlich immer noch? Sie kennen sich doch schon seit fast vier Jahren. Sie könnte doch ohne weiteres „Du" zu ihm sagen. Also er hätte nichts dagegen. Das ist auch irgendwie viel persönlicher.

Ja, das Ziel ist zwar erreicht, aber die Zielzeit stimmt noch nicht. Wie immer, viel zu früh. Winfried ist gern pünktlich. Überpünktlich. Das bedeutet leider, dass er viel Zeit mit Warten verbringt. Warten beim Arzt, warten beim Friseur, warten beim Kundentermin. Und natürlich ärgern. Ärgern beim Arzt, ärgern beim Friseur, ärgern beim Kundentermin. Ärgern über sich selbst. Weil er es nicht schafft, etwas lässiger mit seiner Zeit umzugehen. Weil er immer wieder unnötig Zeit verdödelt. Lebenszeit. Zeit, in der er tolle Sachen hätte machen können. Es gibt ja diese Statistiken, wie viel Zeit ihres Lebens die Menschen mit was auch immer verbringen. 35 Jahre einfach verschlafen, drei Jahre im Stau stehen, acht Jahre vor der Glotze und drei Wochen Zehennägel schneiden. Winfried wird wohl mal 18 Jahre seines Lebens einfach nur gewartet haben. Und das Schlimme ist, dass er während des Wartens nichts anderes macht. Er könnte ja wenigstens etwas lesen, alte Freunde anrufen, Gedichte auswendig lernen oder den filigransten Holzkochlöffel dieser Welt schnitzen. Aber er tut nichts. Nur warten. Und sich kräftig ärgern, dass er einfach nur wartet. Ziemlich doof eigentlich!

Obwohl, diesmal ist das ein bisschen anders. Er kann sich nämlich ein wenig geistig vorbereiten. Auf das anstehende Date. Auf sein hoffentlich cooles Date-Verhalten. Und auf Heidi natürlich. Heidi ist 162 cm groß, rotbraunblond, schlank und 38 Jahre jung. Das steht zumindest in ihrem Profil. Ledig, keine Kinder. Will die keiner? Ist das eine Übriggebliebene? Eine Zicke? Naja, Winfried ist ja schließlich auch ledig ohne Kinder. Also vielleicht gibt es da eine ganz normale Erklärung. Heidi arbeitet in der Werbebranche. Das kann man auch behaupten, wenn man mit einem Plakat von Erols Dönerbude um den Hals in der Fußgängerzone rumspaziert und lauthals türkische Spezialitäten anpreist. Aber sie hat bestimmt einen hippen, aber unterbezahlten Job in so einer dieser Agenturen für Medien-Trallala-Dingsda-Design. Supervoll trendig und cool, aber wahrscheinlich nix auf dem Lohnstreifen. Ihr Bild ist toll. Sehr schöne, sehr große Augen, lange eher blonde Locken, ein zuckersüßes Lächeln und das, was man so vom Rest des Oberkörpers sehen kann, ist auch nicht von schlechten Eltern. Als Hobbys gibt sie Reisen, Lesen, Kochen und Freunde treffen an. Das klingt ganz vernünftig. Macht Winfried ja auch gerne. Reisen in die Provence, Krimis lesen, tote Fische auf den Grill werfen, Zitrone drauf kippen und gemeinsam mit Freunden und reichlich Weißwein runterspülen. Was aber, wenn Heidi Island-Fan ist, esoterischen Müll liest, Körnerzeug mit Tofu futtert und mit ihren Freundinnen aus der Feministinnengruppe über die baldige Rettung der Welt diskutiert? Obwohl – so sieht sie eigentlich nicht aus.

Also dann, erst mal die passenden Gesprächsthemen. Das ist unheimlich wichtig, sagt Axel. Du musst mit den Mädels reden. Möglichst nicht so viel über dich, eher was über Gott und die Welt. Über dich wollen sie sowieso früher oder später alles wissen. Also erst mal über sie. Was sie so macht. Was? Echt? Das ist ja superspannend! Also, egal was sie macht, es ist immer superspannend. Und es passt so gut zu ihr! Und es ist auch so wichtig, dass jemand das macht. Also nicht irgendjemand, sondern genau sie! Wahnsinn! Und was ihr so wichtig ist im Leben? Tatsächlich? Toll! Und wie sie zu grundsätzlichen Themen steht, das Leben, Freundschaft und Beziehung, Freunde und Familie, das Universum und was noch dahinter kommt. Das reicht schon mal für die erste Stunde. Dann natürlich ein paar Reisegeschichten, etwas Klatsch und Tratsch aus der Stadt und aus der Boulevardpresse, ein Hauch politischer Ausrichtung und das übliche Gedönse über Lieblingsfarbe, -musik, -essen, -tier und sonstigen Firlefanz. Was gar nicht geht, ist Religion. Und Probleme. Und Zukunftspläne familiärer Art. Und ansteckende oder nicht ansteckende Krankheiten mit oder ohne Eiter.

So, jetzt also noch zehn Minuten. Ein letztes mal kurz die Essentials checken. Hosenladen zu. Check! O. k. Nichts zwischen den Zähnen hängen. Check! O. k. Pfefferminzbonbon gegen möglichen Mundgeruch. Check! O. k. Keinen Last-Minute-Pickel auf der Nase. Check! O. k. Handy aus. Check! O. k.

Zur Kleidung: Schwarze Budapester, Jeans mit schwarzem Ledergürtel, hellblaues Hemd und schon fertig. Trotzdem ist Winfried jetzt ein wenig nervös.

Puh, das ist dann doch schon eine Weile her mit dem letzten Date. Während der Zeit mit Carola war er ja ganz artig. Nur der klitzekleine Flirt mit Eva. Aber das ist ja überhaupt nicht vergleichbar. Über acht Jahre keine echte Dating-Praxis. Ist das wie mit dem berühmten Fahrradfahren, das man angeblich nicht verlernt? Oder würde er total trottelmäßig versagen, sein Ego knicken und schamvoll nach Hause kriechen, um seine Wunden zu lecken? Da gibt es nur eine Lösung: rausfinden! Also durchatmen und einfach los!

Das Lokal hat Heidi vorgeschlagen. Ein gediegener Italiener mittlerer Güteklasse. Also relativ normal. Nix Schickimicki, aber auch keine schmierige Schlumpfkneipe. Winfried ist noch nie da gewesen. Er betritt das Restaurant, blickt sich um und fühlt sich gleich wohl. Unaufdringliche mediterrane Atmosphäre, gedämpftes Licht, gemütliche Sitzecken in kleinen Nischen und leise Italo-Musik. Alles wirklich sehr dezent. Es sind erst zwei Tische besetzt. Ein sizilianisch anmutender Mafioso mit Oberlippenbart kommt auf Winfried zu und stellt sich überschwänglich, aber sehr charmant vor.

„Sönne gutte Abend, Signore, i binne di Francesco, habbe sie eine Tisse reservierte?"

Wenn Francesco lächelt, was er sehr schön tut, sieht man seine nicht gerade wenigen Goldzähne. Nein, einen Tisch hat Winfried nicht reserviert. Ob Heidi reserviert hat, weiß er nicht.

„Sie sinde alleine?", möchte das Goldzahnlächeln wissen.

„Nein, ich bin nur etwas zu früh. Wir sind zu zweit."

„Ah, wunderbare, i habbe eine sönne Tisse hier, wie gefällte?"

„Ja, sehr schön."

Winfried nimmt so Platz, dass er einen guten Blick auf den Eingang hat. Schließlich will er ja nicht durch einen spitzen Finger auf der Schulter überrascht werden. Der Tisch ist schön gedeckt, sogar mit echten, frischen Blumen. Allerdings gibt es keine Stoffservietten. Das ist für Winfried der Inbegriff gehobener Gastlichkeit: Stoffservietten. Aber man kann ja nicht alles haben.

„Eine Aperitivo?"

Francesco grinst sein Goldzahngrinsen und blickt Winfried erwartungsvoll an. Ja, was nimmt man denn da am besten? Und noch viel wichtiger: Was sagt das dann über den Aperitif-Nehmer aus? Aperol Spritz ist ja total trendy. Aber will er denn trendy wirken? Champagner ist sicherlich etwas zu übertrieben. Außerdem ist er ja beim Italiener und nicht *chez Michelle*. Einfach nur Wasser ist auch ein wenig fad. Das wirkt dann zu asketisch. Oder schon mal den fetten Barolo bestellen? Mut antrinken? Nö, das passt auch nicht. Am liebsten würde Winfried, wie das so seine Art ist, ganz einfach auf den Aperitif verzichten und gleich einen schönen, trockenen Weißwein bestellen. Dazu ein Wasser mit Blubber. Aber welchen Wein trinkt sie. Und wenn er dann mit einer ganzen Flasche dasitzt? Auch blöd. Offener Wein? Auch nicht wirklich. Das ist eher was für Pseudos. Also folgt die vermeintlich italienischste Lösung: ein Glas Prosecco und eine Flasche Wasser. *Con gaz*. Und wenn Heidi *sine gaz* will, kann er ja locker noch eine zweite Flasche nachbestellen. Prima!

„Eine Prosecco unde eine Wasser, molto bene!" Francesco grinst und zieht fröhlich von dannen.

Jetzt wird es langsam spannend. Um sieben ist das Rendezvous ausgemacht und jetzt zeigt die Uhr zwei vor. Was sagt Pünktlichkeit eigentlich über einen Menschen aus? Bei Winfried ist das klar. Er ist ja immer invers unpünktlich. Zu früh halt. Auch wer zu früh kommt, ist irgendwie unpünktlich. Und wie ist das jetzt bei Heidi? Also zu früh zu kommen, ist so etwas wie ein Eingeständnis: Ich hab's nötig. Ich will bloß kein Risiko eingehen. Nicht, dass er nach fünf Minuten wieder abhaut, wenn ich nicht *in time* aufkreuze. Aber dafür sind jetzt nur noch 90 Sekunden Zeit.

Pünktlich zu sein, nineteenhundred sharp, haargenau, das ist schon fast pedantisch. Ping, 19:00:00 Uhr und ich bin da! Puh, da fragt man sich, was da sonst noch alles genau nach Zeitplan ablaufen muss.

„Du bist schon wieder 14 Sekunden zu spät gekommen!" (schlimmste Variante: Im Bett!) und *„Du wolltest mich doch schon vor zwei Minuten anrufen!"* oder *„Wo warst Du denn mal wieder die ganze Zeit? Wir wollten uns doch um zwölf treffen und nicht erst um vier nach!"*

Aber wie's aussieht, kommt sie sowieso zu spät. Logo. So ein bisschen warten lassen, das muss schon sein. Sonst lohnt sich's ja gar nicht. Worauf man nicht zu warten bereit ist, hat keinen Wert. *„Was nix koschd, is nix!"*, wie der Schwabe sagt. Die Frage ist nur: wie lange darf das Warten dauern? Also so ein akademisches Viertelstündchen würde sich Winfried schon noch gefallen lassen. Alles, was länger dauert, ist dann doch schon wieder eher nervig. Und auch ungehörig, fast schon respektlos. Außer natürlich es steckt eine gute Begründung dahinter.

Ich musste noch rasch die Barakudazucht meiner verreisten Nachbarin füttern, konnte ja nicht wissen, dass man für die sechs Kilometer zu Fuß hierher doch mehr als zwei Minuten braucht, oder kurz vorm Gehen habe ich mir aus Versehen den rechten Daumen halb abgeschnitten und musste noch eben mal schnell in die Notaufnahme.

Oder was einem da auch immer so einfällt.

Beim Gongschlag ist es 19:00 Uhr! Also jetzt ist es amtlich. Heidi kommt zu spät. Klassisch. Winfried schlürft an seinem Prosecco, der inzwischen eingetroffen ist, und schenkt sich ein halbes Glas Wasser ein. Ist das jetzt halb voll oder halb leer? Dieser Philosophenquatsch immer! Winfried überrascht gern mit der Aussage, dass das Glas ganz voll sei, bis zur Hälfte mit Wasser und der Rest eben mit Luft. Meist kann er sich damit aus der Pessimisten-Optimisten-Diskussion auf die Pragmatiker-Schiene retten und vermeidet weitere Ausführungen zu dieser fruchtlosen Thematik. Wenn er schon philosophiert, dann am besten mit sich allein. Das ist ihm lieber, als seine Gedanken über den Sinn des Lebens nach außen zu tragen. Und außerdem ...

... da ist sie! 19:06 Uhr! Sie sieht genau so aus, wie auf dem Profilbild bei *Together Now*. Winfried hat sie sofort erkannt. Große Augen, riesige Augen! Wunderbare Augen! Und lange Locken, rotbraunblonde Locken. Und dieses Lächeln! Fantastisch!

Aber sie hat ihn offenbar noch nicht erkannt. Geht aber dennoch weiter auf seinen Tisch zu. Ein schlichtes, blütenweißes Kleid, sehr figurbetont, dezenter Ausschnitt, der aber dennoch mehr erahnen lässt, ein rehbrauner Gürtel mit Goldschnalle und farblich passende Ballerinas. Auch mit Goldschnalle. Sehr chic. Noch drei Meter. Kein Zeichen des Erkennens in ihrem Gesicht. Noch ein Schritt. Keine Reaktion. Jetzt stolpert sie gleich über den Stuhl.

„Heidi?"

Pling! Winfried hätte es nicht für möglich gehalten, aber dieses Lächeln war steigerungsfähig. Es wird zu einem Glühen, zu einem inneren Leuchten, zu einem … Rums! Jetzt ist sie doch über den Stuhl gestolpert. Eine Blindschleiche also, kurzsichtig wie ein Grottenolm. Und wohl zu eitel für eine Brille. Obwohl Winfried Frauen mit Brille mag. Aber das kann sie ja noch nicht wissen. Gibt es da nicht sowas wie Kontaktlinsen? Na, erst mal egal.

„Winfried!"

Da ist dieses Leuchten wieder. Jetzt scheint sie ihn auch zu erkennen. Sie schaut in seine Richtung. Zumindest grob. Also mehr so auf sein linkes Ohr. Silberblick-Blindschleiche. Winfried schießt von seinem Stuhl hoch. Begrüßung. *Da* hätte er sich mal drauf vorbereiten sollen! Was jetzt, bieder die Hand geben und einen braven Diener machen? Handkuss auf wienerisch, gnädige Frau? Bussi-Bussi, Umarmung? Aber das erübrigt sich sowieso, denn bei dem Versuch, den ersten Stolperer auszugleichen, landet Heidi jetzt so schwungvoll an Winfrieds Brust, dass er sie automatisch auffangen muss. Auch wenn Heidis Lippenstift sehr dezent ist, kann man nun deutlich eine Abriebspur auf Winfrieds vorderer Schulterpartie erkennen. Und auf Heides Wange.

„Huch!"

Das hat Winfrieds Großmutter auch immer gesagt, wenn ihr mal wieder die dritten Zähne runtergefallen waren. Oder wenn der Pfannkuchen an der Küchendecke hängen geblieben ist. Aber süß, wie sie das so sagt. Winfried spürt ihre Haut, ihre Wärme, ihren Duft. Frisch nach Aprikosen oder Pfirsich. Mit einem ganz leichten Hauch von Muskatnuss. War halt doch zu was gut, dass er neulich auf diesem Weinseminar war.

Heidi hat sich mittlerweile wieder gefangen, ist langsam einen halben Schritt zurückgetreten, aber immer noch so nah, dass Winfried sie am Arm halten kann.

„Das ist wieder typisch! Tschuldige, Holterdiepolter, so bin ich …"

„Nichts passiert, alles o. k., komm, setz dich!"

„Ja, danke, puh!"

Mit einem leichten Stöhnen nimmt sie ihm gegenüber Platz. Winfried rückt ihr brav den Stuhl zurecht. Der Silberblick gefällt ihm. Für ihn darf eine Frau alles sein, nur nicht perfekt. Ein kleiner Makel muss sein. Eine etwas zu große Nase, ein feines Lispeln, leicht abstehende Öhrchen. Also jetzt keinen griechischen Zinken und keinen wirklichen *Chprachfehler*. Auch keine fetten Segelohren. Aber eben diese kleine Abweichung von der gesellschaftlichen Schönheitsnorm. Zartes Lispeln. Wunderbar!

„Hast Du lange gewartet?"

Ja, wie immer war ich Trottel schon viel zu früh da und hab meine geistigen Warteschleifen gedreht.

„Nein, du, bin grad eben gekommen, hab einen Prosecco bestellt und dann warst du auch schon da. Möchtest du auch einen?"

„Ja, gerne! Und ich hab einen Riesenhunger!" Na, das ist doch mal eine Aussage. Winfried mag Frauen mit Hunger, denen man's aber nicht allzu sehr ansieht. In jungen Jahren hatte er mal eine heißbegehrte Mitschülerin zum Essen eingeladen, auch beim Italiener. Sie wollte einen kleinen Salat mit Meeresfrüchten, aber ohne Öl, aß natürlich keinen Bissen Brot dazu und trank stilles Mineralwasser. Im Bett war sie dann genau so langweilig. Frauen, die sich nichts aus lukullischen Genüssen machen, haben auch sonst ein etwas schräges Verhältnis zum Genießen. Die sind irgendwie gehemmt, wenn es um Lust geht. Lust am Essen, Lust am Trinken, Lust am Sex, Lust am Leben. Was ist denn das überhaupt für ein Leben, wenn man keinen Spaß haben darf? Egal, Heidi ist da ja offensichtlich anders gepolt.

„Ja, dann lass uns doch mal in die Speisekarte blicken. Was magst du denn gerne?"

„Gemischte Antipasti, Spaghetti alle vongole, gegrillten Fisch und Tiramisu! Und Wein! Rotwein!", sagt Heidi, ohne die Speisekarte auch nur eines einzigen Blickes zu würdigen.

Volltreffer! Eine Frau ganz nach Winfrieds Geschmack. Also keine, bei der man sich wie ein verfressenes Fettmonster vorkommt, wenn man mal was Ordentliches zu Essen bestellt. Winfried winkt dem Ober zu und Francesco eilt wieselflink herbei. Winfried ordert. Er kann ein bisschen italienisch, also eher nur so *Speisekarten-Italienisch*. Wenn Heidi auch nur einen leisen Hauch von Grammatik hat, dann ist er jetzt schon verloren. Wenn nicht, kann er der Held des Abends werden. Wichtig ist nur, dass Francesco brav „Si, si!" sagt und keine dümmlichen Rückfragen stellt. Winfried trägt die gemeinsamen Speisewünsche mit tiefer Stimme vor. Klingt ganz gut, wenn man so ungefähr bis Lektion 14 beim Volkshochschulkurs *Italienisch für Fortgeschrittene* vorgedrungen ist. Francesco sagt nach der Bestellung artig „Si, va bene, Signore!", zieht die Augenbrauen hoch und verschwindet in Richtung Küche. Das ging ja schon mal gut.

So, jetzt also Konversation. Heidi strahlt ihn an. Also kann sie kein italienisch, oder eben auch nur ein paar Restaurant-Brocken, oder sie ist höflich. Egal.

„Und, kommst du öfter hierher?"

„Nö, heut das erste Mal. Hat mir `ne Freundin empfohlen. Aber ich liebe italienisches Essen und überhaupt Italien. Da war ich letztes Jahr auch im Urlaub, in der Toskana. Einfach wunderbar dort, die Leute, die Kultur, das Essen und halt das ganze Drum und Dran. Dolce Vita und einfach den Tag genießen. Und außerdem …"

Winfried schließt kurz die Augen und sieht sich mit Heidi Hand in Hand über eine toskanische Piazza flanieren, ein Eis kaufen, die Füße in einen Brunnen stecken und später auf einer Terrasse zu Abend essen ...

„... da waren dann diese heißen Schwefelquellen. Puh, das hat echt fies gestunken, aber nach einer Weile hat man sich dran gewöhnt und das soll ja auch gesund sein ...“

... Winfried steht mit Heidi an einer Brüstung und blickt auf die Lichter des Dörfchens hinunter. Er legt sanft den Arm um Heidis Hüfte und sie schmiegt sich wohlig an ihn. Er spürt ihre zarte Haut und ...

„... bis es dann ganz dunkel war. Äh, Winfried?“

Ja gibt's denn das? Winfried schreckt leicht hoch und stellt erschüttert fest: Ihn hat's voll erwischt, aber so richtig. Er weiß nicht, wie lange Heidi ihm schon etwas erzählt hat und schon gar nicht was. Aber er will sie jetzt sofort heiraten, eine Familie gründen und mit ihr alt werden. Zumindest fühlt er sich so.
„Ja, äh, bis es ganz dunkel war.“
„Genau, fast ein bisschen gruselig, nicht?“
Wenn Winfried jetzt nur wüsste, von was sie redet.
„So, swei male die Antipasti della vitrina, bitte!“
Giovanni rettet die Situation und kommt mit schwungvoller Geste und riesigen Tellern angewackelt. Sieht alles sehr lecker aus. Dazu noch Grissini und ein fröhliches „Gutte Appetitte!“

Jetzt erst mal etwas essen. Heidi blickt verzückt auf ihren Teller, legt sich gekonnt die Serviette über die Oberschenkel und lächelt Winfried an. Und dann haut sie rein. Nicht, dass das jetzt unästhetisch aussähe. Sie kann sehr elegant mit Messer und Gabel umgehen, schiebt sich nicht mehr als 50 Gramm auf einmal zwischen die zarten Lippen und spricht dann auch nicht mit vollem Mund. Also fast nicht. Aber man sieht, dass es ihr wirklich schmeckt. Und das gefällt Winfried sehr. Seine anfängliche, stumme Verzücktheit ist in aktive Begeisterung umgeschlagen. Angeregt plaudern und speisen er und Heidi sich durch den Vorspeisenteller, wobei Winfried auf alles verzichtet, was er später mit üblem Mundgeruch bezahlen müsste. Also bleiben die cipolle in acetto, die pikanten Knoblauchzehen und das eingelegte Fischlein erst mal liegen. Erst mal. Denn als Heidi das sieht, kann sie offenbar nicht widerstehen.

„Magst du deine Zwiebelchen nicht?"

„Nöö …"

Und zack, schon spießt ihre Gabel in seinem Teller herum. Das hätte Winfried normalerweise echt gestört, aber mit Heidi ist das sogar schon irgendwie eine Geste der Vertrautheit. Nach 15 Minuten! Schön!

„Und deinen Knoblauch?"

„Magst du ihn?"

Zack, schon verschwindet die grün-weiße, eingelegte Knolle hinter einer Reihe sauberer Strahlezähne. Nur der Fisch bleibt dann doch auf Winfrieds Teller liegen. Irgendwie auch besser so, denkt Winfried.

Jetzt mal die berufliche Nummer.

„Und, was machst du denn so in deiner Werbeagentur? Ist doch bestimmt ziemlich aufregend, diese Branche ..."

„Och, ich kümmer mich so um alles, was sonst keiner machen mag. Kalkulation, Planung, Steuern, Angebote, Kunden, Schreibkram, Akquise, Personal und so was. Ich bin ja die Chefin ..."

Winfried muss kurz schlucken. Leider verschluckt er sich dabei und bekommt einen mittleren Hustenanfall. Blödes Grissini-Geknabbere. Sanft beugt sich Heidi zu ihm rüber und klopft ihm auf die Schulter. Puterrot schnappt er nach Luft und es dauert ein Weilchen, bis er wieder normal atmen kann.

„Puh, die Chefin! Ja cool! Wie viele Leute arbeiten denn da bei dir?"

„Also hier in München sind's zwölf und insgesamt knappe vierzig", lächelt sie ihn an.

„Insgesamt? Wo hast du denn da noch Büros?"

„Wir haben noch ein kleines Office in Linz und dann das Stammhaus meines Vaters in Wien. Ich bin ja Österreicherin. Hab ich das nicht geschrieben?"

Nein, hat sie nicht. Ist aber auch egal. Österreich und Bayern, da ist für Winfried kein großer Unterschied, und außerdem mag er das schöne Alpenland. Tu felix Austria! Aber mit Ende 30 Chefin einer Werbeagentur mit vierzig Mitarbeitern und dabei so ein natürlicher Zuckerkäfer ganz ohne Schickimicki und Allüren! Das ist schon sehr außergewöhnlich. In ihrem Profil hat sie davon natürlich nichts gesagt. Leider hat Winfried überhaupt keine Ahnung von der Werbebranche. Er selbst arbeitet als kleiner Ingenieur bei einer großen Firma, ist dort zwar Teamleiter von drei Kollegen, aber der ganz große Zug nach oben ist schon lange abgefahren. Sein Gruppenleiter ist fünf Jahre jünger als er und sein Abteilungsleiter ist in seinem Alter. Glatte Karriere-Typen halt. Oder besser: Streber! Also das Gegenteil von Winfried. Winfried ist ganz zufrieden mit seinem Job. Nicht zu viel Verantwortung, aber eben doch nicht nur der Hausmeister. Das Gehalt ist o. k., er kann relativ pünktlich Feierabend machen, hat 30 Tage Urlaub im Jahr und sogar Anspruch auf eine Betriebsrente. Mehr wäre nur mit übermenschlichem Einsatz möglich. Und mit einer kräftigen Portion Schleim. Und das ist nichts für Winfried. Aber jetzt sitzt er der Geschäftsführerin einer Werbeagentur gegenüber. Und was für eine Sahneschnitte. So erfrischend nett und total natürlich.

„Und was machst du da bei deinem Ingenieur-Ding so genau?"

„Ich bin bei SEDA in der Entwicklungsabteilung, als Versuchs-Ingenieur. Wir machen so …"

„Ah, SEDA, kenn ich. Ist ein Kunde von uns. Da war ich erst vor zwei Wochen mit Dr. Fartbichler beim Essen. Ganz netter Typ eigentlich, aber staubtrocken. Ich glaub, der lebt nur für die Firma, oder?"

Dr. Fartbichler ist der Chef des Chefs von Winfrieds Abteilungsleiter. Natürlich wird er hinter seinem Rücken nur „Dr. Furzbichler" genannt. In der Tat ist er ein „furztrockener" Knochen, der sich nur für die Arbeit interessiert. Und für gute Zigarren. Und für gutes Essen. Und das sieht man ihm auch an. Er hat blasse, fahlgraue Haut und davon auch noch jede Menge. Irgendwie sieht er wie eine mächtig dicke Bulldogge oder wie ein altes Walross aus. Fast ein bisschen unappetitlich. Winfried stellt sich vor, wie der alte Furzbichler mit Heidi beim Essen ist. Ein „gut-bürgerliches" Wirtshaus, Eisbein mit Sauerkraut und Stampfkartoffeln, dazu zwei Pils, hinterher einen Korn und dann eine fette Zigarre. Furzbichler leidet sehr unter dem Rauchverbot in Gaststätten. Deswegen bevorzugt er Restaurants mit Terrasse oder Biergarten. Gerne auch mal im März oder spät im Oktober. Oft zum Leidwesen seiner jeweiligen Begleitungen. Legendär ist seine hausinterne Geburtstagsfeier mit allen Führungskräften auf der Dachterrasse der Vorstandskantine. Am 27. Februar. Wenigstens hatte es nicht geschneit. Gerüchteweise war Furzbichler bei dieser Veranstaltung der einzige Teilnehmer mit Angora-Unterwäsche, Skisocken und Taschenwärmern. Ansonsten ist er im Unternehmen als Doppelvorstand für Vertrieb und Entwicklung sehr geachtet, aber auch gefürchtet. „Streng, aber gerecht" ist eine gute Umschreibung seines Führungsstils.

„Ja, der Fu…, äh der Fartbichler, der ist schon sehr stark mit der Firma verheiratet. Das stimmt. Und du machst für uns Werbung? Echt? Das's ja'n Zufall!"

„Ja, ne?"

„So klein ist die Welt."

„Eine Spaghetti alle vongole und eine Rigatoni con verdure, bitte sönne!" Francesco lächelt sein breites Goldlächeln.

„Wunderbar!" Heidi strahlt. „Guten Appetit, sieht ja super aus!"

Sie macht sich sofort inbrünstig über ihre zweite Vorspeise her. Die nun folgende Szene läuft aus Winfrieds Sicht wie mit einer superhochauflösenden Hochgeschwindigkeitskamera in HD gefilmt ab. In Superzeitlupe versenkt Heidi ihre Gabel inmitten des dampfenden Spaghetti-Berges. Zwischen den Windungen der dünnen Nudeln läuft kräftig rote Tomatensoße mit eingestreuten dunkleren Kräuterfitzelchen und saftigen Tomatenstückchen den Gesetzen der Schwerkraft folgend nach unten. Dazwischen sitzen kleine Muscheln — noch in der Schale. Das sieht sehr, sehr lecker aus. Heidi beginnt, ihre Gabel in eine rotierende Bewegung zu versetzen. Die Drehgeschwindigkeit nimmt beständig zu und am unteren Gabelende hat sich bereits ein kleiner Nudelklops gebildet, der nun stetig größer wird. An den Rändern des Klopses zeigen sich schon die ersten losen Spaghetti-Enden, die getrieben von der Zentrifugalkraft den Versuch unternehmen, im rechten Winkel von der Gabelrotationsachse wegzustehen. Das an sich ist nicht schlimm, eher ein ganz normaler physikalischer Vorgang. Verheerend ist jedoch die Tatsache, dass sich die Soße, die Kräuterfitzelchen und die Tomatenstückchen ebenfalls der Zentrifugalkraft unterwerfen und an den Spaghetti entlang nach außen wandern. Und da ist dann irgendwann das Ende der Nudel erreicht. Jetzt ist da natürlich immer noch die Oberflächenspannung, die den Tomatenstückchen den Verbleib an der Nudel nahelegt, aber die Zentrifugalkraft ruft ihnen mit Vehemenz zu: „Fliegt, fliegt, ihr kleinen Tomatenstückchen! Ihr seid frei wie die Vögel unter der goldenen Sonne Apuliens!" Und dann passiert es:

Ein als eher *groß* zu bezeichnendes Tomatenfleischteil mit einer geschätzten Kantenlänge von etwa drei Millimetern löst sich vom Nudelende und schießt in seine Umlaufbahn. Wobei Umlaufbahn nicht ganz korrekt ist, denn es fliegt einfach gerade aus. Rotiert dabei allerding um die eigene Achse und entlässt seinerseits ein kleines Kräuterfitzelchen in die Freiheit, das in einem spitzen Winkel Richtung Tischdecke taumelt. Das Fatale ist nun die unausweichliche Richtung der ganzen Lehrstunde in Astrophysik. Die zielt nämlich genau auf Winfried, der seinen Raketenabwehrschild – andere sagen einfach *Serviette* dazu – noch nicht abschließend installiert hat. Wie ein unheilbringendes Schrapnell schlägt das Tomatengeschoss schließlich auf Winfrieds Hemd ein und hinterlässt dort eindeutige Spuren. Wäre es eine echte Kugel gewesen, würde er jetzt sofort tot zusammensacken – Herzschuss! Winfried kann nichts mehr tun, er ist letal getroffen.

Heidi hat von all dem natürlich nichts mitbekommen. Zu sehr ist sie mit ihren kulinarischen Köstlichkeiten beschäftigt. Sie schiebt sich den Nudelklops in den Mund, schließt lasziv die Augen und genießt.

„Mmmmmm!" Als sie die Augen wieder öffnet, fällt ihr Blick auf Winfried, den Bekleckerten.

„Oh, du hast dich bekleckert! Passiert mir auch immer!", kichert sie los.

Mit ihrem weißen Kleid sitzt sie da wie die grinsende Fee aus einer Waschmittelwerbung. Winfried hat sogar den Eindruck, dass das Kleid jetzt noch ein bisschen mehr strahlt als vorher, dass es fast leuchtet. Wie in dem Hitchcock-Film mit dem Glas Milch – in das eine

Lampe eingebaut war, um den Effekt zu verstärken. Wie hat sie das nur fertiggebracht? Sie ist vollkommen unbekleckert und er sieht aus wie ein fünfjähriger Nudelsoßendepp!

Die Basis seiner eigenen Gemüsesoße ist natürlich ebenfalls rote Tomate und es hätte durchaus sein können, dass er sich selbst vollgekleckert hatte. Hat er aber nicht. Aber kann er das jetzt richtigstellen?

„Nein, nein, meine Liebe, das warst DU mit Deinem dämlichen Nudelgedrehe!"

Wie blöd ist das denn? Und wie glaubhaft? Also lieber den netten Tollpatsch mimen.

„Äh, ah, ja, passiert!" Und noch ein dämlich-verlegenes Grinsen hinterhergeschoben. Die Schultern im entschuldigenden Hochzieh-Modus.

„Macht ja nix, kann man ja waschen!", lächelt Heidi und schon ist alles wieder gut. Sie plaudern gemütlich und fast schon ungezwungen miteinander. Winfried vermeidet, wie von Axel gelernt, die Reizthemen „eigene Familie", Krankheiten und Religion und konzentriert sich auf Reisen, Sport, Freizeit und Allgemeines.

Und da kommt auch schon Francesco mit der Trotta alla griglia. Es riecht köstlich und sieht auch genau so aus. Heidi grinst und schnappt sich sofort begeistert die mitgelieferte Zitronenscheibe. Für Winfried läuft ab hier der nächste Superzeitlupenfilm ab: Schwungvoll drückt Heidi die Zitrone über ihrem gegrillten Fisch aus und lässt den Saft auf das zarte Fleisch tröpfeln. Beim Nachdrücken löst sich aus dem zartgelben Fruchtfleisch explosionsartig ein glitschiger Zitronenkern, der wie eine gerade abgefeuerte Granate in Richtung Winfried abzischt. Wie vorher das Tomatenstückchen rotiert auch der Kern um die eigene Achse, ditscht in Winfrieds Fischteller auf, ummantelt sich dort mit einer ordentlichen Portion Fett und schlingert dann weiter in Richtung seines rechten, unteren Rippenbogens. Dort schlägt er mit voller Wucht ein, lädt sofort seine Fettummantelung in Form eines ansehnlichen Flecks ab und schlittert dann unter Zurücklassung weiterer Fettklecker-Spuren zu Boden. Heidi hat davon natürlich wieder nicht das Geringste mitbekommen. Sie ist vollkommen auf ihren Fisch fixiert.

Als sie wieder hochblickt, erkennt sie jedoch sofort den neuen Fleck auf Winfrieds Hemd. Bereits Nummer zwei!

„Oh!", ist ihr kurzer Kommentar. Winfried kommt sich ein bisschen vor wie ein kleiner, pickeliger Junge mit abstehenden Ohren, dem man die Hose heruntergezogen hat, um ihn anschließend in die volle Mädchenumkleidekabine zu schubsen. Kann das wahr sein? Er fühlt, wie er sogar langsam rot wird. Aber was soll er tun?

„Kannst du nicht aufpassen?"

„Das ist jetzt schon das zweite Mal!"

„Samma, hast du zwei linke Hände, oder was?"

Alles keine wirklich passenden Reaktionen beim ersten Date. Er entschließt sich für die Flucht nach vorne.

„Und, wie schmeckt's dir?", fragt er total unschuldig, als wäre nichts, aber auch rein gar nichts passiert.

„Wunderbar!", lächelt Heidi mit halbvollem Mund und kaut voller Elan weiter. Es macht richtig Spaß, ihr beim Essen zuzusehen. Sie genießt einfach. Das lässt ja hoffen.

Noch ein bisschen Fisch, etwas von dem köstlichen Risotto, eine Gabel voll Salat und ein Schlückchen Wein. Winfried weiß nicht, ob es an Heidis zartem Silberblick liegt, aber irgendwie hat sie scheinbar leichte Koordinierungsprobleme beim Hantieren mit Messer und Gabel, beim Ergreifen und Einsetzen des Salzstreuers und beim generellen Umgang mit Entfernungen am Tisch. Es kommt Winfried so vor, als würde Heidi immer etwa drei Zentimeter danebenliegen. Sie salzt die Tischdecke statt den Salat, schneidet erst ein wenig auf dem Teller herum, bevor sie den Fisch zu fassen bekommt und tastet sich immer von der Seite an ihr Weinglas heran, als wäre ihre Welt ganz leicht nach links verschoben. So auch jetzt wieder. Offensichtlich möchte sie einen Schluck Wein, nähert sich dem Glas, greift halb vorbei, berührt das Glas jetzt an der Seite, kippt es dabei fast um, wenn – ja wenn er jetzt nicht beherzt eingreifen wird, wird es zu spät sein! Winfried rettet mit einem mutigen Griff, was noch zu retten ist, Heidi schnappt jedoch ebenfalls nach dem taumelnden Glas und – schwapp – schon löst sich eine kleine Rotwein-Fontäne vom Winfried zugewandten Rand des Glases. Majestätisch schlängelt sich die Flüssigkeit durch die Luft, verändert dabei im Flug immer wieder grazil ihre Form, zieht sich in die Länge und löst sich schließlich in einzelne Tropfen auf. Zum dritten Mal an diesem Abend erlebt Winfried einen Zeitlupen-Flash. Und dann einen Splash! Volltreffer zwei Finger breit über der rechten Brustwarze. Glatter Durchschuss! So fühlt es sich jedenfalls an.

„Hups!" Schon wieder so ein nett-naiver Kommentar. „Oh Entschuldigung, das tut mir leid!", stößt Heidi hervor. Leider ist das nicht alles, was sie stößt. Sie steht nämlich auch blitzartig auf, um Winfried mit einer Serviette zu behandeln, und rumpelt dabei an den Tisch. Was zur Folge hat, dass das gerade gerettete Glas nun doch noch der Schwerkraft nachgibt und kippt. Natürlich in Richtung Winfried. Rechter Oberschenkel – Totalverlust! Amputation!

Mittlerweile sieht Winfried aus wie ein tollpatschiges Kleinkind, das an einem reichlich gedeckten Tisch mit extrem hohem Kleckerpotential sehr, sehr lange allein gelassen wurde. Ein Lippenstiftschmierer, die Tomatenkanonade, der Zitronenfettfleck und zwei dicke Weintreffer. Heidi sieht wie ein frisch aus dem Ei gepelltes Modell aus. Und strahlt.

„Oh, sorry, sorry, sorry! Ich bin wirklich sooo tollpatschig. Tut mir echt leid. Komm mal her, ich wisch das weg."

Winfried erinnert sich plötzlich an seine Kindheit. Muttis Spucke! Das Allheilmittel bei jeglicher Verschmutzung. Einfach mal kurz ins Taschentuch spucken und das Schokoeis, die Tomatensoße oder der Spinat verschwinden wie von Zauberhand. Aber schon süß, wie sie sich jetzt an ihm zu schaffen macht. Zumal der Rotwein ja durchaus an delikater Stelle gelandet ist. Rubbeldierubbel und schon ist er zumindest wieder trocken.

„Kann ja mal passieren – nicht so schlimm", beschwichtig Winfried. Und der Rest des Abends verläuft dann auch relativ unfallfrei. Heidi plaudert nett aus ihrer jüngeren Vergangenheit. Schöne Reisen, berufliche Erlebnisse, Sportgeschichten und andere unverfängliche Themen. Winfried rezitiert aus seinem vorbereiteten Repertoire und vermeidet geschickt alles, was Axel ihm als No-Go eingeschärft hat. Ein rundum fröhlicher Abend, ein kleiner, süßer Nachtisch, zwei starke Espressi und dann geht's auch schon Richtung Aufbruch.

Natürlich eine wichtige Schlüsselsituation! Der Spannungshöhepunkt! Winfried ordert elegant die Rechnung und zahlt ohne peinliche Versuche von Seiten Heidis, sich daran zu beteiligen. Das imponiert ihm, das hat Stil. Dieses Emanzen-Getue – von wegen, ich kann mein Essen selbst bezahlen – ist einfach indiskutabel. So, jetzt noch ein geschicktes, taktisches Manöver, das er ebenfalls von Axel hat. Sollte sich jetzt direkt noch etwas entwickeln, dann gibt es natürlich nichts Blöderes, als – aufs Klo zu müssen! Winfried flüchtet also erst noch mal kurz auf die Toilette. Im Spiegel nimmt er zum ersten Mal die ganze Bescherung des Abends wahr. Er ist komplett bekleckert. Und dabei entdeckt er auch noch, dass sein Buttondown-Hemd eben nicht down-gebuttoned war. Peinlich! Wirklich peinlich! Schnell korrigieren. Als er wieder rauskommt, sitzt Heidi quasi schon abmarschbereit am Tisch. Winfried zieht ihr elegant den Stuhl nach hinten und berührt sie kurz beim Aufstehen. Hui, irgendwie kribbelt das. Und Heidi hakt sich dann ganz selbstverständlich bei ihm unter, als sie das Restaurant verlassen. Ein warmes, weiches Gefühl durchfährt ihn.

„Ach, das war ein schöner Abend! Danke für die nette Einladung. So, jetzt muss ich aber hurtig in die Heia, morgen wird's ein echt langer Tag im Office.", flötet Heidi, drückt ihm einen zarten Schmatzer auf die Backe und wendet sich zum Gehen. „Rufst Du mich an?"

„Äh, ja, klar …"

„Super, bis dahann …"

Und weg ist sie. Winfried steht da, wie vom Blitz getroffen, schaut ihr hinterher, sieht, wie sich ihre Hand zu einem Winken in die Luft schraubt und zack – schon ist sie um die nächste Ecke verschwunden. Also kein zu dir oder zu mir, keine weiteren Zärtlichkeiten, keine heißen Küsse. Aber wieder anrufen. Und *sie* hat *ihn* danach gefragt. Na immerhin. Das lässt ja durchaus hoffen.

2

Winfried ist beseelt und steigt in seinen Wagen. Ab nach Hause, es ist ja wirklich schon kurz vor zwölf und auch er muss morgen wieder sehr früh raus, um einen betriebsinternen Termin mit seinem Gruppenleiter wahrzunehmen. Winfried startet den Wagen und fährt los. Das Navigationsgerät lässt er aus, denn von hier aus findet er ohne Weiteres den Weg nach Hause. Aber Radio kommt immer gut. Er schaltet seinen Lieblingssender ein und gibt Gas. Winfried versucht immer, sich einigermaßen an die Geschwindigkeitsbegrenzungen zu halten. Ein paar Stundenkilometer drüber sind o. k., aber ein Raser ist er nun wirklich nicht. Als er den Mittleren Ring erreicht, auf dem sechzig Stundenkilometer erlaubt sind, beschleunigt er bis auf knapp siebzig und rollt dann gemütlich vor sich hin. Die Musik macht Laune und der Abend ist ja sowieso super verlaufen.

„Ünn, wie warr?"

„Toll! Einfach toll! Sie ist echt supersüß!"

Drei stille Sekunden vergehen.

Winfried steigt volle Kanne in die Eisen. Die Reifen quietschen, sein Wagen fängt an, sich leicht querzustellen. Hinter ihm wird plötzlich aufgeblendet und gehupt. Und schon zieht ein anderer Wagen leicht schlingernd an ihm vorbei. Die Faust des Fahrers wedelt bedrohlich aus dem offenen Schiebedach. Gott sei Dank fährt er einfach weiter. Was war denn das gerade? Winfried glotzt auf das ausgeschaltete Navigationsgerät. Das war Claudettes Stimme. Mit französischem Akzent. Das kann allerdings nicht sein. Das ist unmöglich!

„Das warr abär knapp!"

Die gleiche weibliche Stimme. Ah ja, alles klar! Das kann nur Kasi sein. Kasi, sein alter Studienkumpel, der geniale Elektrotechniker. Und langjährige Hobbyfunker. Und einer der wenigen Leute, dem er von seiner Idee mit der *fransösisch-aksentüierrten* Navigationsstimme erzählt hatte. Für ihn ist es wahrscheinlich ein Leichtes, irgendein Funkmodul in seinen Wagen einzubauen und mit Sicherheit sitzen seine Freunde jetzt irgendwo in der Nähe und lachen sich komplett schlapp. Und Axel ist natürlich auch dabei. Der weiß nämlich von dem heutigen Date. Und der hat sich auch vor zwei Wochen Winfrieds Auto für einen Tag ausgeliehen. Diese linken Ratten!

„Hahaha! Sehr witzig, ihr Pappnasen! Ihr könnt jetzt rauskommen!"

„Pappnass? Wie meins du das, rauskömm? Isch kann ier nisch rauskömm!"

„Jaja, ist gut jetzt. Das war haarscharf. Ich will nicht eure doofen Gesichter sehen, wenn's gekracht hätte. Also wo seid ihr?"

„Aarschaff! Sag isch doch! Rischtisch knapp! Isch bin ier!"

„Mir reicht's jetzt! Wo seid ihr Vollidioten!"

„Winnie!"

Die Aussprache von *Winnie* klingt so, wie die Franzosen *Paris* aussprechen, also hinten ohne *s* und mit einem am Ende hochgezogenen *i*.

Eine Weile ist es still im Wagen. Draußen nähert sich ein weiteres Fahrzeug, blendet kurz auf und fährt mit einem knappen Hupton vorbei. Winfried blickt wieder auf das Navigationsgerät. Alles ausgeschaltet. Kasi muss also irgendwo anders den Lautsprecher installiert haben. Und ein Mikro, damit er ihn hören kann. Winfried fährt erst mal rechts ran und stellt den Motor ab. Jetzt locker mal durchatmen und ganz in Ruhe nachsehen.

„Winnie?" Wieder diese Paris-Betonung „Bis du sauerr?"

„Ja, ich bin stinksauer! Das war echt gefährlich! Und jetzt ist Schluss mit lustig. Finish with funny! Wo seid ihr?"

Stille. Winfried holt sein Handy aus der Seitenablage der Tür. Während des Essens hat er es nicht dabei gehabt, um nicht gestört zu werden. Das Display verrät ihm aber, dass es ohnehin keine Anrufe oder SMS gegeben hatte. Er wählt Kasis Nummer. Es klingelt.

„Servus Winfried, wo steckst du?"

„Blödmann, das weißt du doch genau! Wo bist du?"

„Heh, heh, ganz ruhig, was ist denn los? Woher soll ich wissen, wo du bist? Ich bin hier mit Axel im Sausolitos."

Tatsächlich kann Winfried im Hintergrund deutlich Latino-Musik und Stimmengewirr hören. Wenn Kasi und Axel im Sausolitos sind, können sie aber schlecht von dort aus die Stimme in seinem Auto eingespielt haben. Winfried denkt nach.

„He, was ist los, Alter?"

„Ach ne, nix, sorry, ich hab mich nur, äh, vertan, Kasi. Mein Fehler. Tschuldigung."

„Na, dann komm doch noch vorbei! Hier fliegt die Kuh!"

„Ne, lass mal, ich muss morgen früh raus. Schöne Grüße an Axel und treibt's nicht zu bunt, ciao!"

„Alles klar, mach's gut, servus!"

Sehr merkwürdig. Fängt das so an, wenn man verrückt wird? Sind das Halluzinationen? Jetzt ist alles still. Vielleicht nur eine akustische Täuschung. Eine atmosphärische Störung in seinem Ohr. Alles wieder gut. Stille. Winfried startet den Motor, blickt nochmals auf das ausgeschaltete Navigationsgerät und fährt langsamer, als es die Straßenverkehrsordnung zulässt, nach Hause. Ab ins Bett und erst mal schlafen. Und träumen. Vielleicht ja von Heidi.

3

Am nächsten Morgen klingelt der Wecker um kurz vor halb sieben. Eine äußerst grausame Zeit. Für Winfried ist das die reinste Folter. Er ist nämlich ausgewiesener und bekennender Langschläfer. Wenn es nach ihm ginge, gehörte Wecken als Kapitalverbrechen ins Strafgesetzbuch:

„Und hiermit verurteile ich Sie im Namen des Volkes zu zwanzig Stockhieben auf die nackten Fußsohlen, weil sie den armen, armen, unschuldigen Winfried fortgesetzt und rücksichtslos aus seinen süßen Träumen erweckt haben! Das Urteil ist hiermit rechtskräftig und sofort vollstreckbar!"

Blöd nur, dass ein Wecker keine Fußsohlen hat, und dass Winfried sich die Weckzeit ja immer selbst einstellt. Wäre er römischer Kaiser gewesen, hätte er in der Arena zur Vergnügung der Massen schlafende Sklaven aufwecken lassen. Nicht nur diese doofen Gladiatorenspielchen mit Löwen und anderen wilden Tieren. Nein, etwas wirklich Grausames. Mit großen Trommeln, dröhnenden Pauken und scheppernden Becken hätte er die Aufwachgeweihten malträtiert und sich daran ergötzt. Das wäre mal etwas gewesen! Winfried ist aber leider kein römischer Kaiser, sondern nur ein einfacher Diplom-Ingenieur. Und er muss zu einer Präsentation der Arbeitsergebnisse seines Teams. Bei seinem Gruppenleiter. Und mit dessen Abteilungsleiter. Und vielleicht kommt auch noch Dr. Fartbichler dazu. Aber das ist dann doch eher unwahrscheinlich. Also quasi ausgeschlossen. So wichtig ist sein Team nämlich nun auch wieder nicht. Der alte Furzbichler trifft sich sicher lieber mit Heidi, um mit ihr neue Werbestrategien für das Unternehmen zu planen.

Heidi! Schon erscheint ein warmes Lächeln auf Winfrieds Gesicht. Anrufen soll er sie ja, hat sie gestern gesagt. Wann macht man das eigentlich am besten? Also frühestens am Nachmittag! Oder vielleicht doch erst morgen? Oder eher in drei Tagen? Was sagt das dann über den Anrufer aus? Am liebsten würde er sie jetzt gleich anrufen. Sofort! Sie wollte auch früh raus. Aber was bedeutet denn *früh* bei Heidi? Als Chefin kann sie ruhig mal ein Minütchen später kommen. Oder ist sie das Vorbild für die ganze Mannschaft, morgens die Erste und abends die Letzte? Er weiß noch so wenig über sie. Viel zu wenig.

Also dann halt am späten Nachmittag. Das nimmt er sich jetzt fest vor. Da ist der Tag schon so gut wie gegessen, man hat sich etwas zu erzählen und vielleicht ist der Abend ja noch gemeinsam gestaltbar. Genau, so wird's gemacht!

Winfried wälzt sich aus dem Bett, schlurft ins Bad, erledigt die Morgentoilette – Blitzdusche und Zähneputzen – und nimmt anschließend sein Standard-Frühstück ein: einen Espresso mit einem Spritzer Zitronensaft und zwei Löffel braunem Zucker, dazu ein Vollkornbrot mit selbst gemachter Marmelade von Mutti. Aprikose mag er am liebsten. Oder Johannisbeergelee. Und natürlich gute Butter. Und zwar reichlich. Sollen die anderen Gesundheitsfreaks doch dieses ekelige Margarinezeug essen, er tut das mit Sicherheit nicht.

Beim Anziehen fällt sein Blick nochmals auf das Hemd von gestern, das noch nicht in der Wäschebox gelandet ist. Ganz schön peinlich sah er darin wohl aus. Klecker-Winnie. Aber egal, es war ja wirklich ein sehr schöner Abend gewesen. Und Hemden kann man waschen. Also jetzt nicht Winfried direkt, aber seine Mutter. Ist das eigentlich peinlich, dass er seine Hemden immer noch bei Muttern ablieferte? Nö, Winfried glaubt, dass ihm seine Mutter sogar insgeheim dankbar ist. Nach ihrer Pensionierung hat sie nun eine neue, wunderbare Aufgabe: Hemden waschen und bügeln für den braven Sohnemann! Außerdem macht sie das so dermaßen akkurat, wie er das noch nirgendwo sonst erlebt hat. Einfach perfekt. Warum also etwas dran ändern?

Winfried packt seinen Kram zusammen, schnappt seine Bürotasche – ein dunkelbraunes Erbstück aus den Fünfzigerjahren mit großem Henkel und zwei dicken Schnallen vorne drauf und marschiert in Richtung Auto. Das steht auf seinem gemieteten Parkplatz im Hinterhof. Winfried wohnt nämlich im Paradies. Also um genauer zu sein, in der Paradiesstraße im Lehel, einem ganz ordentlichen Innenstadtviertel von München. Fast so ein kleiner Geheimtipp.

In Schwabing leben Studenten und Möchtegern-Junggebliebene. Das sind diese Polohemd-Kragenhochsteller, die glauben, damit ihre 50+ verbergen zu können. So ähnlich wie der grichische Finanzminister, Herr Varoufakis. Eine traurige Mischung aus peinlich und bedauernswert. So ähnlich wie gebotoxte Endsechzigerinnen, die im Ernst glauben, dass man ihnen ihr Alter nicht ansieht. In Bogenhausen wohnt die High-Society oder was sich dafür hält. Am Bahnhof ist wie in jeder Stadt das sogenannte Romantik-Viertel mit relativ hohem Ausländeranteil, billigen Absteigen und merkwürdigen Läden, von denen keiner weiß, wie sie die hohen Mieten bezahlen. Im Glockenbach-Viertel wohnen die gleichgeschlechtlich Orientierten und in der Au treibt traditionell die rote Arbeiterklasse ihr Unwesen. Haidhausen ist angeblich hipp, und weiter im Norden haust der Mob im Hasenbergl. Dazwischen tummeln sich unbedeutende Allerweltsviertel mit gesichtslosen Mietskasernen, Spießerstraßen oder Heile-Welt-Ambiente. Ach ja, dann ist da noch Nymphenburg und das Schloss – fast eine Welt für sich. Aber das Lehel ist ziemlich cool, zentrumsnah und doch entrückt, bezahlbar und doch nicht ganz billig, groovy und doch nicht allzu abgedreht.

Winfried schmiegt sich in seinen ergonomischen Sportsitz, schließt die Tür und unwillkürlich fällt sein Blick auf das Display der Navigationsanlage. Nichts, dunkel, aus. Gut! Das muss wohl gestern doch eine Art akustischer Fata Morgana gewesen sein. Oder hat er das sowieso nur irgendwie geträumt? Er startet und fährt los. Sein Arbeitgeber residiert im Münchener Südosten, etwa zwanzig Minuten Fahrtzeit, je nach Verkehr. Im Kopf geht er noch mal die Präsentation durch. Nix wirklich Weltbewegendes. Warum trat der Trottel da vorne denn jetzt auf die Bremse?

„Winnie?"

Winfried starrt vollkommen entgeistert auf das Display. Jetzt war's aber echt genug!

„Kasi, du Volldepp, jetzt reicht's mir aber wirklich! Schalt sofort diese verfickte Hühnerscheiße aus und überleg dir, wie du das wieder gutmachen willst! Hörst du mich?"

Stille. Kein Bild, kein Ton. Nichts. Winfried fährt weiter, allerdings jetzt mit erhöhtem Puls und innerlich sehr angespannt.

„Und?", brüllt er gegen die Windschutzscheibe, während der Verkehr munter weiterrollt. „Jetzt sag halt was!"

„Winnie, isch bin doch nur ein Navigasjönn. *Dein Navigasjönn*. Isch sag dir, wo-in ..."

„Genau, ein Navigationsgerät sagt einem wo's langgeht, aber fragt nicht, wie der Abend war! Was soll das bitte?"

„Ja, abär isch bin doch ...."

„Was?"

„Dein besönder Navigasjönn ..."

„Jajaja, ganz besonders! Dass ich nicht lache!"

„Winnie, wirklisch, isch äh, isch mag disch. Und misch interessiert. Dein Leben, dein Sükünft und so ..."

Das ist alles zu lächerlich! Ein sprechendes Navigationsgerät, gut. Sehr praktisch. Wirklich komfortabel. Aber eins, das auch noch mitdenkt, mitfühlt und sich einmischt? Vollkommener Quatsch! Winfried ist Ingenieur. Naturwissenschaftler. Da gibt es Versuch und Irrtum. Genau spezifizierte Experimente. Reiz und Reaktion. Aber keine Maschinen mit Gefühlen, eigenen

Gedanken und schon gar nicht mit französischem Akzent.

„Also, jetzt mal aufgemerkt: Es gibt keine Navis, die sich für das Leben ihrer Bediener interessieren. War ein guter Gag, Applaus, Applaus und jetzt ist gut!"

„Winnie ..."

„Was?"

„Du mags misch nisch ..."

„Ich mag nicht verarscht werden. Wie habt ihr das eigentlich hingekriegt? So rein technisch?"

„Teschnisch?"

„O. k., o. k., nur mal angenommen, du bist meine persönliche Navi mit Lebensberatung und französischem Akzent. Du unterhältst dich mit mir. Du willst wissen, wie mein Date gestern war. Wer sagt dir denn, dass dich das was angeht? Wer hat dich denn gerufen? In mein Leben eingeladen? Hä?"

„Du mags misch nisch ..."

„Nein!"

Ruhe. Keine Antwort. Keine weitere Reaktion. Winfried fährt im zäh fließenden Verkehr auf die Abbiegespur zur Autobahn. Zwei Ausfahrten und dann noch fünf Minuten, schon ist er da. Seit über 15 Jahren fährt er diese Strecke schon. Tägliche Routine. So, jetzt Blinker links, Autobahn und Gas!

„Vörsisch reschs!"

Mit knapper Not und einer waghalsigen Reflexreaktion kann Winfried gerade noch dem Motorradfahrer ausweichen, der plötzlich an ihm vorbeizischt. Der muss im toten Winkel gewesen sein. Das wäre ziemlich eng geworden. Wäre er nicht in letzter Sekunde nach links rüber gezogen, hätt's mit Sicherheit heftig gekracht. Und wäre er nicht von dieser Stimme gewarnt worden …

Normalerweise hat man ja ohnehin nach so einem Beinahe-Crash blitzartig einen höheren Puls, der kalte Schweiß tritt auf die Stirn, der Mund wird trocken – das alte Adrenalin-Programm der Evolution. Eine gute Erfindung, weil damit ruck-zuck Energien bereitgestellt werden, die unsere Vorfahren auf der Flucht vor hungrigen Säbelzahntigern oder beim Angriff gegen die Jungs aus dem Nachbartal gut gebrauchen konnten. In unseren modernen Stresssituationen hilft das eher wenig. Aber das weiß die Evolution ja nicht. Wenn nun aber diese Rettung in letzter Sekunde noch von einem übernatürlichen Phänomen begleitet wird, beispielsweise einer Stimme, die es so normalerweise gar nicht geben kann, dann spielt der Körper vollkommen verrückt. So ist das gerade bei Winfried. Er hat die Fingernägel ins Lenkrad gekrallt, der Blick geht stur geradeaus, blutleeres Gesicht, Anfänge von Schüttelfrost durchzucken seinen Körper und die Kinnlade hängt auf dem Brustbein. Was war das denn gerade? Nur ein schlechter Traum? Beginnender Wahnsinn? Beidseitiges eitriges Hirnsausen im Endstadium?

„Winnie?"

„Ja", Winfrieds Stimme klingt wie die eines Zombies.

„Das warr abär gefährlisch!"

„Wer bist du?"

Ängstlicher Zombie.

„Dein Navigasjönn."

„Wie machst du das? Woher kommst du?" Zombie mit Hose voll bis zum Anschlag.

„Isch binn in dein Auto. Isch bring disch an dein Siel. Und isch mag disch. Deswegen ab isch disch vorr die Motörrad gewarnt. Und disch gefrag, wie dein Treff gestern warr. Isch will nisch nür ein Maschin sein. Isch will …"

Für einen Moment ist Ruhe. Winfried hat den Wagen auf dem Standstreifen ausrollen lassen und schaltet die Warnblinkanlage ein. Er stellt den Motor ab.

„Was willst du?" Der Zombie hat wieder etwas Mut gefasst.

„Einfach nur ein Freundin sein. Dein Freundin. Isch eiße Claudette."

„Ich weiß."

„Kann isch dein Freundin sein?"

Pause. Winfried atmet deutlich hörbar ein und aus. Besser gesagt, er schnauft wie ein Asthmatiker nach einem Marathon.

„Ich hab wirklich keine Ahnung, was das alles ist. Ich will's auch gar nicht wissen. Du hast gerade einen fetten Unfall verhindert. Und vielleicht bin ich verrückt, aber gut: Du bist jetzt meine Freundin und wir sehen ja, wo das hinführt. Ich hab jetzt eine wichtige Präsentation und muss mich noch vorbereiten."

„Bon! In swei Kilömeter reschs abbiege!"

„Danke."

„Avec plaisir!"

Winfried startet den Motor und fährt los. Gott sei Dank ist er früh dran. Manchmal hat es auch Vorteile, wenn man immer vor der Zeit da ist.

Die Präsentation verläuft so lala, sein Gruppenleiter ist mäßig begeistert, sein Abteilungsleiter ist gar nicht erst gekommen und Dr. Fartbichler sowieso nicht. Den Rest des Tages verbringt Winfried mit Vorbereitungen für eine öde Versuchsreihe, mit technischen Spezifikationen und mit Office-Boogie. Das ist eine sehr interessante Methode, innerhalb der Firma Sekundär-Netzwerke aufzubauen und über die hohen Herren abzulästern. Dazu gibt es eine interne Gruppe bei *Fiesbook*, in der sich nur speziell eingeladene Mitglieder tummeln. Alles Kollegen aus der unteren Führungsetage, die sich schon lange mit ihrer Position abgefunden haben und mit Office-Boogie ein bisschen Frust abbauen. So kann man wunderbar die Zeit bis zum Feierabend oder bis zur Rente totschlagen.

Tja, und wer morgens schon früh anfängt, der kann auch bereits um vier nach Hause gehen. Um 16:10 Uhr schnappt Winfried seine Tasche, zieht unten an der Sicherheitspforte seine Chipkarte durch und spaziert auf den Parkplatz. Eigentlich könnte er ja gleich von aus hier aus bei Heidi anrufen. Winfried fummelt sein Handy aus der Tasche, geht in seinen Adressspeicher und sucht. Aber vielleicht sollte er sich ja erst mal ein paar Gedanken machen, was er überhaupt sagen will. Winfried setzt sich in seinen Wagen und lässt die Tür offen. Wirklich Spannendes hat er vom heutigen Tage nicht zu erzählen. Abgesehen von der schrägen Story mit seinem Navigationsgerät, die er aber mit Sicherheit nicht Heidi kundtun wird. Die würde ihn wahrscheinlich mit einem milden Lächeln bedenken und blitzartig das

Weite suchen. Sollte er versuchen, sie heute noch zu sehen? Noch ein Essen? Oder lieber Kino, Tanzen, Vernissage, Kneipe, Sport, Spaziergang oder sonst was? Immer diese elenden Entscheidungen!

Plötzlich klingelt sein Handy. Im Display erscheint eine Nummer, die er nicht kennt. Abgesehen davon kann er sich sowieso keine Handynummern merken. Dafür gibt's ja den Adressspeicher. Winfried geht ran.

„Fischer."

„Hallo, ist da der Winfried?" Am anderen Ende ist eine unbekannte Frauenstimme.

„Ja."

„Hallo Winfried, hier ist die Doris von *Together Now*. DDoris75 mit zwei D. Du erinnerst Dich?"

Winfried erinnert sich. Und wie! DDoris75 war diese dunkelhaarige Schönheit, die auf ihrem *Together Now*-Profilbild deutlich erkennen ließ, warum sie ihren Alias-Namen mit zwei D geschrieben hatte. Deutlich, aber eben doch nicht billig oder gar ordinär. Das Bild war an- bzw. abgeschnitten, so dass jeder, der sich mit Kurvendiskussionen, Parabeln oder Extrapolation auch nur im Ansatz mal beschäftigt hatte, genau wusste, wie er sich den nicht mehr erkennbaren Teil des Oberkörpers vorzustellen hatte. Und Winfried ist ja schließlich Ingenieur.

„Ah, Doris, das ist ja eine Überraschung!"

Bislang hat Winfried nur mit ihr gechattet oder per E-Mail Kontakt gehabt. Die Stimme klingt sehr angenehm, fast geheimnisvoll, für eine Frauenstimme eher tief und ein klein wenig rau. Nicht wie bei einer notorischen Kettenraucherin, aber eben doch mit einem leichten Kratzen an manchen Stellen.

„Ja, gell? Du, ich hab mir gedacht, dass ich dich einfach mal überfalle. Es ist nämlich Folgendes: Ich habe Karten für die Oper. Da wollte ich mit meiner Mutter hingehen. Die ist jetzt aber krank geworden, und da hab ich mir gedacht, warum fragst du nicht einfach mal den Winfried? Der interessiert sich doch auch für Musik und so. Natürlich nur, wenn du heute Abend Zeit hast. Um sieben. Also quasi in drei Stunden."

In der Tat etwas kurzfristig. Aber wirklich geplant ist ja noch nichts. Keine Verpflichtungen, keine Termine. Und Doris wollte er ja sowieso mal gerne kennenlernen.

„Äh, ja, wo denn?"

„Im Gasteig, das kennst du, oder?"

„Ja klar. Und welche Oper wird gespielt?" Als ob ihm das nicht vollkommen egal wäre. Und wenn *„Biene Maja meets Pumuckl im Lummerland"* gegeben würde, würde er nur zu gerne mit Doris dort hingehen. Aber man kann ja kulturbeflissen interessiert tun.

„Luzifer, der Lämmermord, von Donizetti. Kennst du das?"

Winfried ist jetzt kein wirklicher Opernkenner. Nicht, dass er etwas gegen diese Kunstform hat. Aber normalerweise hört er Mainstream, zwar gerne auch mal Klassik, aber dann halt eher ein Klavierkonzert oder etwas Orchestrales. Beethoven, Tschaikowski oder die Alpensinfonie von Richard Strauss. Italienische Oper? Den Verdi kennt er und den Namen Donizetti hatte er auch schon mal irgendwo gehört. Aber er kann sich beim besten Willen nicht vorstellen, dass es eine Oper gibt, die „Luzifer, der Lämmermord" heißt.

„Klar! Kenn ich!"

„Und? Kommst du mit?"

„Äh ja, hab heut ausnahmsweise nichts vor. Ich bin gerade aus dem Büro raus und aufm Heimweg. Wo treffen wir uns denn?"

„Um sieben vorm Haupteingang? Um halb acht fängt die Aufführung an. Das ist ja super! Ich freu mich!"

„Ja, passt! Ich mich auch. Erkennen werden wir uns ja hoffentlich?"

„Klar, ich hab ein schwarzes Kleid an und bin die mit der Nase im Gesicht!"

„Dann find ich dich!"

„Bis später also, ciao!"

„Ja, ciao ciao!"

Zack! Ein zweites Date. Axel hat offenbar recht. Das geht ja echt flott! Also tut sich heut Abend nichts mit Heidi. Vielleicht ist das auch ganz gut so. Rar machen bedeutet ja auch immer: Interessant machen. Und Oper als Erklärung, warum er heute keine Zeit hat, ist sowieso gut, wegen der Kultur und so. Die mit der Nase im Gesicht. Also scheinbar eine Frau mit Humor. Und Mut. Heidi würde er jetzt aber trotzdem noch anrufen.

„Du gehs die Öperr? Mit die Frölein von gestärn?"

Ach ja, die gibt's ja auch noch. Bei dem Überraschungsanruf von Doris hat Winfried fast seine neue Begleiterin vergessen.

„Nein."

„Mit ein andere Frölein?"

„Ja."

„Winnie!"

„Was?"

„Das is abär nisch rischtisch!"

„Wie, was heißt hier richtig? Ich gehe ganz normal in die Oper!"

„Ünn die Frölein von gestärn?"

„Was soll mit der sein?"

„Isch denke, du mags die."

„Und?"

„Ünn eute ein andere Frölein?"

„Hallo? Das ist immer noch meine Angelegenheit! Könntest du dich da bitte raushalten?"

„Isch mein ja nür."

Ich unterhalte mich mit meinem Navigationsgerät über die Gestaltung meiner Abende. Ich rechtfertige mich dafür, dass ich gestern mit Heidi und heute mit Doris ausgehe. Ich bin verrückt!

Winfried muss dringend mit jemand über diese Angelegenheit reden. Am besten mit Axel. Gleich nachher. Oder morgen. Aber jetzt muss er zuerst nach Hause. Dann noch mit Heidi telefonieren. Dann irgendetwas über diesen Donizetti und seine Luzifer-Oper herausfinden. Umziehen. Zum Gasteig fahren. Viel zu tun. Winfried tritt aufs Gas. Claudette ist scheinbar eingeschnappt. Auf alle Fälle ist sie ruhig. Gut so!

Zu Hause angekommen, klickt Winfried zuerst ins Internet. Opernführer. Aha, da ist's ja schon. *Lucia di Lammermoor* heißt das gute Stück also. Kein Luzifer und kein Lämmermord. Eine Oper in drei Akten, einer der Höhepunkte des Belcanto, zwei schottische Adelsfamilien hauen sich die Köppe ein, Lucia bringt ihren Gatten um und wird wahnsinnig. Sie trällert noch die Arie *Il dolce suono* und macht danach ebenfalls die Biege. Begleitet von einer Glasharmonika, was immer das auch sein mag. Das reicht, um einigermaßen mitreden zu können. Gut! Jetzt hurtig duschen und umziehen. Oder erst Heidi? Nein, erst Dusche.

Winfried duscht immer streng rituell. Warmes, aber kein heißes Wasser. Vanilleshampoo. Er findet es außerordentlich schade, dass noch niemand auf die Idee gekommen ist, ein Shampoo zu erfinden, das man auch gleichzeitig als Brotaufstrich verwenden kann. Mango oder Erdbeere. Oder eben Vanille. Dann eine kurze Rasur unter den Achseln. Er mag es nicht, wenn Männer büschelweise Achselhaare züchten. Nicht, dass er sich für Männer interessiert, aber das sieht halt so neandertalermäßig aus. Bei Frauen geht das natürlich erst recht nicht. Behaarung bei Frauen hat nur zwei legitime Verbreitungsgebiete: auf dem Kopf und da unten halt. Wobei das Letztere keine Pflicht ist. Ohne ist auch schön. Auf alle Fälle keine wuchernden Büsche. Ein kleiner Streifen oder ein schmales Dreieck. Bloß kein Urwald! Beim Surfen auf einer Sex-Seite im Internet hat Winfried einmal eine besondere Seite für stark behaarte Frauen entdeckt. Einfach nur widerlich! Er achtet auch selbst auf gepflegte Intimbehaarung. Sauber getrimmte Kanten und vor allen Dingen keine Sackhaarplantage. Das sieht zu peinlich aus. Wenn er beim Sport mit den Jungs duscht, riskiert er ab und zu einen Blick auf das Beutel-Gestrüpp der anderen Mitduscher und kann sich beim besten Willen nicht vorstellen, dass Frauen das so wirklich toll finden. *Ah Liebster, lass mich deine verfilzten Sackhaare liebkosen!* Nein, das ist absurd! Also ein paar kurze Züge mit dem Rasierer und gut. Hatte er nicht mal in einem Comic gelesen, dass Geschlechtsteile ohnehin aussehen wie verstrahltes Weltraumgemüse? Wenn das so ist, dann doch wenigstens nicht auch noch mit hässlichen Haaren dran. Nach dem finalen Abduschen wird die Glaswand mit einem Gummischieber sauber abgezogen. Winfried ist ein ordentlicher Hausmann. Dann flauschig abtrocknen, Deo unter die Arme, etwas Eau de Toilette hinter die Ohrläppchen, Zähne putzen und dann noch ein Ohrenstäbchen. Fertig! Das dauert bei Winfried keine Viertelstunde.

Anziehen geht auch schnell. Boxershorts, ein weißes Hemd mit Manschettenknöpfen, eine seiner Ferragamo-Krawatten und ein dunkelgrauer Einreiher. Feines Stöffchen und goldgelbes Seidenfutter. Als besonderen Gag hat er Socken in der gleichen Farbe. Schwarze Lederschuhe – ready to go! Nur diese Manschettenknöpfe sind immer wieder ein lästiger Quell der Verzögerung. Es ist wirklich nicht einfach, sich die Dinger faktisch einhändig anzulegen. Die jeweils andere Hand ist ja quasi zur Untätigkeit verbannt und taugt höchstens zum verkrampften Festhalten der Manschette. Und dabei ist Winfried auch noch ausgewiesener Linkshänder-Depp. Das heißt, mit links kann er sich nicht mal ordentlich in der Nase bohren, geschweige denn etwas so Filigranes wie das Einfädeln eines Manschettenknopfes bewerkstelligen. Nach unendlichem Gefummel ist es dann aber doch geschafft. Zeit-Check!

Viertel nach fünf, also gut im Rennen. Wenn er um sieben da sein soll, muss er um zwanzig vor los. Also jede Menge Zeit. Zeit um Heidi anzurufen. Oder Alex.

Zuerst Heidi. Also, was soll er ihr erzählen, was fragen, was vorschlagen? Er kann auf alle Fälle erzählen, dass er in die Oper geht. Mit seiner Mutter, mit seiner Großtante oder mit dem Freundeskreis *Kultur & Konzert* seines Arbeitgebers. Und er kann sie fragen, ob sie morgen für ihn Zeit hat. Oder übermorgen. Aber zu was? Zum Essen ist doof. Das hatten sie ja schon gehabt. Es darf also schon etwas Abwechslung sein. Vielleicht in Richtung Sport? Eine spätnachmittägliche Radeltour zu einem schönen Biergarten. Gemütlich an der Isar entlang, aber halt doch ein bisschen Bewegung und dann original bayerisch im Biergarten versacken. Aber hat sie überhaupt ein Fahrrad? Na, das kann er ja einfach herausfinden. Winfried drückt ein paar Tasten auf seinem Handy und lauscht dann dem Rufton.

„Hallo, Winfried!" Aha, sie hat also seine Nummer schon gespeichert. Ein gutes Zeichen!

„Hallo, Heidi, wie geht's dir?"

„Bin voll im Stress, aber ein paar Minuten hab ich Zeit. Was machst du grad?"

„Hab mich hübsch gemacht und geh nachher mit meiner Mutter in die Oper."

„Oper, das ist ja cool! Bestimmt Donizetti im Gasteig, oder?" Respekt! Heidi hat offensichtlich das Kulturgeschehen in der Landeshauptstadt auf dem Radar.

„Genau! Du bist ja gut informiert!"

„Ja, wär ich auch gerne hingegangen. Hab aber keine Zeit. Wir haben gerade einen fetten Fisch an der Angel und da muss ich mich voll reinhängen. Bitte, Winfried, sei nicht böse, aber lass uns doch am Freitag noch mal telefonieren. Vielleicht können wir uns ja am Wochenende sehen, wenn du Lust hast."

Klar hat er Lust!

„Ja logo, ich meld mich einfach am Freitag und dann sehen wir ja."

„Ne, ich meld mich bei dir, wenn ich fertig bin. Ist einfacher. So am frühen Nachmittag. Dann weiß ich auch, wie's terminlich aussieht, o. k.?"

„Alles klar, dann bis Freitag, ciao!"

„Ja, und dir einen schönen Opernabend! Ich beneide dich! Ciao."

„Ciao-ciao."

Soso, Heidi ist also kulturell auf dem Laufenden, beruflich ganz schön eingebunden, an einem weiteren Treffen interessiert, und sie hat seine Nummer gespeichert. Das klingt ja alles sehr vielversprechend. Und Winfried kann sich jetzt seinem Opernabend widmen, wobei die Oper wahrscheinlich eher nebensächlich wird. Es ist eigentlich mehr so ein Doris-Abend. Zunächst will er aber noch mit Axel über seine übernatürliche Navigationserscheinung reden. Obwohl ihm das ein wenig peinlich ist. Aber Axel ist immerhin sein bester Freund, und wenn er mit ihm nicht darüber reden kann, mit wem denn sonst? Winfried wählt.

„Winfried, alte Wursthaut, was gibt's?" Axel klingt gut drauf, so wie eigentlich immer.

„Servus Axel. Ich muss mal mit dir reden."

„Hui, das klingt aber ernst. Was ist los? Hast du Ärger?"

„Nö, aber ich hatte ein seltsames Erlebnis, wie soll ich sagen, eine Erscheinung."

„Hast du was genommen? Oder was geraucht?" Axel lacht.

„Quatsch! Pass auf, Folgendes: Ich bin gestern ganz normal mit meiner Karre unterwegs, und plötzlich fängt meine Navi an, mit mir zu reden."

„Und?" Axel versteht das Problem noch nicht so wirklich.

„Wie und? Das ist doch sehr merkwürdig!"

„Hast du vielleicht ein Zwischenziel aktiviert oder bist du auf sonst eine Taste gekommen?"

„Nein, du verstehst mich nicht. Das Navi hat nicht gesagt, wo ich hinfahren soll, sondern mich gefragt, wie mein Abend war!"

„Aha."

„Und heute hat mich diese Stimme vor einem Beinahe-Zusammenstoß gewarnt. Und sie spricht mit französischem Akzent. Und heißt Claudette!"

„Du bist dir sicher, dass du nichts genommen hast?"

„Ja, verdammt noch mal. Ich dachte erst, Kasi und du, ihr hättet da was dran rumgebastelt, aber ..."

„Kasi hat gesagt, du wärst gestern etwas komisch am Telefon gewesen. Leicht verwirrt."

„Ach, Kasi, der Vollhonk. Jetzt pass auf: Ich hab nichts genommen und meine Navi spricht plötzlich mit mir. Das ist doch nicht normal!"

„Ne, normal ist das wirklich nicht."

„Und was sagst du dazu?"

„Ja, was soll ich da sagen?"

„Weiß ich ja auch nicht!"

„Kann ich das mal hören?"

„Weiß nicht. Vielleicht spricht sie nur mit mir."

„Oder vielleicht hörst nur du sie."

„Du denkst also, dass ich verrückt bin?"

„Nein, aber das klingt schon etwas schräg. Es muss ja eine Erklärung dafür geben. Ich komm nachher mal vorbei und dann schauen wir, was da los ist. Vielleicht hat der Kasi ja doch an deiner Mühle rumgebastelt."

„Nachher ist schlecht, ich geh noch in die Oper."

„O. k. Du hast also doch was genommen!"

„Nein! Ich treff mich mit 'ner Schnecke von *Together Now*. Übrigens schon die zweite! War'n echt guter Tipp von dir!"

„Sag ich doch! Na dann viel Spaß. Wir können ja morgen mal nach deiner Navi gucken. Wenn du da nicht ins Theater, zum Ballett oder zur Häkelstunde musst."

„Haha, you little funbird. Alles klar, ich ruf dich an, bis dann."

„Ja mach's gut, servus."

So, Zeit-Check Nummer zwo. Viertel vor sechs. Perfekt! Winfried weiß, dass er wieder mal zu früh da sein wird. Aber was soll er jetzt noch machen? Und wenn vielleicht ein Stau oder eine Umleitung ist? Also lieber früher losfahren und warten. Fünf Minuten vor der Zeit – ist des Kaisers Höflichkeit! Wenn das stimmt, ist Winfried nicht nur Kaiser, sondern mindestens Herrscher des gesamten Universums und noch ein paar angrenzender Sonnensysteme inklusive aller gekrümmten Räume und schwarzen Löcher.

Klamotten-Check. Soweit alles frisch! Auch die Krawatte sitzt. Winfried muss daran denken, dass der Name *Krawatte* aus dem Französischen kommt und eine Ableitung von *à la croate* ist, also *auf kroatische Art* bedeutet. Irgendwelche kroatischen Soldaten hatten sich wohl zu Napoleons Zeiten ein Tuch auf ganz besondere Weise um den Hals gebunden und damit dem heute üblichen Business-Accessoire seinen Namen gegeben. Tolles Klugscheißerwissen, um damit zu gegebenem Anlaß Eindruck zu schinden! Schlüssel, Geldbeutel, Handy und los geht's.

Als Winfried sich ins Auto setzt, spürt er eine leichte Beklemmung. Claudette. Was ist das bloß? Alles nur Einbildung? Eine vorübergehende Geistesschwäche? Jetzt hat er zu allem Übel auch noch Axel davon erzählt. Aber das hat nicht wirklich geholfen, außer dass sein Kumpel jetzt wohl ebenfalls denkt, dass er zu spinnen anfängt. I think I spider. Ich glaub, ich spinne. Winfried ist ein großer Freund der gepflegten word-by-word-translation. Er dreht den Schlüssel und startet den Motor. Alles normal. Winfried fährt los.

Vom Lehel bis zum Gasteig ist es nicht weit. Aber wie in jeder deutschen Großstadt ist auch in München das Thema Verkehrsstau zu dieser Tageszeit mehr als ernst zu nehmen. Zusätzlich liegt der Gasteig auf der anderen Seite der Isar, das heißt, es kommen nur zwei Brücken zur Überquerung dieses Hindernisses in Frage. Der Mittlere Ring scheidet sowieso aus, der ist jetzt komplett dicht. Eigentlich hätte er mit dem Fahrrad fahren sollen, aber was, wenn da hinterher noch was läuft?

„Bringst du mich noch nach Hause?"

„Ja, Baby, schwing dich auf den Gepäckträger! Ho-ho-jippiei-jey"

Und dabei hat er nicht mal einen Gepäckträger an seinem Mountainbike. Früher, da hatte er schon mal eine Freundin auf der Fahrradstange oder gar auf dem Lenker transportiert. Aber da war er zwanzig gewesen. Heute ist das dann doch etwas anderes. Und Anzug plus Fahrrad, das ist für Winfried immer noch eine sehr merkwürdige Kombination. Also doch lieber das Auto. Manchmal sieht er im Berufsverkehr Typen im Anzug, die mit dem Rad unterwegs sind. Winfried stellt sich dann immer vor, wie sie bei der Fahrt durch das fleißige Pedalgetrete etwas in Schweiß geraten und den Rest des Tages in ihrem eigenen Saft vor sich hin brüten. Am Bankschalter, im Großraumbüro oder in ihrer Kanzlei. Bäh! Das ist nichts für Winfried. Nach dem Sport wird geduscht und nicht gearbeitet. Auch so eine Regel!

Er fädelt sich in den Verkehr ein und entscheidet sich für einen Schleichweg. Profunde Ortskenntnisse erleichtern stets das Vorwärtskommen! Er will gerade abbiegen, als eine Stimme ertönt, die die ganze Zeit wie ein böses Omen über ihm schwebte.

„Du as disch abär eute übsch gemach!"

„Du schon wieder!"

Stille. Winfried biegt ab und beschleunigt.

„Claudette?"

Kein Ton.

„Claudette!"

„Ja?"

„Das ist nicht so einfach, mit einem Navigationsgerät zu sprechen! Das ist nicht normal! Das musst du doch verstehen. Ich bin ..."

„Isch weiß. Dein Einstecktüsch ängt schief."

Tatsächlich. Aber das ist ja schnell korrigiert.

„Danke."

„Bitte."

Kommunikationpause. Winfried ist fast da. Im Gasteig gibt es eine Tiefgarage, in deren Einfahrt er jetzt einbiegt. Die Parkplatzsuche dauert ein wenig, aber schließlich klemmt er sich zwischen einen alten Volvo und einen wuchtigen SUV, der haarscharf auf der Markierungslinie steht. Winfried hasst diese ignoranten Parktrottel. Da könnte ihm schon manchmal der Zündschlüssel der Selbstjustiz ausrutschen und einen nachhaltigen Erinnerungskratzer im Lack hinterlassen. Aber natürlich macht er so etwas dann doch nicht. Noch ein Blick in den Rückspiegel.

„Winnie?"

„Ja."

„Vill Spaß!"

„Danke, und ..."

„Was?"

„Ach, nichts."

Winfried schließt die Tür, sperrt den Wagen mit der Funkfernbedienung ab und geht in Richtung Philharmonie. Zu Doris. DDoris! Die mit der Nase im Gesicht.

4

Winfried marschiert durch das Treppenhaus der Tiefgarage weiter nach oben, Richtung Haupteingang. Wenn es geht, nimmt er immer die Treppe. Schon alleine aus sportlichen Gründen. Außerdem fühlt er sich in engen Aufzügen nicht so besonders wohl. Und ihn beschäftigt die Frage, ob Aufzüge, mit denen man nach unten fährt, dann nicht eigentlich Abzüge heißen müssten. Aber das ist genauso ein philosophischer Firlefanz wie die Frage, ob Menschen, deren Nachtschicht zu Ende ist, dann Feiermorgen haben. Jetzt aber gilt es, keine theoretische Philosophie zu betreiben, sondern das wirkliche, wilde Leben zu leben, und so öffnet Winfried schwungvoll die Treppenhaustüre, die ihn unmittelbar ins Foyer führt.

Normalerweise ist hier alles relativ übersichtlich, und Winfried hätte nur kurz seinen Blick schweifen lassen müssen, um das Objekt seiner Begierde – DDoris – zu lokalisieren. Heute ist das aber anders. Heute beginnen nämlich die Münchener Filmfestspiele und die Hütte ist rappelvoll. Winfried quetscht sich durch die Menschenmenge und sucht nach einem schwarz bekleideten Busenwunder mit Nase. Im Gesicht. Vielleicht ist sie auch noch gar nicht da, denn Winfried ist ja wie immer viel zu früh. Also arbeitet er sich zum Eingang der Philharmonie durch, schubst ein paar filmfestinteressierte Kulturgänger vorm Carl-Orff-Saal zur Seite und gelangt in etwas ruhigere Fahrwasser an den Aufgängen zum großen Saal. Da steht allerdings nichts herum, was irgendwie nach Doris aussieht. Also wieder mal warten! So wie sonst auch immer!

Warten ist allerdings immer dann besonders interessant, wenn man dabei Menschen beobachten kann. Winfried tut das sehr gerne. Am Flughafen. Oder im Straßencafé. Oder, wie er gerade feststellt, auch hier in der Oper. Da sind zum einen die Männer – oder sagt man bei Opernbesuchern automatisch *„die Herren“*? – in ihren Anzügen. Einige sehen so aus, als hätten sie die schon zu ihrer Kommunion getragen, in der Zwischenzeit ihr Gewicht mehr als verdreifacht und halt einfach ein bisschen Stoff aus den Säumen gelassen. Eine ganz besondere Spezies – Winfried nennt sie spontan *„die Puter“* – hat offensichtlich außerordentlichen Spaß daran, sich mit ihren Hemdkrägen die Hälse so zuzuschnüren, dass sie dann naturgemäß puterrot anläuft. Bei ihnen bildet sich infolge der Strangulation eine pralle Fleischwulst, die über den oberen Rand des Kragens nach unten drängt. Das wirkt äußerst unästhetisch. Irgendwie denkt man da sofort an Bluthochdruck und Herzinfarkt. Es gibt aber auch das andere Extrem. Besonders einige der älteren Herren sehen in ihren Kutten eher verloren aus, als könnten sie auf dem Nachhauseweg noch einen ausgehungerten Flüchtling mit unter ihre Fittiche nehmen. Sie sind irgendwie abgemagert, etwas knöchrig geworden und haben sich in der Zwischenzeit keinen passenden Anzug besorgt. Und dann gibt es noch die Versicherungsvertreter. Männer mit Halbglatze und Schneckenfrisur, denen man ansieht, dass sie lieber mit Shorts, Sandalen, Socken und Träger-Shirt am Grill stünden, aber heute von ihrer Gemahlin zur kulturellen Jahreshöchstleistung gezwungen wurden. In Frack oder Smoking ist niemand zu sehen. Wohl doch nicht so vornehm, das Ganze. Die Damen sehen sämtlich alle so aus, als sollten sie heute meistbietend verkauft werden. Nach vier Stunden beim Friseur, achtfachem Robenwechsel, exzessiver Bauernmalerei – sie nennen es *„Make up"* – und unter Aufbietung des kompletten Familienschmucks stehen sie erwartungsvoll auf ihren Stilettos und hoffen auf ein nicht enden wollendes Blitzlichtgewitter, weil sie nun doch noch endlich für Hollywood entdeckt worden sind. Meistens werden sie dann doch nur von ihrer Reinigungshilfe entdeckt, die heute auch mal in die Welt der Oper eintaucht und von weitem schon „Hallo, Frau Schlütenhofer, halloho!" trällert.

Stundenlang könnte sich Winfried das ansehen und sich immer boshaftere Kommentare ausdenken. Es gibt natürlich auch ganz normale Besucher. Ordentlich gekleidete Herren und wirklich schöne und geschmackvoll angezogene Damen. Dort hinten, die Blondine mit dem anthrazitfarbenen Kleid – sehr hübsch. Oder hinten rechts, die große, schlanke Erscheinung. Sehr elegant in ihrem dunklen Rot. Und da ist noch diese ganz niedliche Schwarzhaarige in dem schwarzen Kleidchen. Sie hat sogar eine Nase im Gesicht! Nase im Gesicht? Hoppla, das muss Doris sein. Sieht etwas anders aus als auf ihrem Profilbild, aber wer tut das nicht? Also ein richtiger Superkracher ist sie ja nicht wirklich, aber halt ganz o. k. Guter Durchschnitt. Und die, na ja, Oberweite ist doch eher normal. Also nicht übel, aber jetzt auch nicht der Super-Megahammer. Photoshop? Heutzutage können listige Fotografen oder findige Programmtüftler so einiges zurecht biegen. Egal, sie ist in Ordnung und Winfried ist ja auch nicht George Clooney oder auf wen auch immer die Damenwelt heutzutage reflektiert. Das wird bestimmt ein super-netter Abend und Doris gehört eindeutig in die Kategorie *fickbar*. Fickbar? Ein furchtbar schlimmes Wort, eine böse, abwertende Einteilung, gemein und diskriminierend. Aber Winfried hat damit rein gar nichts zu tun. Das stammt nämlich aus Axels Wortschatz. Er unterteilt die Damenwelt ganz einfach in *fickbar* und *nicht-fickbar*. So easy ist das. Besonders, wenn man abends, oder vielmehr frühmorgens irgendwo abhängt und nun zu entscheiden hat, ob noch etwas geht oder eben nicht. Digital, ja oder nein, 1 oder 0, Licht an – Licht aus, mitnehmen oder nicht. Das ist die einzige Entscheidung, die dann noch zu treffen ist. Sorry, liebe Frauenwelt. Und bei Doris würde Winfried definitiv erst mal *ja* sagen.

Sie ist also schon da, sieh mal einer an! Auch zu früh. Das ist natürlich eine wunderbare Gelegenheit, sie noch ein klein wenig zu beobachten. Doris steht ziemlich lässig da, das Gewicht auf ein Bein verlagert, und lässt ihren Blick Richtung Straßen-, ergo Haupteingang wandern. Da Winfried aus der Tiefgarage kam, ist das nun mal die falsche Richtung und gibt ihm die Chance, weiter zu examinieren. Ihre Figur ist gut, schlank mit Kurven. Jetzt holt sie ihr Smartphone raus und checkt etwas. Sie telefoniert nicht, tippt nur mit spitzem Finger auf dem Display herum. Und zack! Zurück damit in die edle Designer-Tasche. Winfried schaut auf die Uhr. Fünf vor sieben, also die ideale Zeit, um jetzt aufzutauchen. Schnell noch ein Menthol-Bonbon einwerfen, Hosenschlitz zu, check, Krawatte sitzt, check, und Handy lautlos, check! Winfried marschiert los. Er nähert sich von schräg hinten, setzt beiläufig sein allercharmantestes Genleman-Lächeln auf und wirft seine tiefe Frauenversteher-Stimme an.

„Hallo Doris!"

Er blickt in zwei vollkommen unverständige Augen. Eine Stirn kräuselt sich.

„Ich heiße aber nicht ... Doris!"

„Äh, nicht Doris 75, aus dem Internet?"

„Ne, das ist dann wohl eine Verwechselung, sorry! Ich heiß Angelika!"

„Oh, Entschuldigung, ich ... äh ...“

In dem Moment spürt Winfried, wie ein fordernder Zeigefinger spechtmäßig auf seine Schulter tippt. Er dreht sich um. Und er wird sofort vom Blitz getroffen. Zeus selbst schleudert die gleißenden Pfeile.

„Winfried, Winfried, da kennen wir uns noch gar nicht richtig und schon sprichst du fremde Damen an!"

Vor ihm steht ein absolut wahnsinniges Segelschulschiff mit weit aufgeblähten Doppel-Spinnakern. Winfried ist wie vom Donner gerührt. Doris, die echte Doris, die richtige Doris, ist etwa 1,75 m groß, schlank, aber weiß Gott nicht dürr, schulterlanges schwarzglänzendes Haar, grün-graue Augen, ein süßes *Himmelfahrts-Näschen*, lange, lange Beine und eben diese, na ja, Oberweite. Die steckt dezent, aber deutlich erkennbar in einem geschmackvollen schwarzen Kleid, das kurz bis unters Knie geht. Dreiviertel-lang nennt man das wohl. Die Füße sind mit spitzen, schwarzen, sehr eleganten Riemchenschuhen bewaffnet – Prada, schätzt Winfried. Dazu eine lederne Unterarmtasche – ebenfalls in schwarz. Alles in allem eine wirklich atemberaubende Erscheinung, gewissermaßen ein Asthma-Anfall auf zwei Beinen. Und mit der ist er heute verabredet. Wow! Er muss Axel unbedingt mal einen ausgeben für diesen Tipp mit *Together Now*.

„Äh, oh, ja, ich hab gedacht …"

Boah, was ist das denn für eine bescheuerte Reaktion. Winfried spürt ein leichtes Erröten.

„Jaja, so sind sie, die Männer. Immer auf der Pirsch. Aber den hier hab ich mir für heute Abend reserviert.", sagt Doris in Richtung der fälschlicherweise angesprochenen Angelika. Die wird auch ein wenig rot im Gesicht und am Hals, murmelt etwas Unverständliches und gibt dann flott Fersengeld.

Doris schaut Winfried tief in die Augen. Sie wirkt ein wenig arrogant, aber das liegt sicher an ihrer Nase. Ach so, hatte sie das etwa wirklich auf ihre mit leichtem Bogen bis zur Nasenspitze gezogene Riechapparatur gemünzt, das mit der *Nase im Gesicht*? Winfried mag solche Nasen – sie gehören in die Kategorie „kleine Fehler". Er nennt das *Schanzentisch*. Dieser leichte, hochgezogene Schwung am Ende, als ob da ein Miniatur-Skispringer abheben und dann gaaaanz weit zieeeeeehen könnte.

„Ja, da hab ich dich wohl verwechselt."

„Ich bin unverwechselbar!"

„Stimmt!"

„Und jetzt erst mal einen kleinen Prosecco, was sagst du?"

Doris hakt sich einfach bei ihm unter, dreht ihn durch geschickten Körper- bzw. Hüfteinsatz um neunzig Grad in die richtige Richtung und steuert ihn auf die Bar zu. Winfried spürt ihre Kurven und die Wärme ihrer Haut. Was für eine Frau!

„Gehst du oft in die Oper?"

„Also Oper jetzt nicht so wirklich, eher mal ein klassisches Konzert, Beethoven, Brahms, Bach oder so was."

„Alles mit *B*!"

„Wie?"

„Na, Beethoven, Brahms, Bach, das fängt alles mit *B* an!"

„Ach so, ja. Aber Vivaldi geht auch. Oder Grieg."

War doch gut, dass Winfried vorhin noch mal kurz in sein CD-Regal geschielt hat. Er mag schon klassische Musik, aber die ganzen Namen und wer wann was komponiert hat, das ist nicht mehr ganz so interessant für ihn. Mit Literatur geht es ihm ähnlich. Er liest gerne und viel, vergisst aber auch wieder schnell. Frisch, Grass, Dürrenmatt. Alles schon mal inhaliert. Aber schon sooo lange her.

„Na, heut ist ja mal *D* dran." Doris lacht. „Sogar Doppel-*D*: mit Doris zu Donizetti. Soll ich dir kurz erzählen, um was es geht?"

„Och, ich hab schon mal schnell in meinem Opernführer geguckt. Ist wohl eine ziemlich verworrene Geschichte. Drama, Liebe, Wahnsinn. Aber das ist ja oft so in der Opernwelt."

„Nicht nur da!"

Aha! Winfried zuckt unmerklich zusammen. Ist das ein versteckter Hinweis? Hat er etwa eine dieser Realitätsgeschädigten vor sich? Oder was hat diese Bemerkung zu bedeuten? Bloß nicht drauf eingehen, würde Axel sagen: Problemgefahr! Vielleicht hat sie das aber auch nur einfach so dahingesagt.

„Stimmt, da hast du recht. Das gilt ja auch in der altgriechischen Mythologie und gleichfalls beim mitternächtlichen Schafkopfen in unbeleuchteten Tiefgaragen!"

Doris lacht. Zieht doch immer wieder, sein Quicky-Joke-Repertoire. Einfach beliebige skurrile Wortpaare sammeln, möglichst sinnfrei kombinieren und dann in vollkommen zusammenhanglosem Kontext verwenden. Das kann Winfried sehr gut. Besser sogar als Axel.

„Wo hast Du denn das her?"

„Wissenschaftlich erwiesen!", sagt Winfried, immer noch mit ernster Miene und Oberstudienrat-Stimme.

Ding-Dong! Der dezente Gong läutet zum ersten Mal und erinnert die Opernbesucher daran, nun ihre Plätze einzunehmen.

„Du musst mir aber noch sagen, was du für das Ticket bekommst!", beeilt sich Winfried als ehrlicher Rechnungsbegleicher nachzuschieben.

„Jaja, du wirst mir ja nach der Vorstellung nicht gleich wegrennen, oder?", zwinkert sie ihm zu. Nein, das wird er ganz sicher nicht tun. Definitiv nicht!

Nun denn, so lasst die Spiele beginnen. Die Musiker erscheinen und fangen mit dem Stimmen ihrer Instrumente an. Der Chor marschiert ein und nimmt erst mal gemütlich Platz. Und nach einer Weile erscheint der stolze Dirigent, wird brav beklatscht, gibt dem ersten Geiger die Hand, verbeugt sich artig und schlägt seine Partitur auf. Abgesehen von den Hüstlern und den Last-Minute-Raschlern ist es jetzt mucksmäuschenstill. Noch eine wilde Zuckung des erhöht stehenden Frackträgers, und das Schauspiel nimmt seinen Lauf. Winfried hat sich das ein wenig anders vorgestellt, so mit Bühnenbild und Kostümen, merkt jetzt aber auch, dass es sich um eine konzertante Aufführung handelt. So, jetzt trällert der Chor ein wenig und schon erscheint auch der erste Solist und schmettert seine erste, hingebungsvolle Arie. Winfried gefällt, was er hört. Ab und zu treffen sich seine und Doris' Blicke und dann wird anerkennend gelächelt. Sie ist toll! Eine echte Superfrau! Und das weiß sie auch. Artig hält sich Winfried an das Sprechverbot während der Darbietung und Doris natürlich auch. Einige Zuhörer haben das mit dem Klatschen nach Szenenende noch nicht so ganz kapiert, aber auch hier entgeht Winfried geschickt dieser Peinlichkeit und behält seine Hände dort, wo sie hingehören. Obwohl, da ist dieses Knie, links von ihm, das er schon mal gern berühren würde. Aber dafür ist es jetzt natürlich noch viel zu früh. In buntem Reigen wechseln sich die Solisten auf der Bühne ab, und schon ist der erste Akt zu Ende. Ein donnernder Applaus ertönt und Winfried klatscht ordentlich mit. Doris auch — sie scheint total begeistert zu sein.

„Super, oder?", brüllt sie gegen den Klatsch-Lärm in Winfrieds Richtung.

„Toll, ja, gefällt mir richtig gut!", schreit Winfried zurück.

Dann, nachdem der Applaus abgeebbt ist, gehen beide nach draußen zur Pause. Doris lässt ihr dringendes Interesse für einen weiteren Prosecco erkennen. Also wird wieder die Bar angesteuert.

„Grandios! Wahnsinn! Dir scheint's ja auch gut zu gefallen, oder?"

Winfried hat sich bereits eine passende Antwort zurechtgelegt. Vorbereitet sein ist eben alles.

„Ja, aber irgendwie bin ich dann doch etwas enttäuscht! Dieser Donizetti hat es wohl nicht nötig, mal kurz vorbeizugucken. Typisch Italiener!", mäkelt Winfried mit ernster Miene.

Doris blickt leicht konsterniert.

„Stattdessen schickt er diesen ältlichen Poser mit dem Stöckchen, der weder singen noch ein Instrument spielen kann und einen auf wichtig macht."

Doris' Mund steht offen. Sie schluckt.

„Und die Musiker kennen das Stück nicht mal auswendig. Die müssen ja alle vom Blatt spicken."

„Du Schuft! Du verarschst mich!" Jetzt lächelt Doris wieder.

„Nein, wieso? Hast du nicht gemerkt, dass da überhaupt gar keine Stimmung aufkommt? Kein Mensch hat geklatscht, geschunkelt oder mitgesungen. Nicht mal zart mitgesummt. Es gibt weder Popcorn noch Eis-Konfekt. Echt lahmer Zock hier!"

„Winfried! Du elender Kulturbanause!" Doris grinst über das ganze Gesicht. Ihre blitzweißen Perlenzähne glänzen im hellen Licht der Foyerstrahler.

„Und ich finde, das ist doch alles sehr unglaubwürdig, oder nicht? Die Geschichte spielt im fernen Schottland und alle singen italienisch! Sag mal, wie soll das denn gehen?"

„Winfried, hör auf, ich krieg einen Lachanfall!" Doris kann sich jetzt kaum noch halten.

„Hast Du die zwei Typen mitten auf der Bühne gesehen, die da einfach so ihre Shisha rauchen? Das find ich schon ziemlich dreist!"

„Die Fagottisten?" Doris prustet laut raus. Einige Konzertbesucher drehen sich schon leicht pikiert um und glotzen zu den beiden rüber.

„Fagottisten? Also, ich weiß leider wirklich nicht, zu welcher Sekte die gehören. Und Schlagzeug gibt's auch keins! Welche Band hat denn bitte keinen ordentlichen Drummer, hä?"

Doris kann nicht mehr. Sie schüttelt sich vor Lachen, stolpert in Richtung Winfried, legt ihm einen Arm um den Hals und lehnt sich mit dem Kopf an seine Schulter. Dabei landet die Hälfte ihres Proseccos an Winfrieds Brust, und plötzlich schießt ihm ein blitzlichtartiges Déjà-vu durch den Kopf. Heidi! Rotwein! Gestern! Schwupps, schon weg. Doris bekommt wieder Luft.

„Winfried! Machst du das berufsmäßig oder wie kommst du auf so einen totalen Blödsinn? Du gehörst ja ins Fernsehen!"

Winfried blickt immer noch sehr ernst, leicht unverständig.

„Wieso? Wie meinst du das?"

Aber schon entweicht ihm ein Lächeln am Mundwinkel. Doris hängt immer noch an seiner Prosecco-

Brust, wo sich die Nässe jetzt bis auf seine Haut durchgearbeitet hat. Und unangenehm zu kleben anfängt.

„Also in der Oper hab ich noch nie so gelacht! Oh, du bist ja ganz nass! War ich das?"

Winfried blickt mit spitzem Mund nach oben, Richtung Decke und pfeift leise. Unschuld heuchelnd.

„Sorry, sorry, aber ist ja Gott sei Dank kein Rotwein!"

„Kenn ich schon von gestern!", würde Winfried gerne sagen, verkneift sich das aber natürlich.

„Ne, das trocknet ja wieder!"

Ding-Dong! Zweiter Akt. Pause. Ding-Dong! Dritter Akt.

Im dritten Akt dreht diese Lucia di Lammermoor vollkommen am Rad und wird komplett wahnsinnig. Sie singt, wie könnte es anders sein, die berühmte *Wahnsinns-Arie*, die tatsächlich diesen Namen trägt. Winfried ist echt beeindruckt und blickt sanft lächelnd zu Doris rüber. Doch die scheint gerade in einer vollkommen anderen Welt zu sein. Absolut verzückt verfolgt sie das Geschehen auf der Bühne, wiegt ihren Oberkörper sanft zum Klange der Musik und zeigt: eindeutige körperliche Reaktionen. Winfried stockt der Atem. Doris' ohnehin schon spektakulären weiblichen Geschlechtsmerkmale wogen auf und ab und in der Peak-Position, der Nippelregion also, tut sich Unfassbares. Dort, wo vorher eine minimale Erhabenheit zu erahnen war, zeigt sich nun eine – Winfried traut seinen Augen nicht – mindestens haselnussgroße Auswölbung. Ein Erker, eine Eruption, oder um in der

Schulschiffsprache zu bleiben: eine Galionsfigur! Winfried kann kaum noch auf die Bühne schauen. In seinen Ohren dröhnt die Wahnsinns-Arie ihrem Ende entgegen und seine Augen sind absolut festgenagelt. Ganz abgesehen von dem bemerkenswerten naturwissenschaftlichen Phänomen, das er gerade bewundert, fasziniert ihn die Gesamtkomposition aus gediegener Kultur, subtiler Öffentlichkeit in der Philharmonie, klassischer Biologie und sinnlicher Attraktivität. Allerdings muss er bei sich auch die Auswirkungen einfachster Reiz-Reaktions-Mechanismen beobachten. Im Lendenbereich staut sich Blut, drängt weiter vor und findet sich schließlich in den Schwellkörpern seines Fortpflanzungsorgans wieder. Und die Schwellkörper tun, wofür sie von Mutter Natur geschaffen wurden: Sie schwellen an! Erektion nennt man so etwas im Sexualkundeunterricht. Der Volksmund wird da konkreter: die gemeine Latte, der fette Mega-Ständer, bzw. ein ordentlicher Harter! Das ist normalerweise nichts Schlimmes, wenn man das in einer Jeans im Zwielicht einer Bar oder Kneipe gut verbergen kann. In einer Stoffhose in Reihe 4, Sitz 18 eines gut ausgeleuchteten Konzertsaales ist das schon etwas anderes. Obwohl Doris zunächst komplett entrückt schien, hat sie nun einen Blick zuerst auf Winfried und dann auf seine Hosenregion geworfen. Sie lächelt kurz, aber wohlwollend und widmet sich dann wieder dem Geschehen auf der Bühne. Winfried denkt schnell an dicke Leberwurstbrote mit Senf und Gurke. Die mag er nunmal überhaupt nicht. Das ekelt ihn sogar ein bisschen. Und das hilft wunderbar gegen ungewollte Ständer in unpassenden Situationen.

Traraaaa! Finale. Applaus. Das muss eine wirklich besondere Aufführung gewesen sein. Das Publikum tobt! Fast schon etwas zu viel für einen braven Münchener Opernabend. Auch Doris applaudiert begeistert. Winfried nicht minder. Beide strahlen sich an. Ein guter Start für ... für was eigentlich, schießt es Winfried durch den Kopf. Für einen netten Abend? Für einen One-Night-Stand? Für eine beginnende Beziehung?

Nach mehr als 15 Minuten Standing Ovations ist dann schließlich doch alles vorbei und Winfried und Doris begeben sich beschleunigt zum Ausgang.

„Ah, das war wunderbar! Und jetzt? Was machen wir noch?" Doris blickt ihn mit leuchtenden Augen an. Aha, der Abend erhält also eine Fortsetzung. Ob das an seiner Hosenbeule liegt? Alex hätte jetzt sicher schon die *Zu-mir-oder-zu-Dir*-Nummer mit Betonung auf „Zu Dir!" abgezogen, aber so dreist ist Winfried noch nicht. Er geht sachte an die Angelegenheit heran.

„Was trinken oder auch noch 'ne Kleinigkeit essen?"

„Also ein kleines Hüngerchen hätt' ich schon noch."

„Kennst du Bertrand et Bertrand? So ein Franzosenladen mit Crêpes, Quiche und Tartes. Gar nicht weit von hier."

„Nö, kenn ich nicht. Noch nicht! Wo geht's lang?"

Schon wieder klemmt sich Doris unter seinen Arm und beide marschieren los, in Richtung Wiener Platz. Ein gutes Gefühl, gesteht sich Winfried ein und spürt erneut den sanften Druck ihres Armes und das Vorbeistreifen ihres Körpers beim Gehen. Gott sei Dank sind die Haselnüsse verschwunden und seine Latte hat sich auch wieder beruhigt. Nach wenigen Minuten erreichen Sie die Crêperie, aber Doris zögert kurz, schiebt ihn dann kurzerhand in einen dunklen Hauseingang und – küsst ihn. Aber mal so richtig! Ihre Krallen kämmen durch seine Haare, ihr rechtes Bein wickelt sich um sein linkes, ihre Zunge erforscht zahnarztgleich sämtliche Winkel seines Mundinnenraums und ihr gesamter Körper presst ihn mit Macht an die grob verputzte Hauswand. Winfried bekommt kaum noch Luft. Sein Stöhnen rührt zwar primär von der Tatsache, dass sich ein alter Scharnierbolzen, der noch aus der Hauswand ragt, langsam zwischen seine Rippen bohrt, aber Doris kennt jetzt kein Pardon mehr. Sie fummelt fast schon etwas zu hektisch an seinem Gürtel und zischt durch ihre geschlossenen Perlenzähne:

„Los! Gleich hier! Komm!"

Das gibt Winfried eine kurze Gelegenheit zum Atmen. Allerdings wirklich nur kurz. Nach zwei tiefen Lungenzügen stellt er fest, dass Doris plötzlich verschwunden ist. Zumindest aus seinem unmittelbaren Sichtfeld. Allerdings spürt er jetzt deutlich, dass sich die Perlenzähne ein anderes Opfer gesucht haben, das sich etwa zwanzig Zentimeter unterhalb seines Nabels befindet. Winfried weiß nicht, ob sie sich das vorhin im Konzert bei einem der Trompeter oder Posaunisten abgeschaut hat, aber gäbe es dafür auch ein Orchester, könnte Doris dort sicher die erste Geige – Pardon: das erste Blechblasinstrument – spielen. Aber schon hat sie sich wieder nach oben gearbeitet und Winfried spürt, wie sein bestes Stück von geschickten Fingern dort platziert wird, wo das zwar eher kurze, aber scheinbar doch heftige Vorspiel bereits mehr Flüssigkeit zusammengetrommelt hatte, als sie ihm vorhin während der Pause über die Kutte geschüttet hat. Das hat Winfried wirklich noch nie erlebt. Doris benutzt ihn richtiggehend! Sie stößt zu, treibt ihn tiefer in sich hinein, und dabei meldet sich nun auch der alte Scharnierbolzen wieder deutlich zu Wort. Winfried schreit kurz vor Schmerz auf.

„Aaahh!", krächzt er gepeinigt.

„Jaaa!", stöhnt Doris in Ekstase.

Doris bewegt sich jetzt immer schneller, und Winfried versucht, seinen Rücken in Sicherheit zu bringen. Dazu drückt er sein Hohlkreuz nach vorne durch und lehnt sich mit den Schultern nach hinten an die Wand. Ah, das ist besser! Das findet offensichtlich auch Doris, denn für sie gibt es jetzt kein Halten mehr. Mit einem ausdauernden Schrei und einem Zittern, das den ganzen Körper erfasst, gibt sie zu erkennen, dass das Ziel der Hinterhofbegehung für sie erreicht ist. Sie keucht. Ihre Haare sind durcheinandergekommen. Ihre Bewegungen haben fast aufgehört. Sie hängt an Winfrieds Hals und japst. Allerdings befindet sich dessen Männlichkeit immer noch dort, wo vor wenigen Sekunden noch mehr Reibungswärme erzeugt wurde als in jedem mittelgroßen Heizkraftwerk. Und das hat jetzt deutliche Nachwirkungen. Es gibt beim männlichen Orgasmus diesen gewissen Point-of-no-Return. Ein Zeitpunkt, wo ejakulationstechnisch noch nichts passiert ist, wo aber auch nichts und niemand mehr die heranrollende Fortpflanzungsflüssigkeit stoppen kann. Genau die bahnt sich jetzt ihren Weg und Winfried ist komplett verwirrt. Doris ist nur noch ein schwer atmendes Etwas in seinen Armen und er kommt – quasi zeitverzögert, so als ob man nach Ladenschluss vor der versperrten Tür steht. Aaaahhh! Das gilt es noch zu üben. Später. Irgendwie unterdrückt er zwar ein Stöhnen oder gar Schreien, aber ganz geht das halt doch nicht. Und letztendlich ist da ja auch eine nicht unerhebliche Menge milchig-weißer Flüssigkeit zu Tage getreten. Das hat jetzt auch Doris gemerkt und kichert leise vor sich hin.

„Erster!", grinst sie verschmitzt.

Winfried lächelt und hält sie fest in seinem Arm. What a night!

5

Am nächsten Morgen fühlt sich Winfried wunderbar. Er hatte gestern Doris noch nach Hause gebracht, vor ihrer Tür im Wagen wild mit ihr rumgeknutscht und dann aber doch den Heimweg angetreten. Weitere Bistro- oder Barbesuche fielen aufgrund der deutlich erkennbaren Spuren der intimen Auseinandersetzung im Hinterhof sowohl an seiner als auch an Doris' Kleidung aus. Doris hatte noch gesagt, dass sie die nächsten Tage in Norddeutschland bei einem Seminar sei und auf dem Rückweg eine alte Freundin in der Nähe von Würzburg besuchen wolle. Frühester Wiedersehenszeitpunkt also am kommenden Montag.

Natürlich gab es dann beim Heimfahren noch ein kleines Intermezzo mit seiner neuen Begleitung, Claudette. Die hatte sich zwar, so lange Doris im Wagen war, brav zurückgehalten, dann aber doch ihrer Neugierde nachgegeben. Sie ist halt eine Frau.
„Winnie, das warr abär ein eiße Abend!"
„Ja, kann man so sagen."
„Ist das dein neu Freundin?"
„Öh, weiß ich noch nicht so genau."
„Abär irr abt doch geküsst!"
„Deswegen muss man ja nicht gleich ..."
„Ünn dein Ose ist gans schmützig!"
„Bananenmilchshake!"
„Winnie! Isch weiß gans genau, was das da is!"
Ich unterhalte mich also mit meinem Navigationsgerät über das Ejakulat auf meiner Hose und versuche so

zu tun, als hätte ich mir einen Milchshake drüber gekippt. Normal ist das nicht. Winfrieds Gedanken beginnen zu kreisen.

„Und?"

„Du as Liebe gemach!"

„Und?"

„Und dann sags du, is nisch dein Freundin?"

„Mir scheint, du bist etwas altmodisch, oder? Kann das sein?"

„Isch bin überaup nisch altmödisch, abär isch bin anschdändisch!"

„Dann sei doch jetzt bitte so *anschdändisch* und lass mich in Ruhe nach Hause fahren. Ich will ins Bett und schlafen und nicht diskutieren."

„Das is tüpisch! Irr Männerr wollt nie reden. Ünn was is mit die andere Frölein?"

„Was soll mit ihr sein?"

„Die at dirr doch auch gefallen, oderr?"

„Ja, hat sie. Und jetzt bitte Silentium. Wir reden morgen!"

Pause. Stille. Schweigen.

„Winnie?"

„Ja."

„Schlaff gütt!"

„Danke."

So, heute ist Donnerstag, ein ganz normaler Arbeitstag, und Winfried schafft locker sein Pensum. Eine blöde Versuchsreihe für ein Produkt, das sowieso schon fast gestorben ist. Manchmal weiß Winfried nicht wirklich so genau, warum er da noch wochenlang rumtüfteln muss. Nur damit jemand sagen kann: „Sehen Sie, das war ja klar, dass das nicht alltagstauglich ist!" So kann man auch Geld verbrennen. Aber es ist ja nicht seins und er ist froh, dass er einen guten Job hat, geregelte Arbeitszeiten, ein ordentliches Gehalt und später sogar mal eine Betriebsrente. Rente! Daran sollte man eigentlich in seinem Alter noch nicht denken. Pünktlich um Viertel nach vier zieht er wieder seine Sicherheitskarte durch die Zeiterfassung und begibt sich direkt in die Stadt. Genauer gesagt in den Englischen Garten, die grüne Lunge Münchens. Mit dem Rad ist er ruck-zuck in der Hirschau, einem wunderschönen Biergarten, wo sonntags sogar Livemusik geboten wird. Heute nicht, denn es ist ja eben Donnerstag. Und Donnerstag ist der klassische Männertag. Er trifft sich mit Axel. Der sitzt schon fröhlich hinter seiner Russen-Maß, blinzelt in die Sonne und wirkt sehr entspannt.

„Servus, Winfried! Old Sausage-skin! Setz dich, wie geht's?"

„Gut! Sehr gut!"

„Erzähl!"

Winfried berichtet ausführlich von seinen beiden Begegnungen. Von Heidi und von Doris. Und von den Erlebnissen beim Italiener, in der Oper und im Hausflur. Und bei der Gelegenheit kann er ja auch gleich Axel einen ausgeben.

„Und was ist das jetzt mit deiner Navi?"

„Das ist etwas merkwürdig. Sie spricht. Mit französischem Akzent und zwar nicht nur so ‚Links, rechts, gerade aus!', sondern ‚Wie geht's dir?' und ‚Wie war's

85

beim Essen?' Das ist irre. Ich dachte schon, ich bin ballaballa! Sie hat mich vor einem Beinahe-Crash mit einem Motorrad gewarnt! Axel, das ist total verrückt!"

Axel kratzt sich am unrasierten Kinn, lädt eine Portion *Obazda* auf seine Brezel und beißt genussvoll ab. Ohne Rücksicht auf seinen vollen Mund – schließlich ist ja Männerabend – formuliert er eine interessante Frage:

„Kann ich das mal hören?"

„Weiß ich nicht. Als ich gestern Abend Doris nach Hause gefahren hab, hat sie kein Wort gesagt. Erst als sie wieder weg war."

„Also außer dir hat das noch keiner gehört?"

„Axel, jetzt tu nicht so, als ob ich bescheuert wäre. Ich kann das hören, und es ist ganz real, und ich bin nicht verrückt!"

„O .k., o. k., schon gut. Wir können ja mal schauen, ob sie auch mit mir spricht. Wir fahren einfach nachher bei dir vorbei, setzen uns in dein Auto und dann sehen wir ja, was passiert."

„Also gut, das machen wir. Warum nicht? Kann ja nichts passieren."

„Genau. Und jetzt erzähl mir mehr von dieser Doris!"

Axel grinst und Winfried gibt noch ein paar Einzelheiten des gestrigen Abends zum Besten. Er ist normalerweise nicht der, der mit seinen Liebschaften oder Bettgeschichten prahlt, aber schließlich hat er den Tipp ja sowieso von Axel, und der ist nunmal sein bester Kumpel.

Eine gute Stunde später sitzen dann beide auf dem Rad Richtung Süden und erreichen nach wenigen Minuten Winfrieds Domizil. Sein Wagen steht im Innenhof. Beide nehmen Platz, Winfried auf dem Fahrer-, Axel auf dem Beifahrersitz.

„Und?"

„Ja was, und?"

„Ja, jetzt mach halt mal!"

„Wie mach mal?"

„Ja, schalt doch mal die Zündung ein. Oder mach den Motor an. Ich weiß ja auch nicht."

„Das geht auch ohne."

„Wie: ohne?"

„Jetzt sei doch mal ruhig!"

Beide sitzen starr auf ihren Sitzen und glotzen gebannt auf das Display der ausgeschalteten Navigationsanlage. Normalerweise kann man hier bunte Straßenkarten oder diverse Eingabefelder sehen. Jetzt ist natürlich alles schwarz.

Weiter hinten beobachtet Frau Dillinger die Szenerie aus ihrem Küchenfenster. Hermine Dillinger ist die Blockwartin des Hauses und die uneingeschränkte Herrscherin des Innenhofs. Nichts passiert hier, ohne dass sie es bemerkt. Seit acht Jahren ist sie in Rente, seit drei Jahren Witwe, und da sie scheinbar sonst nichts zu tun hat, gebietet sie mit eiserner Hand über ihr Reich. Das hat den großen Vorteil, dass immer alles picobello aufgeräumt ist und dass Winfried seinen Wagen unbekümmert hier abstellen kann, ohne auch nur den Hauch einer Befürchtung haben zu müssen. Winfried und Axel bemerken sie nicht – sie haben Wichtiges zu tun. Und da beide die Türen offen gelassen haben, kann Frau Dillinger jedes Wort mithören. Allerdings bislang keins davon in einen sinnvollen Zusammenhang bringen. Zwei Männer sitzen jetzt mehr oder weniger stumm in einem Auto und begucken angestrengt das Armaturenbrett. Sehr merkwürdig.

„Also ich hör nichts. Willst du nicht doch mal die Zündung einschalten?"

„O. k."

Winfried dreht den Zündschlüssel, diverse Lichtlein beginnen zu leuchten und der Navi-Bildschirm zeigt nun sein gewohntes Kartenbild. Aber zu hören ist immer noch nichts. Keine französische Frauenstimme, die auf den namen Claudette hört.

„Ruf sie doch mal."

„Bist du bescheuert?"

„Wer hört denn hier Stimmen? Ich oder du?"

Das ist jetzt wirklich lächerlich. Aber vielleicht auch doch wieder nicht. Kann ja nichts passieren.

„Claudette?"

Frau Dillinger ist jetzt doch etwas in Sorge. Sie lehnt sich etwas weiter aus dem Fenster, um besser hören zu können.

Im Auto keine Reaktion. Lauter:

„Claudette? Hallo! Meld dich mal. Sag was."

„Vielleicht musst du den Motor anmachen?"

„Quatsch!"

„Ja mach doch mal. Ist doch egal!"

Winfried schnaubt entnervt und startet den Motor. Wonnig gurgelt der 6-Zylinder-Diesel vor sich hin. Drei

Liter Hubraum. Aber weitere Geräusche oder gar sprechende Navi-Stimmen: Fehlanzeige.

„Lass mich mal! Claudette? Hallo! Ich bin Axel, ein Freund von Winfried. Bist du da?"

Frau Dillinger versteht nur noch Bahnhof. Offensichtlich sind die beiden netten Herren verrückt geworden. Sie hat sich ja schon dran gewöhnt, dass in der Stadt alle naslang irgendjemand wild gestikulierend und laut debattierend an ihr vorbeigeht. Das sind Menschen, die man früher kurzerhand dauerhaft weggesperrt hätte. Sie weiß aber mittlerweile, dass das jetzt mit diesen neuen Mobiltelefonen zu tun hat. Die Leute haben so einen Knopf im Ohr und irgendwo ein Mikrofon. Sie telefonieren, ohne dass sie sich ein Telefon an Ohr und Mund halten. Das ist der Fortschritt. Aber im Innenhof in einem Auto zu sitzen, den Motor laufen zu lassen und nach weiblichen Personen zu rufen, die ganz offensichtlich nicht da sind, das ist doch mehr als merkwürdig.

„Das ist doch Schwachsinn! Sie redet nicht mit dir. Sie ..."

„Mhm."

„Ja, ich weiß auch nicht. Vielleicht ist sie schüchtern."

„Schüchtern. Eine Navigationsanlage, die sich laut deinen Angaben in dein Leben einmischt, mit dir spricht und dann: schüchtern. Winfried, bist du wirklich sicher, dass mit dir alles in Ordnung ist?"

„Ja, das bin ich!"

Winfried stellt entnervt den Motor ab.

„Das war eine total bescheuerte Schnapsidee."

„Winfried, ich glaub dir ja, aber etwas strange klingt deine Story schon. Also offensichtlich will deine – wie heißt sie, Claudette? – nicht mit mir reden. Und so rein technisch weiß ich auch nicht, wie das hier alles gehen soll. Also am besten wartest du jetzt mal ab. Pass auf, ich geh mal eine Runde spazieren und du bleibst hier und guckst, ob sie dann was sagt. Einverstanden?"

„Einverstanden!"

Frau Dillinger weicht leicht mit dem Oberkörper zurück, als Axel an ihrem Fenster vorbeigeht. Dann beugt sie sich wieder nach vorn. Dieser Herr Fischer, eigentlich ein ganz netter junger Mann, sogar Ingenieur, sitzt immer noch im Auto. Und jetzt fängt er wieder zu reden an. Mit einer Frau, die nicht da ist. Äußerst merkwürdig!

„Claudette?"

Keine Antwort.

„Claudette!

"Winnie, isch mag das nisch!"

„Ah!", stößt Winfried hervor, so laut, dass Frau Dillinger einen Schreck bekommt und reflexartig den Kopf einzieht.

„Da bist du ja!"

„Da bin isch ja. Und isch mag nisch mit andere reden. Isch will dein Freundin sein ünn nisch erumgeseig werden. Das warr wirklisch nisch nett von dir! Überaup nisch!"

Aha, denkt sich Frau Dillinger. Der Herr Fischer telefoniert. Jetzt ist ja alles wieder klar! Ihr Enkel, der irgendwo im Frankenland wohnt und eher selten zu Besuch kommt, hat auch ein Freisprechtelefondingens im

Auto, bei dem man einfach so ins Wageninnere spricht, und der andere kann einen dann am Telefon hören. Früher hat man im Auto nicht telefonieren können. Aber heute ist das scheinbar unumgänglich.

„Claudette, ich hab Axel erzählt …"

„Warüm? Das geht den gar nisch an! Das is ein Geeimnis!"

„Claudette …"

Offensichtlich hat der Herr Fischer Ärger mit seiner Freundin, denkt sich Frau Dillinger. Das kommt davon, wenn man zu viel im Auto rumtelefoniert.

„Isch rede mit kein andere und c'est ca!"

„Claudette …"

„Non!"

In dem Moment kommt Axel zurück in den Hof gestiefelt. Frau Dillinger geht wieder leicht in Deckung.

„Und?"

„Sie spricht nicht mit dir!"

„Was?"

„Sie spricht nicht mit dir und auch sonst mit niemand. Sie möchte nur mit mir sprechen. Ich …"

„Winfried, weißt du was? Wir zwei beiden gehen jetzt mal schön in die Stadt, was Leckeres essen, dann bissl gucken, was geht, und hinterher noch ins Sausolitos. Oder zu Berry, da ist ja auch immer was los. Heut ist Donnerstag. Langsam das Wochenende vorglühen! Und deine Navi-Tante, die lässt du einfach mal hier. In `ner Stunde hol ich dich ab und wir machen uns einen lässigen Abend. Einverstanden?

„Ja, vielleicht brauch ich echt mal ein bisserl Ablenkung."

Winfried klingt etwas entmutigt, erschöpft. Aber er ist froh über Axels Vorschlag und etwas zum Essen ist ja auch nicht verkehrt.

„Alles klar, dann in `ner Stunde also."

„Ich hol dich ab! Servus."

Axel macht sich auf den Weg und Winfried bleibt etwas bedeppert im Auto sitzen. Das ist schon eine sehr merkwürdige Geschichte. Aber sicher gibt es für all das eine logische Erklärung. Auf alle Fälle wird er das Ganze jetzt erst mal für sich behalten. Sogar das mit Axel war ja schon zu viel gewesen.

Winfried stellt sich gerade vor, wie er in die Werkstatt seines Vertrauens fährt und dort erklärt, seine Navi würde mit ihm sprechen und dann auch noch mit Akzent und zwar ganz banale Dinge des täglichen Alltags, wie zum Beispiel Ejakulat auf der Hose, nachdem er in einem Hauseingang Geschlechtsverkehr mit einer Frau hatte, die er gerade erst kennengelernt hat.

„Jo, des hammer glei!", sagt der sympathische Mechaniker und drischt kurz, aber äußerst schwungvoll und präzise mit einem riesigen Schraubenschlüssel auf das Display der Navigation.

„So, schaung's amoi jetzt!"

„Winfried, dieser Typ hat mich geschlagen, tu etwas!", antwortet das Gerät im klassisch-spitzen Deutsch einer waschechten Hamburger Kaufmannstochter.

„Moment!", vertröstet der versierte Schrauber und schlägt noch zweimal kräftig zu.

„Winfried, mein Jingelchen, mechtest du nicht dafir sorjen, dass dieser unjehobelte Rohling aujenblicklich aufhert?"

Das klang jetzt irgendwie ostpreußisch. Oder Schlesisch. Zumindest in Winfrieds Ohren.

„Ja verreck, du Matz!"

Und schon holt der Mechaniker wieder aus. Das Display zerspringt in tausend Teile.

„Wimpfried", jetzt plötzlich eine raue Männerstimme, schätzungsweise aus dem Rheinland: „Ber hat mir einen Fahn aufgeflagen!"

„Des is a Dialektstörung! Hamma bei dem Model efda!", konstatiert der Mechaniker und holt eine große Bohrmaschine.

Hier bricht Winfried sein Gedankenspiel ab. Nein, er wird niemand davon erzählen. Zumindest nicht, bis er geklärt hat, was dahinter steckt. Und bis dahin wird er eben mit seiner Navi leben. Was soll er denn sonst tun? Das Auto verkaufen? Die Navi ausbauen lassen? Alles Quatsch!

„Winnie?"

„Was?"

„Bon appétit! Wenn du nach-er noch was esse gehs."

„Danke!"

„Winnie?"

„Ja?"

„Nisch böse sein!"
„Schon gut."

Später macht sich Winfried noch einen schönen Herrenabend mit Axel. Sie besuchen ein kleines Steakhouse, in dem man seinen Fleischlappen auch tatsächlich *rare* bekommt, wenn man ihn so bestellt. Danach geht's durch drei nette Kneipen in der Innenstadt und anschließend noch auf einen Absacker im Sausolitos. Das Thema „Claudette" wird nicht erwähnt. Das Thema „Doris" schon. Und das Thema „Heidi" auch. Morgen ist ja Freitag und da steht ein Telefonat mit ihr an. Und vielleicht auch ein Treffen. Das gilt es vorzubereiten. Wichtig ist natürlich zunächst das richtige Timing, also die Frage, wann sie denn Zeit für ihn hat. Bereits am Freitagabend? Dann gibt's Kulturprogramm! Am Samstag? Ein kleiner Ausflug ins wunderbare Umland, Richtung Berge! Und am Sonntag? Ein schöner Sonnentag in der Großstadt. München hat ja so einiges zu bieten und Winfried kennt ein paar sehr schöne Geheimtipps, die in keinem Reiseführer stehen. Der Wetterbericht sieht ebenfalls gut aus.

Schließlich taucht auch noch Kasi auf, und Axel kann es sich nicht verkneifen, ihn nach technischen Möglichkeiten zu löchern, wie man denn irgendwo ein Mikro einbauen kann.

„Kasi, pass mal auf! Ich hab da eine kleine technische Frage. Du bist doch so funk-elektromäßig ganz gut drauf."

Kasi unterbricht ihn kurz: „Ja, Promotion mit summa cum laude in Nachrichtentechnik. Doktor rerum naturalium Jochen Friedrich Kastner, oder für dich: Kasi. Also was gibt's?"

„Äh, gut, Herr Professor. Also, mein Nachbar, der Volldepp aus Dunkeldeutschland, der geht mir dermaßen auf den Keks mit seiner Pedanterie, dass ich ihm gerne mal eins auswischen möchte. Ich hab mir gedacht, nur mal angenommen, wenn ich Zugang zu seiner Wohnung hätte, könnte man da ein Mikrofon verstecken und ihm dann so Stimmen zuspielen? Die ihm schräge Sachen einflüstern? Nur so zum Spaß?"

„Du meinst einen Lautsprecher, kein Mikrofon, oder?"

„Ja, Wurst!"

„Und was sollen die Stimmen dann sagen?"

„Ja, was weiß ich? Du riechst aus dem Mund! Deine Vitalkraft ist jetzt auf Level 4 und du brauchst noch 13 rote Magma-Elemente für die nächste Ebene! Bedenke, dass du sterblich bist! Irgend so'n Scheiß halt."

„Und was soll das?"

„Nur so! Ein Gag! Geht das?"

Axels Nachbar ist gar kein Ostdeutscher. Er kommt aus Lüchow-Dannenberg und hat halt sehr konservative Ansichten zum Thema „Mehrere Mieter bewohnen gemeinsam ein Haus". Er spricht Axel an, wenn er sein Rennrad im Hausflur abstellt, was natürlich laut Hausordnung ausdrücklich nicht statthaft ist. Er belehrt Axel gerne zum Thema Mülltrennung. Er klingelt, wenn die Musik zu laut ist. Er schreibt Briefe, wenn der Damenbesuch zu laut ist. Interessanterweise klingelt er da nicht. Aber Axel ist ja ohnehin eher der Auswärtsspieler, also kommt das nicht allzu häufig vor. Und als besonderes Highlight versucht er, Alex zu bekehren. Jetzt nicht religiös oder politisch, eher weltanschaulich-esoterisch. Jede Woche landet eine selbst gedruckte Mini-Zeitung in Axels Briefkasten: „Besseres Leben" herausgegeben von: Axels Nachbar. „Love, Peace and Harmony durch Miteinander, Zueinander, Durcheinander", das ist Axels selbstkomponierter Titel dieses Zehn-Seiten-Magazins. Lauter unnütze Tipps und Anleitungen zum ewigen Glück. Passt eigentlich gar nicht zu so einem spießigen Pedanten.

„Klar geht das. Du schraubst da einen Lautsprecher in der Bude an und gut. Aber den wird er ja sofort finden. Sobald du da was flüsterst, ortet der die Lage des Lautsprechers und schraubt ihn wieder ab. Das macht keinen Sinn."

„Ach so, stimmt."

„Ein Mikro zum Abhören ist da was anderes, oder auch eine Kamera. Das ist dann ein passives Element zur Überwachung. Ein Lautsprecher ist eher aktiv. Aber Abhören oder Zugucken, das ist ja auch nicht ganz deine Zielrichtung, oder?"

„Ne, weiß Gott nicht. Mir ist vollkommen Nüsse, was der in seiner Bude treibt. Hauptsache, er lässt mich endlich in Ruhe. Aber nur mal so. Das mit dem Lautsprecher ist ganz easy, halt nur so lang, bis er ihn findet?"

„Supereasy!"

Axel bekommt einen deutlichen Tritt vors Schienbein. Unterm Tisch. Von Winfried. Aber der technische Aspekt ist damit erst mal geklärt. Denn Winfried weiß ja, wo die Stimme herkommt. Allerdings bleibt die Frage, wie die Stimme gefährlich anbrausende Motorrad-Stuntmen und verschmierte Ejakulatflecken erkennt. Und die Antwort ist so einfach, dass es Winfried jetzt wie Schuppen von den Augen fällt: Augen! Das ist es! Eine Stimme kann nichts sehen. Dazu braucht man Augen. Augen für außen, also den Motorrad-Junkie, und für innen, für die Sabberhose. Eine Kamera also! Das muss sofort umfassend und gründlich untersucht werden!

„Jungs, ich muss los! Morgen um halb sieben ist die Nacht vorbei. Wochenende weiß ich noch nicht, was läuft. Ich meld mich!"

„Winfried, es ist kurz vor zwölf! Willst du schon in die Heia?"

„Jep! Kann ja gut sein, dass ich morgen all meine Kräfte brauch!"

Axel und Kasi lächeln verschwörerisch.

„Alles klar. Dann hau mal rein! Beat in!"

Im Laufschritt hastet Winfried nach Hause. Vom Sausolitos sind es etwa zwei Kilometer bis zu seiner Wohnung. Die Strecke führt durch den Englischen Garten, am Monopteros vorbei und dann beim Chinesischen Turm nach rechts in die Wohngegend. Sein Wagen steht wie immer brav im Innenhof. Winfried kümmert sich erst mal um den Außenbereich. Akribisch untersucht er das Dach, das Heck, die Front und die Seitenfluchten. Nichts! Keine Kamera. Sehr komisch. Also die wirklich heißen Premium-Marken haben ja heutzutage schon kleine Kameras, die um die Ecke gucken, um zu sehen, ob hinter einer unübersichtlichen

Ausfahrt eine Rentnerbande auf ihren Rollstühlen daherbraust. Sein Auto, obwohl durchaus sehr hochwertig, hat das noch nicht, und auch sonst sind keine Manipulationen festzustellen. Frau Dillinger kann von ihrem Beobachtungsposten aus auch nichts erkennen, aber sie weiß ja auch gar nicht, wonach sie suchen sollte. Sie findet nur, dass der nette Herr Fischer sich heute wirklich sehr merkwürdig benimmt. Erst die Nummer mit dem Telefonieren im Auto – oder was auch immer das war – und jetzt befummelt er seinen Wagen. Das alles kurz vor Mitternacht.

Und jetzt steigt er ein. Die Innenbeleuchtung geht an. Herr Fischer examiniert den kompletten Innenraum, das Dach, die Sitze, das Armaturenbrett, den Fond.

„Wenn sie den Schlonz auf meiner Hose gesehen hat, dann muss die Kamera … äh, irgendwo hier gewesen sein.", denkt sich Winfried und begutachtet die Oberkanten der Türen. Oder hier am Rückspiegel. Irgendwo muss doch …

„Winnie? Was machs du da?"

„Claudette! Wie machst du das? Wie kannst du … sehen?"

„Wie, se'en?"

„Woher wusstest du, dass da dieser Motorradfahrer angeschossen kommt? Was war mit den Flecken auf meiner Hose?"

„Isch wusste es einfach."

„Wie ‚*wusste es*'?"

„Isch weiß, was du machs, isch kenn disch, isch… mag disch!"

„Aber das ist doch … crazy!"

„Fou?"

„Was?"

„Ver'ückt!"

„Ja, verdammt noch mal! Vollkommen verrückt!"

„Winnie, isch will doch nur, dass es dirr gut geht. Isch bin dein Freundin, isch mach nisch böse. Ich will einfach …"

„Was?"

„Bei dirr sein!"

„Das ist …"

„Wie ein Schützengel, wie ein gute Talisman. Ab kein Angs, isch bin gut fürr disch, is gar nisch gefärrlisch."

„Das ist nicht so einfach, weil das nämlich nicht normal ist."

„Wenn alles normal is, das is doch komplett langweilisch. Winnie, das ier is besönders! Du bis etwas besönders!"

„Daran muss ich mich erst noch gewöhnen."

„Das kömm mit die Seit. Isch bin ja dein Freundin."

„Gut. Gut, ich versuch das jetzt mal. Welche Farbe hat meine Hose?"

„Winnie, was soll das?"

„Nur so!"

„Du as ein beige Ose an, ein bleu Schörrt und braun Schuh. Slippär. Dein Ür und ein Ring von dein Schtudentverein."

„Und wie siehst du das?"

„Isch seh nisch, isch weiß!"

„Gut, dann geh ich jetzt ins Bett und denk nach. Oder versuch zu schlafen."

„Gut Nacht!"

„Gute Nacht … Claudette!"

„Winnie?"

„Ja?"

„Schlaff gütt!"

Frau Dillinger schüttelt den Kopf. So ein netter, junger Mann, der Herr Fischer. Und dann halt leider doch etwas verrückt. Fummelt mitten in der stockfinsteren Nacht an seinem Auto rum und telefoniert dann scheinbar noch mit diesem Freisprechdingens. Wozu das gut sein soll, kann sich Frau Dillinger nicht wirklich erklären. Normale Menschen gehen um diese Uhrzeit entweder brav ins Bett oder überwachen den Innenhof, wie sie das tut. Was soll man auch sonst tun, wenn man sowieso nicht schlafen kann.

Winfried geht nach oben in seine Wohnung. Er wohnt im vierten Stock, Dachgeschoss. Knappe 80 Quadratmeter Altbau mit hohen Decken, Parkett, drei Zimmer, Küche, Bad. Und als besonderes Schmankerl gibt es eine kleine Dachterrasse. Nichts wildes, circa zwölf Quadratmeter, aber halt richtig schön, um sich rauszusetzen, mit Freunden einen zu heben oder unbeobachtet nackt zu sonnen. Außerdem hat er da einen kleinen Kräutergarten angelegt. Rosmarin, Salbei, Petersilie und Orangenthymian. Und natürlich Basilikum. Sommerflieder und Sonnenblumen runden das Ensemble ab. Die Wohnung insgesamt ist für einen echten Kerl eher feminin eingerichtet. Also jetzt nicht irgendwie plüschig oder mit lauter Krimskrams vollgestopft, aber eben gemütlich und mit Stil. So, als ob da eine Frau mitwohnen würde. Mit Grünpflanzen und schönen Accessoires. Keine nüchterne Junggesellenbude. Kein kalter, überdachter ISDN-Anschluss mit Kühlschrankanbindung. Eine edle Ledercouch, ein italienischer Designertisch, ansprechende Bilder an den Wänden und stilvolle Details. Der Clou ist ein echtes Kinderkarussellauto aus den Sechzigern, das Winfried als kombinierte Zeitungsablage und Hausbar nutzt. Ein kleiner Cabrio-Flitzer mit zwei Lenkrädern. In rot. Nimmt zwar leider ziemlich viel Platz weg, sieht aber megacool aus. Winfried fühlt sich hier sehr wohl.

Heute Nacht allerdings eher nicht. Was ist das nur für eine wilde Story! Doris und Heidi, na gut. Das ist normal. Aber Claudette, das ist nicht normal. Er wälzt sich im Bett hin und her, und erst kurz vor zwei findet er einen unruhigen, traumgeplagten Schlaf.

In seinem Traum beginnt plötzlich alles, mit ihm zu reden. Seine ganze Wohnung labert lautstark auf ihn ein.

„Magsch e guads Toschdbrödle?", fragt ihn sein Toaster mit langgezogener Schwabenstimme.

„No, 'sch däd jo lieber ers mo'n rischdisch gudn Goffee dring-gen!", brüllt ihm seine Espressomaschine entgegen. Winfried wusste gar nicht, dass sie offensichtlich aus Bautzen, Görlitz oder sonstwo aus Sachsen stammt.

„Winfried, erst mal ordentlich Zähne putzen!" Ist das die Stimme seiner Mutter, die da aus dem Bad klingt? Winfried stürzt in Richtung Waschbecken und wird von seiner elektrischen Zahnbürste gelobt.

„So ist gut! Immer erst die Zähne putzen!"

„Und wenn du nachher duschst, bitte nicht wieder so heiß!", näselt ihm die Brause entgegen.

„Brrrps!" Die Toilette hat kurz gerülpst und aus der Küche hört er, wie sich Toaster und Kaffeemaschine streiten, wobei sich jetzt auch noch der Kühlschrank samt Innenleben einmischt. Besonders der abgelaufene Joghurt macht sich unheimlich wichtig und schwingt sich als Schlichter auf.

Seine Schuhe monieren, dass sie besohlt werden wollen, der Schreibtisch verlangt nach mehr Ordnung im Zettelchaos, die Grünpflanze im Wohnzimmer fordert vehement mehr Dünger und mehr Zuwendung - „Lies mir doch mal was vor!" - und die Flurlampe möchte ab sofort lieber im Wohnzimmer hängen. Winfried krallt genervt seine Shorts - „Nicht so stürmisch, junger Mann!" - und flüchtet in den Hausflur. Das Treppengeländer lädt ihn lauthals zum Runterrutschen ein und Winfried kann nicht widerstehen. Einmal im Schwung wird das Geländer immer steiler, Win-fried schraubt sich mit einem Affenzahn – wo kommt eigentlich dieser bescheuerte Begriff her? – in einer immer engeren Spirale nach unten. Jede Wohnungstür feuert ihn an, jedes Fenster applaudiert ihm, er saust wie in einen trichterähnlichen Schlund weiter in die Tiefe, bis er schließlich – schweißnass in seinem Bett aufspringt. Sein Atem geht wie nach einem 5000-Meter-Lauf.

Womit hat er das verdient? Warum er? Was ist das bloß? Winfried nimmt, was er sonst nur sehr selten tut, eine Schlaftablette und sinkt nach zehn Minuten in einen ohnmachtsähnlichen, bleischweren Schlaf. Ohne blöde Träume.

Auf bleischwere Nächte folgen bleischwere Morgen. Winfrieds Spezialrezept gegen solche Katerphasen ist besagter Espresso mit Zitronensaft und braunem Zucker. Und zwar doppelt! Fünf Minuten einwirken lassen, dann kalt duschen, und der Tag ist dein Freund. Klappt immer, so auch heute. Winfried fährt einigermaßen frisch zur Arbeit, plaudert ein wenig mit Claudette, die sich ganz brav nach seinem Zustand erkundigt und ihm einen schönen Arbeitstag wünscht. Dann daddelt er ein wenig an seinem Projekt herum. Eigentlich hätte er auch zu Hause bleiben können, wenn er sich seine heutige Produktivitätskurve so betrachtet. Aber er ist immerhin im Büro, zeigt seine Nase her, hat seinem Chef und dessen Chef damit seine Anwesenheit und Arbeitswilligkeit dokumentiert und freut sich gespannt auf den Nachmittag. Heidi will ja anrufen. Und das tut sie auch genau in diesem Moment. Viertel nach zwei, als Winfried schon gemütlich seinen Rechner runterfährt und sich gerade geistig auf sein Arbeitsende und das anstehende Wochenende vorbereitet. Er hat sich nichts vorgenommen, um für Heidi da zu sein.

„Hallo, Heidi!"

Er hat ihre Nummer natürlich brav eingespeichert. Unter *H* wie Heidi. Private Kontakte speichert er mit dem Vornamen ab. Nachnamen gibt's nur bei „offiziellen" Kontakten, also bei Geschäftlichem. Arzt, Versicherung, Autohaus.

„Hallo, Winfried! Hast mich schon eingespeichert?"

„Klar, was denkst du denn?"

„Schön! Du, ich hab hier noch ein bisserl zu tun, aber wenn du heut Abend noch nichts vorhast, können wir uns treffen. Vielleicht so gegen acht?"

„Acht ist wunderbar! Ich will noch ein wenig einkaufen und ein paar Sachen erledigen. Um acht bin ich locker fertig. Wo wollen wir uns denn treffen?"

„Weiß nicht, was schlägst du vor?"

Jetzt läutet die goldene Stunde der Vorbereiteten! Winfried hat sich ja bereits Gedanken gemacht und kann nun mit einem gediegenen Abend-Auswahlprogramm aufwarten.

„Also ich hab da zwei Vorschläge: Im Kirschgarten spielt eine voll skurrile Band. Eine Mischung aus Blasmusik und naja, eigentlich Mainstream-Rock. Kennst du zufällig die Gruppe *HMBC* aus Vorarlberg?"

„Hab ich schon mal irgendwo von gehört."

„Also die sind's zwar nicht, aber so was Ähnliches. Die Band heißt *Prisoners Dilemma*. Ein paar Jungs hier aus München und Tölz und der Umgebung. Ich kenn sogar einen von denen von früher."

„O. k., klingt ja schon mal ganz gut. Und was gibt's noch?"

„Etwas Spezielleres. Im Rumba ist heut ein Gitarrenabend mit Flamenco- und Fado-Musik. Also so Latino-Stuff. Interessiert dich so was?"

„Auch, aber ich glaub, das andere ist heut besser für mich. Ich muss ein bisserl abschalten von der Arbeit, mich entspannen. Also lieber was Leichteres. Kirschgarten, hm. Sag mal, kannst du mich da abholen?"

„Klar! Wo wohnst du denn?"

„Flammenstraße 73, weißt du, wo das ist?"

105

„Jaja, kenn ich!"

Winfried hat keine Ahnung, wo die Flammenstraße ist, aber Claudette wird ihn schon hinführen. Sie ist ja schließlich ein modernes Navigationsgerät.

„Dann kommst du so um acht?"

„So wird's gemacht. Ich freu mich!"

„Ich mich auch, also bis dann!"

„Bis dann, servus!"

Strike! Also ein weiterer Abend mit Heidi. Zum ersten Mal überhaupt nimmt Winfried in Gedanken jetzt einen H/D-Vergleich vor. Heidi vs. Doris. Also Doris hatte ja ganz schön zugelangt. FOFD nennt man das wohl. *Fucks on first date*. Und wie sie rangegangen war! Puh, eine echte Granate. Public Sex ohne das kleinste Anzeichen von irgendwelchen spießermäßigen Bedenken. Immerhin hätte ja jederzeit jemand auftauchen können. Aber vielleicht war gerade das der Kick gewesen. Und Heidi? Mehr so der goldene Engel, eine strahlende Elfengestalt in blond, ein wunderbares Zauberwesen. Verführerisch und geheimnisvoll zugleich. Was, wenn er sich für eine der beiden entscheiden müsste? Aber warum eigentlich? Noch ist ja gar nichts passiert und heute steht erst mal ein wunderbarer Abend mit Heidi an.

Auf dem Nachhauseweg hat Winfried zum ersten Mal die Gelegenheit, Claudette in ihrer eigentlichen Funktion zu nutzen.

„Claudette, bist du da?"

„Natürlisch, was denks du, wo isch bin? In Timbük-
tu?"

„Äh, ja. Ich möchte nachher gerne in die Flammenstraße. Weißt du, wo das ist?"

„Natürlisch! Isch bin schließlisch ein Navigasjönn!"

„Na prima! Dann können wir ja nachher da hin fahren."

„Das is schönn. Du as sum erste Mal ‚wirr' gesagt!"

„Hab ich?"

„Ja, as du!"

„Wunderbar. Dann fahren *wir* da nachher hin. Wo
liegt denn das?"

„Das is nisch weit von dein zu Ause. Über die Brück
ünn dann in die Erzogpark. Gans nah!"

Herzogpark! Das ist so ungefähr die teuerste
Wohnecke Münchens. Wer es sich leisten kann, wohnt
entweder im modänen Grünwald oder eben im Herzogpark, einem Teil Bogenhausens, direkt an der Isar
gelegen. Oder dann halt gleich am Starnberger oder
Tegernsee mit eigenem Bootssteg und Gärtner, Chauf-
feur und Hausmädchen. Soso, da wohnt also seine
Heidi. Naja, als Inhaberin einer Werbeagentur ist sie
sicher kein armes Kind. Und es gibt da ja auch ein paar
fast ganz normale Häuser mit fast erschwinglichen
Eigentumswohnungen im Herzogpark. Neben den alten
Villen mit ihren eingewachsenen Parkgrundstücken.
Winfried ist dort ab und zu zum Joggen entlang der Isar
unterwegs, hat aber noch nie groß auf die Straßenna-
men geachtet. Von seiner Wohnung aus gibt es da eine
schöne Runde bis zum Oberföhringer Wehr und auf der

anderen Seite wieder zurück. Na, da konnte er ja mal gespannt sein, wo sein kleiner Engel wohnt.

„Was is dort in die Flammenstraß?"

„Dort wohnt Heidi."

„Ah."

„Wie: *ah?*"

„Die Frölein von die italienische Dinné?"

„Genau!"

„Und irr?"

„Wir gehen zusammen in den Kirschgarten. Zu einem kleinen Konzert. Heute Abend."

„Ah, schönn!"

„Ja. Sehr schön!"

Ein Freitagnachmittag im Lehel ist in der Regel eine sehr entspannte Angelegenheit für Winfried. Es gibt dort ein paar kleine Geschäfte und er geht grundsätzlich ganz gerne zum Einkaufen. Allerdings ausschließlich Lebensmittel. Oder vielleicht noch ein paar Produkte aus dem Bau- oder Gartenmarkt, die man ja auch manchmal braucht. Und ab und an nette, kleine Wohnaccessoires. Alles andere macht ihm keinen Spaß. Am schlimmsten sind Klamotten und Schuhe. Winfried hasst es, sich in irgendwelchen Boutiquen rumzudrücken, Hosen oder Jacken anzuprobieren, in Umkleidekabinen zu schlüpfen, Schuhe an- und auszuziehen oder gar von einem nervigen Verkäufer beraten zu werden.

„Hach, das steht Ihnen aber gut!"

„Das sieht ja toll aus!"

„Oh, den müssen Sie nehmen! Ein Traum!"

Ja, ein Albtraum ist das für ihn. Deswegen versucht er, seine Einkaufserlebnisse im Klamottensektor so kurz wie möglich zu gestalten. Gute Schuhe halten sowieso zehn Jahre, Krawatten und Anzüge auch, und bei sonstigen Anziehsachen sind fünf Jahre die Untergrenze. Unterhosen können mindestens acht Jahre getragen werden und gehen danach in die Sekundärverwertung als Putzlappen fürs Fahrrad oder sonstige Reinigungsvorhaben. Winfried ist ganz stolz auf sein volljähriges Freizeithemd. Volljährig deswegen, weil es schon über 18 ist. Und immer noch sehr gut in Schuss – also jetzt nicht so ein abgetragener Lappen wie das Turiner Grabtuch. Gut, das ist ja auch schon etwas älter. Und riecht bestimmt genauso wie die schreckliche Klimaanlagen-Luft in den überfüllten Kaufhäusern. Gruselig!

Aber heute stehen Gott sei Dank keine Klamottenkäufe an, sondern ausschließlich wunderbares Food-Shopping. Winfried isst nur frische Sachen: Salat, Obst, Gemüse, Käse und Wurst, gerne auch ein gutes Steak oder einen gegrillten Fisch. Hauptsache, keine Fertiggerichte, wo man ja nie weiß, was da genau drin ist. Und möglichst nichts aus der Dose oder sonstwie in Plastik eingepackt. Und alles natürlich jahreszeitengemäß. Also Spargel im Frühjahr, Erdbeeren im Sommer, Pilze im Herbst und Feldsalat im Winter. Alles aus der Region, wie man so schön auf Werbedeutsch sagt. Dass Wein ganzjährig Saison hat, ist für Winfried ein großer Vorteil. Er erledigt seine Einkäufe am liebsten in den kleineren Läden, die es in seinem Viertel immer noch gibt. Dort kennt man ihn und dort wird Einkaufen zu einem wirklichen Genuss-Erlebnis. „Probieren Sie mal das hier, kosten Sie mal davon, haben Sie sich unsere neueste Kreation schon auf der Zunge zergehen lassen?" Das gefällt Winfried, da fühlt er sich wohl. Nicht dieses Supermarkt-Gedränge und Kassenschlangen-Angestehe.

Also kauft er seinen Junggesellen-Wochenendbedarf ein, gönnt sich noch einen kleinen Espresso – ohne Zitrone – in einem winzigen Straßencafé um die Ecke und bereitet sich dann geistig auf den Abend mit Heidi vor.

Das bedeutet zunächst, die Bespielbarkeit des eigenen Stadions sicherzustellen. Axel, der große Auswärtsspieler, hat nämlich noch eine Geheimregel zu diesem Thema: Priorität Nummer eins ist natürlich das Spiel im fremden Stadion, also bei ihr. Wenn das nicht geht, kann man ja immer noch in ein Fremdstadion ausweichen: Ins Hotel, bei ihrer Freundin (das eröffnet manchmal noch weitere unvorhersehbare Varianten des Turnierspiels – sagt Axel!), bei einem Freund (der dann seinerseits „auswärts" spielen muss), im Park, am Baggersee oder sonst wo. Winfried selbst musste in der Vergangenheit auch schon mal gewissermaßen als Stadionwart herhalten und Axel seinen heiligen Rasen zur Verfügung stellen, weil bei Spielanpfiff Axels eigenes Stadion noch von der Vorgängermannschaft belagert wurde. Sehr verzwickt. Wenn das alles nicht hinhaut und wenn es keine anderen, gangbaren Alternativen mehr gibt, bleibt als letzte Möglichkeit eben doch das Heimspiel in der eigenen Arena. Und die muss dann natürlich darauf vorbereitet sein. Alles ready to play. Also sauber und ordentlich ist es bei Winfried fast immer.

Er hat nämlich eine rumänische Haushaltshilfe namens Ana (mit nur einem *n*!), die alle zwei Wochen seine Wohnung gründlichst bearbeitet, die Betten frisch bezieht – quasi analog zu einem guten Greenkeeper – und seine Wäsche bügelt. Ana ist eine Perle, eine Empfehlung seiner Mutter, und sie hat sogar einen eigenen Schlüssel zu Winfrieds Wohnung, obwohl sich dieser anfangs mächtig dagegen gesträubt hatte. Aber da sie schon über zehn Jahre bei seiner Mutter tätig war, gab er schließlich nach und hat diese Entscheidung auch bis dato noch nie bereut. Im Gegenteil: Es ist immer ein besonderer Festtag, ein wahrer Feiertag, wenn er abends nach Hause kommt und die ganze Bude wie geleckt vor ihm liegt. Die Hemden hängen 1a-gebügelt in Reih und Glied an seinem Schrank, alles ist tippitoppi sauber und Ana stellt immer frische Blümchen auf seinen Wohnzimmertisch. Das ist sicher ein Sonderauftrag seiner Mutter. Dieser wunderbare Tag war erst Vorvorgestern gewesen, also alles soweit im Lot. Aber da gibt es natürlich noch die besonderen Details!

Sind die passenden Getränke gekühlt? Ist die CD mit den Schmusesongs abspielbereit eingelegt? Ist der private Papierkram, der normalerweise in der Wohnung verstreut herumliegt, beseitigt? Liegen die, na ja, Kondome unauffällig bereit? Da fällt ihm ein, dass Kondome mit Doris gestern gar kein Thema gewesen sind. Das ging irgendwie viel zu schnell! War das unvorsichtig gewesen? Egal, jetzt ist`s sowieso zu spät. Gibt's was Süßes für danach? Was, wenn sie übernachtet? Ersatzzahnbürste, Handtücher, Frühstück? All das muss bestens vorbereitet werden.

Und dann natürlich die eigene, persönliche, gewissermaßen körperbezogene Präparation.

Neben dem üblichen Prozedere mit Vanilledusche und Nasenhaarentfernung, Zahnpflege und Fingernagelkontrolle steht heute noch die gefürchtete Nackenrasur an. Das ist überhaupt kein Thema, wenn man jemanden hat, der das mal eben schnell erledigt. Es gestaltet sich allerdings äußerst schwierig, wenn man alleine ist. Winfried mag es nicht, wenn im Nacken das Kraut wuchert und erkennen lässt, dass es der jeweilige Träger mit der Ästhetik nicht ganz so ernst nimmt. Also: Rasur! Das Komplizierte daran ist, dass man sich ja nicht selbst in den Nacken schauen kann. Und der Badezimmerspiegel alleine hilft da auch nicht wirklich. Es muss zwingend ein zweiter Spiegel her. Der wird mit Mühe und Not so in der einen Hand gehalten, dass man die zu rodenden Partien erkennen kann, und mit der anderen wird die Rasierklinge zum Einsatz gebracht. Hierbei kommt es allerdings zu fatalen Koordinationsproblemen. Möchte man nämlich vom Ansatzpunkt aus nach links rasieren, wandert die Hand plötzlich nach rechts, weil das Auge ja alles spiegelverkehrt wahrnimmt. Rauf und runter ist schon einfacher, aber schon schräg nach oben wird leicht zu schräg irgendwo hin und die eigene Optik versteht erst zu spät, was die Motorik gerade macht. Ist man dabei zu schwungvoll, hat man mit etwas Pech jetzt bereits schon eine breite

Schneise geschaffen, die so gar nicht geplant war. Ganz zu schweigen vom Zustandebringen einer geraden Linie quer über den Nacken, die dann auch noch eine gewisse Parallele zu einem imaginären Hemdkragen bilden soll. Früher hat das natürlich Corinna erledigt. Ratzfatz, zehn Sekunden und fertig! Heute braucht Winfried mindestens fünf Minuten dafür. Und dabei muss er sich so dermaßen konzentrieren und auch körperlich anstrengen – Spiegel links, Rasierer rechts, alles über Kopf! –, dass er sich dann erst mal auf dem Badewannenrand ausruhen muss. Das Ergebnis ist: na ja, einigermaßen annehmbar. Aber immer noch besser als ein wilder Nackenhaar-Dschungel.

Bei der Bekleidungsauswahl überlegt Winfried kurz, ob er den durchsichtigen Plastiküberzug seiner Terrassenmöbel überstülpen soll, falls Heidi wieder mit Essen und Getränken um sich schleudert, verwirft aber diese Option zugunsten der obligatorischen Jeans, des lässigen Hemds und der coolen Slipper. Eigentlich ist ja noch viel Zeit, aber Winfried kann nicht aus seiner Haut und stiefelt durchs Treppenhaus nach unten zu Claudette.

„Griaß Gott, Herr Fischer!", schallt es ihm mit blecherner Stimme durch den Eingangskorridor hinterher. „Is mit eanam Auto wieder ois in Ordnung?"

„Hallo, Frau Dillinger. Wieso? Was ist denn mit meinem Auto?"

„Ja, i hob hoid denkt, weil's da neilich nachts so nachgschaut hamm …"

„Ach so, ich hatte nur was verloren. Alles in Ordnung!"

„Ja, dann is ja guad. Gengan's noch aus?"

„Jaja, bissl in die Stadt. Schönen Abend, Frau Dillinger!"

„Ja, eana a, Herr Fischer!"

Winfried weiß, dass er während dieses ganzen Dialogs ja nicht stehen bleiben darf und so tun muss, als hätte er es furchtbar eilig. Sonst verhaftet ihn Frau Dillinger zu einem längeren Gespräch über ihn, sein Leben, die Nachbarn, früher, die Ausländer und den Tratsch aus dem Lehel sowie allen angrenzenden Stadtvierteln. Also nix wie ins Auto und schnell weg!

„Claudette?"

„Allöhö!"

„So, jetzt geht's ab in die Flammenstraße!"

„Flammenstraß! Nach die Ofeinfahrt links und dann reschs über die Brück!"

Winfried kurvt durch die Einfahrt, über den Bürgersteig, auf die Hauptstraße und folgt der Isar nach Norden. Dann geht's über die Max-Josephs-Brücke ans Ostufer, gleich danach links und in weiteren drei Minuten steht Winfried vor Hausnummer 73. Und glotzt. Das Emaille-Schild mit der weißen 73 auf dunkelblauem Grund hängt an einer mannshohen Mauer, die ein parkähnliches Grundstück umschließt, in dem eine prächtige Gründerzeitvilla residiert. Es gibt zwei große Seitenflügel mit wuchtigen Erkern, ein riesiges Eingangsportal mit Doppeltüren und Messingbeschlägen, einen durchgehenden Balkon, auf dem eine Fürsten-familie mit komplettem Gefolge dem gemeinen Volk hätte zuwinken können, vier mächtige Schornsteine und acht breite Dachgauben. Hier riecht es nach Geld. Nach altem Geld. Winfried schluckt und klappt den Unterkiefer wieder nach oben. Dank seiner Überpünkt-lichkeit kann er jetzt die altehrwürdige Fassade noch mindestens fünfzehn Minuten lang auf sich einwirken lassen. Stünde er vor seinem eigenen Elternhaus, wür-de er auf ein zweistöckiges Reihenmittelhaus mit Handtuch-Vorgarten in Unterhaching blicken. Das hier ist eine komplett andere Liga. Und hinter diesen Mau-ern wohnt also Heidi. Dieses blonde Zauberwesen. Aber hat sie nicht gesagt, sie käme aus Österreich? Müsste dann der „Familiensitz" nicht auch irgendwo dort stehen? In Linz, in Wien oder in der Steiermark? Und wohnt sie etwa noch bei ihren Eltern? Mit 38? Naja, man kann so eine Hütte in München natürlich auch als Österreicher sein Eigen nennen. Und von der Quadratmeteranzahl her passen locker acht Großfami-lien in so einen Palast. Winfried nimmt sich vor, nach-her genau, aber unauffällig zu erforschen, in welcher Konstellation Heidi hier residiert.

Sein Telefon klingelt. Heidi ist dran.

„Hallo, Heidi!"

„Winfried, hallo. Du, ich werde mich ein bisschen verspäten. Bin eben erst aus dem Büro geflüchtet. Es wird so Viertel nach acht, bis ich fertig bin. Ist das in Ordnung?"

„Kein Thema, dann komm ich einfach ein paar Mi-nuten später. Passt!"

„Ja super, dann bis gleich!"

„Also bis dann, ciao!"

Prima! Jetzt kann Winfried also erst mal die Warte-
position vor der Villa räumen. Sieht nämlich blöd aus,
wenn Heidi gleich kommt und er schon dasteht. Obwohl sie ihm gesagt hat, dass es später wird. Und jetzt
dauert es noch länger, als zunächst gedacht, also wird
noch mehr unnütze Wartezeit sinnlos verplempert.
Winfried startet den Wagen.

„Wirr fahre schon wieder? Und die Frölein?"

„Die kommt erst später. Wir fahren nur mal kurz um
die Ecke."

„Üm die Eck?"

„Ja, sie muss ja nicht gleich sehen, dass ich schon da
bin. Ich bin immer zu früh. Weiß auch nicht, warum."

„Du wills einfach pünklisch sein. Ein gut Eindrück
mache."

„Öh …"

„Dirr is wischtisch, was andere Leut von dirr denk.
Ünn du möschtes anerkann sein."

„Kann schon sein."

„Is beschtimmt so! Du bis, wie sag man: Penet-
rant?"

„Du meinst vielleicht *Pedant*?"

„Ja, ein Pedant!"

„Das klingt aber nicht nett!"

„Wieso? Immer rischtisch, korrek ünn ordentlisch!
Du bis einfach ein tüpisch Deutsch!"

„*Franzosenschlampe*" schießt es Winfried durch den
Kopf, aber das sagt er nicht.

„Wie meinst du das?"

„Na die Deutsch is immär pünktlisch. Komm nie su schpät. Ünn gück immär, was die andere mach. Is ein Vörbild in Örop!"

„Aha."

So kann man das natürlich auch sehen. Win-fried parkt den Wagen zwei Straßen weiter um die Ecke, stellt den Motor ab und steigt aus. Er möchte sich noch etwas die Füße vertreten. Leider kommt er dabei nicht weit. Sein zweiter Schritt landet mitten in einem veritablen Hundehaufen. Der Herzogpark ist nämlich nicht nur die bevorzugte Wohngegend der Besserverdienenden, sondern auch die der Hundeliebhaber. Mutti wirft sich noch schnell das Hermes-Tüchlein über, bevor sie mit Püppi Gassi geht. Und Mutti hat leider in ihrem Gucci-Täschlein keine Plastiktüte dabei, in der das Verdauungsendprodukt ihres Köters verschwinden könnte. Also gammelt das Häuflein auf dem Gehsteig vor sich hin, bis – naja, bis es eben weggegammelt ist oder bis so ein unvorsichtiger Volltrottel hineintritt. Super! Genau, was man vor einem Date so braucht. Hundekacke am Schuh! Winfried flucht leise vor sich hin und macht sich an das Beseitigen der Spuren. Erst den Schuh ein paar Schritte auf dem Bürgersteig entlangschleifen. Dann die Absatzreinigung an der Bordsteinkante. Anschließende Feinarbeit an diversen Grasbüscheln und Moospolstern. Optische Kontrolle. Naja, geht so, aber noch nicht hundertprozentig. Also Nachbesserung. Immer gut, wenn man ein Papiertaschentuch im Auto hat. Nach kurzer Resteentfernung sieht alles wieder relativ normal aus. Einen direkten Kurzdistanz-Geruchstest möchte Winfried dennoch nicht vornehmen und hofft einfach darauf, dass von dem so gesäuberten Schuh keine olfaktorische Beeinträchtigung mehr ausgeht. Ein Gutes hat die Hundehinterlassenschaft: Die Wartezeit ist nun deutlich verkürzt, und Winfried kann sich wieder auf den Weg zur Hausnummer 73 machen.

„Winnie?"

„Ja?"

„Riesch kömisch!"

„Schlimm?"

„Nisch viel, aber so ein bisschen. Wie Unde-Kaka."

Also riechen kann sie auch noch! Nicht zu fassen! Winfried hat ein kleines Eau de Toilette-Depot im Wagen, falls er mal was für zwischendurch braucht. Und ein Deo liegt auch noch im Handschuhfach. Das kommt jetzt zum Einsatz. Gut, dass Frau Dillinger nicht sehen kann, wie er seinen linken Schuh jetzt mit einer vollen Deo-Breitseite bearbeitet. Die wäre bestimmt wieder auf verquere Gedanken gekommen. Aber nach der Duft-Attacke muss auch Claudette zugeben, dass jetzt alles wieder in Ordnung ist.

Winfried fährt vor der Palast-Villa vor, parkt und wartet. Was ist eigentlich ausgemacht? Soll er klingeln oder kommt sie einfach, wenn es Viertel nach ist? Oder wenn sie fertig ist. Oder soll er jetzt anrufen? Schon wieder diese Entscheidungen.

Winfried gleitet in einen kurzen Tagtraum ab und stellt sich vor, wie er am altehrwürdigen Portal klingelt – oder sagt man da eher „schellt" oder „läutet"? Also, er begehrt eben Einlass. Ein ältlicher Diener in Livree und mit blütenweißen Handschuhen öffnet, blickt 20 Zentimeter über Winfrieds Scheitel hinweg und fragt mit nasaler Stimme: „Sie wünschen?"

„Äh, ja, ich wollt' die Heidi abholen."

„Wen darf ich melden?"

Den Geisenpeter, du Hirni!", denkt Winfried, antwortet aber brav „Fischer, Winfried Fischer!"

„Und Sie sind avisiert?"

Avisiert?

„Ja!"

„Das gnädige Fräulein weilt nach meiner Kenntnis noch in ihren Gemächern im Südflügel. Darf ich Sie in den Salon bitten?"

„Gerne."

Winfried betritt eine Eingangshalle, die ungefähr doppelt so groß ist wie das Capitol in Washington D. C.

„Wenn Sie bitte hier warten möchten.", sagt der Butler und zeigt auf einen weiß lackierten Klappstuhl aus Holz, dem einzigen Möbelstück in der ganzen, riesigen Halle. Ansonsten gibt es nur Treppenaufgänge, Türen, Pforten und Portale und in der Mitte: einen riesigen Springbrunnen von der ungefähren Größe eines Hand- oder Basketballfelds mit einer etwa zehn Meter hohen Wasserfontäne im Zentrum, die laut plätschernd vor sich hin sprudelt. Alles ist weiß, sodass es gar nicht so einfach ist, Konturen zu erkennen und Entfernungen abzuschätzen. Der Livrierte verschwindet über einen Treppenaufgang hinter einer kleinen Tür. Stille. Abgesehen von dem Plätschern der Wasserspiele, die sich nicht vor denen der Petersburger Eremitage verstecken müssen – nur dass diese hier quasi *indoor* sind. Winfried ist fast ein wenig geblendet. Er will gerade aufstehen, weil der Klappstuhl von der Größe her eher für einen Kindergeburtstag geeignet scheint und für einen Mann seiner Statur sehr unkomfortabel ist, als er eine visuelle Erscheinung hat. Vom hinteren Rand des Springbrunnens kommt aus dem Nichts eine weiße Prunkgaleere auf ihn zu gefahren. Mindestens hundert Ruder tauchen graziös und in absolutem Gleichklang ins Wasser und treiben das Gefährt sanft voran, auf ihn zu. Auf der hinteren Empore steht ein luftig-leichter Baldachin aus feinstem Tuch, und dort thront umgeben von federfächerschwingenden Schönheiten: Heidi! In an den Knien zerrissenen Jeans und einem einfachen, weißen T-Shirt ohne Aufdruck. Mit hellbraunen Ballerinas und einer pinkfarbenen Sonnenbrille. Winfried plumpst zurück auf seinen Kinderhocker …

„Winfried!"

Winfried wird durch ein energisches Klopfen an die Beifahrerscheibe unsanft aus seinem Traum geweckt. Heidi ist da! In an den Knien zerrissenen Jeans und einem einfachen, weißen T-Shirt ohne Aufdruck. Mit hellbraunen Ballerinas und – ohne pinkfarbene Sonnenbrille.

„Hallo, Winfried, juhu!"

„Äh, hallo, Heidi!"

Winfried steigt aus und geht um den Wagen herum. Man weiß ja schließlich, was sich gehört. Heidi begrüßt ihn – stürmisch! Diesmal stolpert sie ihm allerdings nicht in die Arme, sondern legt die ihren durchaus gewollt um Winfrieds Hals, zieht ihn ein wenig zu sich herunter, reckt sich und streckt dabei ein Bein durch, während das andere abgewinkelt à la Dirty Dancing nach oben schnellt. Und sie küsst ihn. Sanft auf die Wange. Winfried bekommt eine Gänsehaut und hofft, dass das nicht allzu offensichtlich ist.

„Puh, was für ein Tag! Jetzt freu ich mich auf einen entspannten Abend. Mit dir!", strahlt sie ihn an. Ihr Lächeln ist wirklich nicht von dieser Welt! Und diese wahnsinnigen Leuchte-Augen!

Ab in den Kirschgarten! Winfried und Heidi verbringen einen locker-lustigen Abend. Die Musik ist einfach ultra-lässig, es gibt keine nennenswerten Unfälle beim Einnehmen der Getränke und der kleinen Snacks. Die Plauderei plätschert super-easy dahin. Auf der Fahrt hat Winfried bereits das Geheimnis der alten Villa erforscht. Die Hütte gehört Onkel Maxi, dem – nun ja – homosexuellen Vetter von Heidis Vater. Das Anwesen ist schon seit Generationen im Besitz der „Deutschen Linie" der Familie. Onkel Maxi ist hochkarätiger Kunsthändler und –sammler, Gourmet und stadtbekannter Schöngeist. Er bewohnt den riesigen Kasten quasi alleine, abgesehen von einer schrulligen Haushälterin, die gefühlt schon hundert Jahre in seinen Diensten ist. Und natürlich Heidi. Sie bewohnt drei Zimmer nach hinten raus, in Richtung Garten. Wohnzimmer, Schlafzimmer, Büro. Und natürlich ein Bad und eine kleine Küche. In Wien hat sie noch ein kleines Appartement in der Innenstadt, das offiziell ihrem Vater gehört. Onkel Maxi ist kinderlos und würde ihr wohl später mal den ganzen Palast vererben. Nicht die schlechtesten Aussichten, mal von der Erbschaftssteuer abgesehen.

Heidi erzählt von ihrer Firma, ihrem Tagesablauf, ihren letzten Reisen – geschäftlich und privat – und ihren sportlichen Aktivitäten. Sie geht häufig am Morgen eine Runde joggen, hat in der Regel einen vollen Terminkalender und ist auch oft ein paar Tage am Stück unterwegs. Beruflich treibt sie sich fast ausschließlich im deutschsprachigen Raum herum. Privat ist ja Italien ihre große Liebe, obwohl ihr letzter Urlaub in Kroatien stattfand. Aber in Istrien spricht sowieso fast jeder italienisch und mit deutsch oder englisch kommt man da auch sehr gut durch. Winfried überlegt kurz, wie es denn nun wirklich mit Heidis Italienischkenntnissen aussieht und ob sie ihn neulich im Ristorante einfach nur nicht bloßstellen wollte. Vielleicht sollte er wirklich mal einen ordentlichen Sprachkurs besuchen, statt immer nur seine paar Brocken Speisekarten-Italienisch anzuwenden. Heidi lacht viel, strahlt ihn an, legt ab und zu ihre Hand auf sein Knie, boxt ihn spielerisch bei zwei frechen Antworten an die Schulter und es gibt sogar noch einen Zwischendurch-Kuss und ein „Du bist ja süß!" Der Abend ist ein voller – ja was? Erfolg? Sagt man das, wenn man – ja, wenn man was genau möchte? Einen Flirt? Einen One-Night-Stand? Eine Beziehung? Ach egal, es ist einfach super-entspannt mit Heidi!

Aber gegen ein Uhr zeigt der lange Arbeitstag dann doch seine Spuren bei ihr. Ein leichtes Gähnen huscht über ihr Gesicht und die Strahle-Augen werden langsam ein bisschen müder.

„Winfried, ich glaub, ich werd allmählich müde. War ein langer Tag heute. Bringst Du mich heim, bitte?"

Aber natürlich macht er das! Winfried ordert die Rechnung, bezahlt, schnappt sich das müde Bündel neben ihm, und schon marschieren beide Richtung Auto. Heidi hat sich wieder untergehakt und schmiegt ihren zarten Körper an seinen. Schön!

Zwanzig Minuten später haben sie die Villa von Onkel Maxi erreicht. Heidi schläft tief und fest auf dem Beifahrersitz. Und schnarcht. Jetzt nicht wirklich schlimm, so wie ein sibirischer Pelztierjäger, aber doch deutlich vernehmbar und regelmäßig. Wie bei einem kleinen, puscheligen Schnuppertier. Sie wacht aber sofort wieder auf, als Win-fried sich leise räuspert.

„Oh, schon da?"

„Ja, bei deinem Onkel."

„Dann kommst du noch kurz mit rein. Ich mach dir schnell einen Espresso, damit du nicht auch noch einschläfst, wenn du heimfährst."

Beinahe wäre Winfried herausgerutscht, dass er ja quasi um die Ecke wohne, dass er noch relativ fit sei und dass er keinen Espresso brauche. Aber rechtzeitig klingelt etwas in seinem Hinterkopf und er sagt: „Gerne!"

Winfried öffnet Heidi den Schlag und schon hängt sie wieder zart an seinem Arm. Winfried schmilzt. Ihre Natürlichkeit und Ungezwungenheit ist einfach entwaffnend. Am Eingangstor drückt Heidi ein paar Tasten der Schließanlage und schon öffnet sich wie von Geisterhand die breite Flügeltür. An der Haustür dasselbe Spiel noch mal. Also alter Kasten mit moderner Technik. Die Eingangshalle ist zwar wesentlich kleiner als in Winfrieds Tagtraum, es gibt keinen Springbrunnen und auch keine Galeere, aber so richtig ärmlich sieht das hier nicht wirklich aus. Heidi zieht ihn sanft nach rechts und dann durch einen breiten Korridor in Richtung ihrer Gemächer. Dort angekommen betreten sie wohl das, was Heidi vorhin als Wohnzimmer bezeichnet hatte. Dieser Raum ist sehr stark in weiß und creme gehalten. Sehr geschmackvoll, dezent, einladend und gemütlich. Ein großes Sofa, zwei Sessel, ein Glastisch, die TV- und Stereo-Ecke vom Allerfeinsten und als Farbtupfer hängen ein paar große Bilder mit kräftigen Rottönen und güldenen Rahmen an der Wand. Als Erstes fliegen Heidis Ballerinas in hohem Bogen hinters Sofa, als sie diese schwungvoll von den Füßen kickt.

„So, jetzt mach ich dir erst mal einen starken, schwarzen Italiener!", proklamiert Heidi und stiefelt durch eine weitere Türe.

„Setz dich doch!", lädt sie ihn mit einer freundlichen Geste in Richtung Sofa ein. Winfried hat einen homosexuellen Afro-Amerikaner-Liliputaner-Diabetiker mit Bodybuilder-Muskeln, einem italienischen Pass und einem Ballettkostümchen vor Augen. Das war so ein doofer Witz von Axel: Von wegen ein Espresso muss klein, stark, schwarz und süß sein! Kopfkino! Dann erinnert er sich jedoch an Axels äußerst sinnvollen Blasenentleerungs-Tipp und forscht zunächst nach der Lage des stillen Örtchens.

„Gleich da links hinten, die linke Tür"

Winfried verschwindet in die Toilette und Heidi in die Küche. Aufregend ist das schon, so in einer neuen Umgebung, beim Heidi zu Hause. Das ist natürlich auch ein Vorteil bei Auswärtsspielen: Man sieht mal was anderes!

Winfried erledigt, was zu erledigen ist, wäscht seine Hände und trocknet sie sorgfältig ab. Dann verlässt er die Toilette und marschiert wieder ins Wohnzimmer. Keiner da. Aus der Richtung, in die Heidi verschwunden ist, ist nichts zu hören.

„Heidi?"

Keine Reaktion.

„Heidiii?"

Nichts! Winfried geht in Richtung Tür und schielt in den nächsten Raum. Es ist eine für die Größenverhältnisse des Hauses eher klein geratene Küche mit der üblichen Ausstattung: Kühlschrank, Herd, Geschirrspüler, Mikrowelle, Spüle. Alles sehr hochwertig. Das Licht an der Dunstabzugshaube brennt und die Espressomaschine wartet darauf, durch einen Druck auf die „Clean"-Taste betriebsbereit gemacht zu werden. Das Display blinkt. Aber Heidi kann diesen Dienst nicht leisten. Sie sitzt am Küchentisch, hat die Arme vor sich verschränkt, den Kopf seitlich darauf abgelegt und – schläft!

Das hat Winfried auch noch nicht erlebt. Ganz zart, aber eben doch vernehmlich, kann er ein leises Röcheln vernehmen. Heidi schnarcht wie ein Eichhörnchen. Süß! Und was macht man da jetzt? In so einer Situation? Winfried entscheidet sich für sanftes Aufwecken.

„Heidi", rüttelt er sie vorsichtig am Arm. „Heidi, aufwachen …"

„Was?" Ihr Körper hat sich keinen Millimeter bewegt. Irgendwo unter dem Haarschopf müssen aber ihre Lippen dieses Wort geformt haben.

„Ich glaub, du solltest jetzt doch lieber ins Bett gehen."

„Oh." Pause. „Und dein Kaffee?" Jetzt hebt sich der Kopf und der Oberkörper beginnt sich ganz langsam aufzurichten.

„Den trink ich ein andermal. Es ist ja auch wirklich schon spät."

„Ja, war ein ganz schön anstrengender Tag. Bringst du mich noch ins Bett, bitte?" Hups, das war aber eine sehr direkt Aufforderung! Ins Bett? Einfach so? Heidis Augen sind noch geschlossen. Der Kopf wackelt deutlich

„Wohin?"

„Ins Bett!"

„Jaja, das hab ich verstanden. Aber wo ist denn dein Bett?"

„Im Schlafzimmer."

„Und wo ist dein Schlafzimmer?"

„Ach so, da hinten. Komm!"

Und schon klemmt ihr Arm unter dem seinen und zieht ihn sanft, aber etwas tapsig, wie das bei Schlaftrunkenen nun mal so ist, in die richtige Richtung. Das Schlafzimmer liegt hinter dem Wohnzimmer, rechts vom Bad, durch einen kleinen Vorraum zu erreichen. Heidi stößt mit der freien Hand die Türe auf, macht noch zwei Schritte, entledigt sich in einer kaum nachvollziehbaren Geschwindigkeit ihrer Jeans – die KRK-Methode: Knopf, Reißverschluss, Knöchel – und stolpert weitere zwei Schritte später mit einem grazilen Satz in ihr Bett.

„Ah!", stöhnt sie leise.

Winfried ist verwirrt. Er steht ein bisschen da, wie bestellt und nicht abgeholt.

„Äh …", sagt er.

„Komm zu mir!", ist die eindeutige Antwort aus Heidis Richtung. Nur wie macht man das jetzt? Und was bedeutet das? Komm zu mir, gib mir einen Gutenachtkuss und verschwinde dann – im Stockdunklen durch das unbekannte Haus mit geschätzten zwanzig hochsensiblen Bewegungsmeldern? Komm zu mir, setz dich auf die Bettkante und halte mein Händchen, bis ich eingeschlafen bin? Komm zu mir, zieh dich aus und leg dich hin? Komm zu mir und besorg's mir?

Winfrieds Verwirrung nimmt eher zu denn ab. Er beugt sich ganz leicht nach vorne und forscht im Halbdunkel nach Heidis genauer Liegeposition, beugt sich ein wenig weiter nach unten, als – zack – wie aus dem Nichts ein schlanker Arm angeschossen kommt, seinen Hals ergreift und ihn mit Schwung ins Bett zieht. Er landet sanft neben Heidi, die ihn zart umklammert, sachte grunzt und deren Lippen gerade noch so eben vernehmbar das Wort „schlafen" formen. Winfried schluckt kurz, streckt sich und weitere fünf Sekunden später ist wieder Heidis Eichhörnchenschnarchen zu vernehmen. Sie schläft! In Winfrieds Arm. Also offensichtlich soll er dableiben. Die Option *besorg's mir!* scheidet allerdings aus. Die Hose auszuziehen wäre mit viel zu viel Bewegung verbunden. Und das würde erstens Heidi mit großer Wahrscheinlichkeit dann auch wieder aufwecken und zweitens stellt sich die Frage, ob das erwünscht ist. Also: Einfach dableiben, Heidi im Arm halten und schlafen. Mit Nummer eins und zwei hat Winfried keine Probleme. Das mit dem Einschlafen ist aber so ein Ding. Winfried hält eine elfengleiche Märchenfee im Arm, liegt mit ihr im Bett, spürt ihren Körper, die sanfte Bewegung ihres Brustkorbs beim Atmen, und da ist sein genetisches Programm nun mal nicht auf Einschlafen eingestellt. Eher auf – aber das geht ja eben nicht, weil Heidi offensichtlich schläft. Winfried schaut zur Decke. Winfried schaut zum Fenster. Winfried schaut zum Wecker, dessen Digital-Leuchtziffern ihm in neongrün ein fröhliches 01:12 entgegenleuchten. Heidi grunzt wohlig und bewegt sich ganz leicht. Ihr Arm schlingt sich enger um Winfried.

01:48

02:26

03:01

03:42

Winfried schläft ein.

7

08:57

Winfried wacht auf. Und liegt alleine im Bett. Durch die zugezogenen Vorhänge dringt gedämpftes Sonnenlicht ins Zimmer. Winfried blickt sich blinzelnd um. Gemütlich ist es hier in Heidis Schlafzimmer, geschmackvoll eingerichtet und mit einem deutlichen Hauch zarter Weiblichkeit. Nicht kitschig und nicht vollgedonnert mit pseudo-femininem Tüddelkram oder Rüschenzeug. Dezent und sehr persönlich. Einfach passend. Vor dem Bett liegt noch ihre Jeans, genau so, wie sie sie gestern ausgezogen hat. Von ihr jedoch keine Spur – auch keine akustische. Außer leisem Vogelgezwitscher ist nichts zu hören. Winfried streckt sich, gähnt und setzt sich auf den Bettrand. Er kratzt sich genüßlich und ausgiebig an den unteren Rippenbögen. „Die hässliche Morgen-Geste älterer Männer", denkt er. Er ist noch vollständig angezogen, nur seine Schuhe fehlen. Hatte er die gestern Abend noch ausgezogen? Keine Ahnung. Wo ist Heidi? Winfried steht auf.

„Heidi?"

Keine Antwort. Er geht in den kleinen Korridor, in dem es links zum Badezimmer abgeht. Das ist jetzt genau der richtige Ort für ihn. Seine Blase meldet plötzlich deutlichen Entleerungsbedarf. Aber gerade als er ins Bad stürmen möchte, fällt ihm ein, dass hinter der Türe ja Heidi sein könnte, die dort gerade weiß Gott was treibt. Peinlich, wenn er da jetzt reinplatzt und Heidi sich gerade unten herum rasiert oder in Erwartung eines größeren Geschäfts auf der Schüssel sitzt und kraftvoll presst! Winfried klopft deswegen sehr vorsichtig an.

„Heidi?"

„Winfried! Ich komm gleich! Nur noch schnell abduschen!"

Und schon kann Winfried das vehemente Rauschen von Duschwasser durch die geschlossene Tür hören. War also vielleicht ganz gut, dass er angeklopft hat. Allerdings verstärkt das Prasseln der Dusche jetzt seinen Harndrang immens. Kurz duschen! Wie lang ist denn kurz? Und wie lange kann er es noch aushalten? Sicher gibt es irgendwo in diesem riesigen Kasten noch zehn andere Badezimmer oder Toiletten. Aber wo? Er kann ja nicht einfach durch das ganze Haus geistern und nach einer Pinkelgelegenheit suchen. Aber viel Zeit hat er nicht mehr! Früher, als er noch mit Carola liiert war und sie den Thron besetzt hielt, hat er einfach ins Waschbecken uriniert. Notfalls auch in die Spüle in der Küche. Das kann er hier natürlich nicht einfach so bringen. Was, wenn Heidi plötzlich mit ihrer Dusche fertig ist und fröhlich in die Küche gehüpft kommt? Aber es muss eine Lösung her. Jetzt! Schnell! Dringend! Ultradringend!

Winfried wird leicht hektisch. Welche Alternativen gibt es? Über die kleine Küche erreicht man durch zwei große Flügeltüren eine Terrasse und von dort aus kommt man in den Garten. Und der ist voller Büsche und Hecken, Bäume und Sträucher. In zwei Minuten ist ja alles erledigt. Also nichts wie raus! Der Entschluss steht fest! Winfried rauscht durch die Küche, rumpelt auf die Terrasse, biegt nach rechts ab und kuschelt sich an den erstbesten Busch heran. Rucki-zucki ist der Reißverschluss geöffnet, das Entleerungsorgan heraus gefummelt und schon plätschert es munter drauf los. Ahhhh! Winfried spürt die enorme Erleichterung im Unterbauch und ist sehr froh, dass er nur „klein" muss. Bei „groß" wäre es deutlich schwieriger geworden. Erst jetzt fällt ihm auf, dass er immer noch keine Schuhe anhat.

Onkel Maxi sitzt samt seiner Morgenlektüre beim Frühstück auf der Terrasse. Etwa 15 Meter hinter Winfried. Er ist nicht wirklich überrascht, dass aus Heidis Gemächern ein in seinen Augen durchaus jüngerer Mann kommt. Obwohl Heidi eher selten Herrenbesuch hat, kann er ihr das nicht wirklich verdenken. Sie ist schließlich eine sehr attraktive Frau und insgeheim sein ganzer Stolz. Dass dieser junge Mann sich allerdings in die Rabatten entleert, ist doch eher ungewöhnlich. Aber Onkel Maxi ist nichts Menschliches fremd, und in seiner Sturm- und Drangphase hat er nach durchzechten Nächten beim Heimkommen mehr als einmal die hauseigene Freitoilette genutzt und so den Garten gewässert, weil er es nicht mehr bis zum eigentlichen Bestimmungsort geschafft hätte. Eigentlich schade, dass er den neuen Besucher nur von hinten sehen kann. Angesichts seiner gleichgeschlechtlichen Neigung wäre ein Blick von der Seite durchaus sehr interessant gewesen.

Winfrieds Erguss nähert sich seinem natürlichen Ende, er schüttelt kräftig, packt sein bestes Stück wieder vorsichtig ein, schließt den Reißverschluss und dreht sich um. Ein älterer Herr im scharlachroten Morgenmantel winkt ihm fröhlich zu. Er sitzt auf der Terrasse und frühstückt offensichtlich. Die Süddeutsche Zeitung liegt auf einem kleinen Teewagen rechts neben ihm. Der ältere Herr trägt rote Stoffschläppchen, wie man sie in besseren Hotels bekommt. Er wirkt dadurch irgendwie klerikal. Fast päpstlich. Gibt man so jemand die Hand oder küsst man ihm einfach den Ring?

„Halloho, guten Morgen!" Der ältere Herr winkt ihm fröhlich zu. Mit der Rückseite der Hand. So wie ein Monarch, der vom Balkon seines Sommersitzes aus das gemeine Volk grüßt.

„Äh, ja, guten Morgen, ich äh, ich hab nur, äh, weil …"

„Jaja, nun mal nicht so schüchtern! War sicher nötig. Hat Heidi das Bad blockiert? Ich bin übrigens der Onkel Maxi. Und Sie sind Heidis neuer Freund?"

Onkel Maxi betont das Wort „Bad", als würde es mit zwei „d" geschrieben: Badd! Und was heißt hier, neuer Freund? Das war nun doch etwas zu weit aus dem Fenster gelehnt, aber schließlich hatte Winfried ja hier übernachtet.

„Äh, ja also …"

„Möchten Sie einen Kaffee? Ein Croissant? Oder lieber gleich ein Schlückchen Champagner?" Onkel Maxi macht eine einladende Geste.

„Also nachher gerne. Ich möchte nur mal eben … wegen Heidi. Sie ist im Bad und deswegen habe ich …"

„Jaja, Frauen im Bad! Das ist ein Kapitel für sich. Na, gehen Sie mal ruhig nach ihrem Liebling schauen und dann können wir ja alle zusammen schön frühstücken. An so einem herrlichen Tag!"

Onkel Maxi grinst über das gesamte rosa-faltige Pausbackengesicht.

„Ja, ich schau lieber mal."

Winfried verschwindet in die Küche und geht weiter Richtung Bad. Sein Teint gleicht dem einer überreifen Tomate. Das Plätschern unter der Dusche hat mittlerweile aufgehört.

„Heidi?"

Er will gerade vorsichtig an die Tür klopfen, als diese von innen schwungvoll geöffnet wird. Heidi trägt einen weißen Frottee-Bademantel und hat sich ein ebenfalls weißes Handtuch turbanartig um den Kopf geschlungen. Sie strahlt.

„Guten Morgen, Winfried!"

Und schon wandern ihre Arme wieder um seinen Hals, ziehen ihn ein wenig zu sich herunter und sie küsst ihn zart. Aber diesmal nicht auf die Wange, sondern auf den Mund. Winfried fasst um ihre Hüfte und drückt sie sanft an sich. Der Kuss wird immer länger. Ihre Lippen öffnen sich. Gleichzeitig setzt eine vorsichtige Bewegung Richtung Schlafzimmer ein. Der Bademantel öffnet sich leicht. Winfried drückt, Heidi zieht. Der Turban verrutscht. Ihr feuchtes Haar duftet dezent nach tropischen Früchten. An der Schwelle zum Schlafzimmer geht der Bademantel zu Boden. Der Kuss dauert immer noch an. Kurz vor der Bettkante lässt sich Heidi nach hinten gleiten und legt sich ab. Ihre Füße berühren noch den Boden, die Beine sind ganz leicht gespreizt. Sie ist wunderschön.

„Komm …" flüstert sie zart.

Winfried entledigt sich seiner Kleidung und was dann folgt, ist sehr schwer mit Worten zu beschreiben. Zärtlichkeit, Nähe, spielerisches Annähern, sanfte Berührungen, Erregung. Zeit ist eine Dimension, die gerade aufgehört hat, zu existieren. Und von *Erregung* ist es ja auch rein phonetisch gesehen nicht mehr allzu weit zu *Erektion*, zu Begierde, Verlangen, Geilheit. Winfried dringt ganz sanft in Heidi ein, Heidi stöhnt leise auf, beide bewegen sich im Takt einer Musik, die nur in ihren Köpfen spielt. Und beide spüren, wie diese Musik lauter wird, schneller, heftiger. Vor Winfrieds Augen werden jetzt plastische Bilder sichtbar. Der Anstieg auf einen hohen Berggipfel, die Eroberung einer mittelalterlichen Festung, das Erstürmen einer Barrikade. Die Musik wird plötzlich greifbar. Es ist Peter Iljitsch Tschaikowskis Ouvertüre Solennelle 1812, und wie bei der Uraufführung hört Winfried jetzt die Kanonen donnern! Einmal, zweimal, dreimal! Erst ein paar Sekunden später wird ihm klar, dass das Heidi ist, deren Schreie unmittelbar neben seinem rechten Ohr explodieren. Und dann hält auch ihn nichts mehr. Wie ein Heer von vorwärtsstürmenden Soldaten entlädt sich seine Erregung in die eroberte Bastion. In zwei, drei, vier Wellen stürmen seine Krieger in die fremden Gassen und nehmen sie in Besitz. Kapitulation, ein leises, letztes „Oooh ...", und Heidi sinkt sanft in seine Arme, wie ein müder Friedensengel, der gerade mal dringend eine klitzekleine Pause braucht.

Winfried weiß nicht, wie lange sie so daliegen. Heidi atmet ganz gleichmäßig in seinem Arm und es könnte sogar sein, dass sie schon wieder eingeschlafen ist. Draußen ist immer noch leises Vogelgezwitscher zu hören. Wenn man das Gepiepse von draußen hier drinnen hören kann, dann ist auch das eher heftige Liebesgeflüster von drinnen dort draußen zu hören gewesen. Und dort draußen sitzt wahrscheinlich immer noch Onkel Maxi beim Frühstück. Super! Das ist ja ein ganz toller Auftritt. Erst ungehemmt in den Garten strullern und dann laut vernehmlich über die Nichte herfallen. *There is no second chance to make a good first impression!* Das hat er ja ganz prima hinbekommen. Heidi bewegt sich. Sie schnurrt wie eine schläfrige Katze, dreht sich um und strahlt dann Winfried an.

„So, jetzt hab ich aber Hunger! Wollen wir frühstücken?"

„Ja, also ich hab schon mit deinem Onkel Maxi Bekanntschaft gemacht. Allerdings war das eher, äh, skurril. Oder peinlich. Er sitzt draußen auf der Terrasse und frühstückt."

„Ja super, da können wir uns ja gleich einklinken!"

„Ich, äh, als du vorhin im Bad warst, da musste ich dringend mal. Und da hab ich im Garten, also quasi, naja."

„Ach, der Onkel Maxi ist ganz locker. Hat er was gesagt?"

„Er hat. Guten Morgen!"

„Siehst Du. Alles easy. Komm, wir gehen mal raus zu ihm. Ich muss jetzt dringend was essen!"

Das Frühstück mit Onkel Maxi verläuft in der Tat komplett entspannt. Nettes Geplauder zu Croissants, englischer Marmelade, frischen Früchten, Wabenhonig, Vollkornhörnchen und Kaffee. Zum Nachspülen gibt es französischen Champagner. Bollinger Vielle Vignes Francaises. Das ist Winfried zwar nicht unbedingt am Vormittag gewohnt, aber er könnte daran durchaus Gefallen finden. Onkel Maxi erzählt von Heidi, als sie noch klein war, von Kunst und Kunstgeschichte, von seinen neuesten Plänen und von gutem Essen. Er ist so taktvoll, komplett auf die Inquisition zu verzichten, die hochnotpeinliche Befragung, die *der Neue* normalerweise über sich ergehen lassen muss. So war es Winfried vor Jahren beim Antrittsbesuch bei Carolas Eltern ergangen:

„Wo wohnen Sie denn? Zur Miete oder im Eigentum? Was machen Sie beruflich? Und Ihre Eltern? Wo wohnen die denn? Was interessiert Sie so im Leben? Welchen Hobbys gehen Sie nach? Haben Sie Geschwister? Mögen Sie klassische Musik, Literatur, die Oper, Reisen, bla, bla, bla …?"

So war das stundenlang gegangen, wie bei einem Stasi-Verhör. Hier bei Onkel Maxi ist es dagegen sehr angenehm und locker. Das liegt auch vielleicht daran, dass dieser bereits eine halbe Flasche Schampus intus hat, was ihn offensichtlich in formidable Erzähllaune bringt.

„Wie spät ist es denn eigentlich?", fragt Heidi nach einer ganzen Weile vergnüglichen Plauderns.

„Gleich zwölf", antwortet Winfried nach einem kurzen Blick auf seine Breitling Navitimer – die sogar echt ist!

„Hui, dann werd ich mich langsam mal fertig machen. Meine Maschine geht um vier. Ach, das hab ich ja noch gar nicht erzählt. Ich fliege nach Wien, Meeting vorbereiten und dann Budgetplanung mit Daddy! Bin Mittwoch wieder zurück."

Aha! Also kein Heidi-Wochenende. Nach dem, was gerade in ihrem Schlafzimmer stattgefunden hat, ist das zwar für Winfried etwas bedauerlich, aber nun gut. Nicht zu ändern.

„Ja, dann mach ich mich auch mal auf die Socken. Hab noch ein paar Sachen in der Stadt zu erledigen. Oder soll ich dich zum Flughafen bringen? Mach ich gerne!"

„Nein, nein, das macht Ali, mein Taxi-Türke. Der fährt mich immer hin und her. Schon seit Jahren."

„O. k., dann bin ich also mal weg."

„Rufst du mich ahan?"

„Klar, mach ich."

Zum Abschied gibt`s einen zarten, aber sehr langen Kuss, eine süße, kuschelige Drückung und bald darauf verlässt Winfried wohlgemut das herrschaftliche Anwesen und marschiert beschwingt in Richtung Auto.

„Bon jour, Winnie!"

„Ah, Claudette …"

„Du wars ja über Nach?"

„Offensichtlich!"

„Ünn…?"

„Was ‚ünn'?"

„Mit die Frölein …"

„Ja, mit dem Fräulein. Und es war sehr, sehr nett!"

„Aha."

„Und jetzt fahren wir nach Hause. Ich glaub, ich mach einen faulen Tag und vielleicht sogar ein gemütliches Mittagsschläfchen."

„Ah, warr ein anstrengen Nach?"

„Das nicht, aber wenig Schlaf. Und Champagner zum Frühstück bin ich auch nicht wirklich gewohnt."

„Ohlala, Champagner sum Frühstück! Das kling abär särr besönders!"

„Das liegt an Onkel Maxi."

„Önkel Maxi?"

„Ja, der Onkel von Heidi. Ihm gehört das Haus."

„Ah! Ünn Eidi is jetz dein Freundin?"

„Das hat Onkel Maxi auch gefragt."

„Du as doch übernachtet!"

„Und? Sag mal, kann das sein, dass du ein bisschen altmodisch bist? Ein klein wenig konservativ?"

„Isch bin nurr ein anschtändig Mädschen!"

„Ich dachte, du bist Französin!"

„Äbben!"

„Jaja, schon gut. Ich muss jetzt erst mal eine Runde ausruhen. Ab nach Hause!"

„D'accord. An die näxe Kreusüng reschs!"

Den Rest des Nachmittags verbringt Winfried tiefenentspannt auf der heimischen Mini-Terrasse. Und denkt nach. Über das Leben. Über seine momentane Situation. Und was Männer ansonsten ja doch eher seltener tun: Über seine Gefühle.

Die Sache sieht also derzeit wie folgt aus: Er hatte in relativ kurzem Abstand Sex mit zwei unterschiedlichen

Frauen. Axel würde da nur müde lächeln. Völlig normal. Das kommt bei ihm ungefähr jede zweite Woche vor. Also mindestens. Für Winfried ist das eher eine neue, ungewohnte Situation. Das mit Doris ist – boah, der Hammer! Eine tolle Frau – umwerfend! Das mit Heidi ist – uuuh, Wahnsinn! Ein absoluter Engel! Allerdings nach christlich-abendländischer Lesart ist das Ganze nicht wirklich korrekt. Winfried ist eher konservativ erzogen worden, sehr traditionell, also mit der althergebrachten Vater-Mutter-Kind-Schablone, und dazu gehören nun mal keine Mehrfach-Beziehungen. Das ist unmoralisch, sagt ihm sein Gewissen. Aber was ist das eigentlich, Moral? Eine allgemein anerkannte Vorstellung von Gut und Böse? Die Art und Weise, wie man lebt oder leben soll? Eine gesellschaftliche Übereinkunft, was man tun darf und was nicht? Für Winfried, der schon vor Jahren aus der Kirche ausgetreten war, ist Moral und der damit verbundene Verhaltenskodex eher etwas für blaustrümpfige Alt-Lehrerinnen und ewig gestrige Gartenzwerg-Spießer. Gesellschaftliche Gruppierungen also, denen er lieber nicht angehören möchte. Merkwürdige Zeitgenossen, die jenseits seiner Vorstellung von Leben, Glück und Zufriedenheit liegen.

In vielen anderen Zivilisationen ist ja die – ein schreckliches Wort: Vielweiberei durchaus normal. Ein Mormone, ein Moslem oder ein Afrikaner aus Swasiland hat nicht mal den Anflug eines schlechten Gewissens, wenn er seine achte Frau heiratet. Die dann auch nur 24 Jahre jünger als er selbst ist. Aber bei Mitteleuropäern ist das definitiv anders. Allein schon strafrechtlich gesehen. Und das prägt natürlich. Schließlich ist Winfried ja Mitteleuropäer durch und durch. Also zumindest, was seine sexuelle Orientierung angeht. Winfried interessiert sich nicht für Asiatinnen, orientalische Schönheiten oder sonstige Exotinnen. Sogar bei den ach so „feurigen" Südeuropäerinnen kann er nicht immer nachvollziehen, was an denen so toll sein soll. Mitteleuropa mit einem leichten Schuss Skandinavien, das ist genau seine Kragenweite. Außerdem werden südliche Schönheiten so schnell alt und, naja, unansehnlich.

Jetzt mal von der rein faktischen Situation zu den Gefühlen. Was ist denn hier Stand der Dinge? Heidi ist toll, Doris auch. Als er bei Doris war, in dieser Toreinfahrt, da war Doris alles, woran er gedacht hatte. Als er bei Heidi war, in ihrem Bett, da war Heidi alles, woran er gedacht hatte. Und jetzt, wo er alleine ist, kann er an Heidi denken und ist – verliebt. Und zwei Minuten später kann er an Doris denken und ist – verliebt. Verliebt in zwei unterschiedliche Frauen. Gleichzeitig. Parallel. Mit gleicher Intensität. Und diesem komischen Gefühl, dass man das eigentlich gar nicht darf. Saublöd! Warum darf man das denn nicht. Wen stört das? Winfried ist erfüllt, besorgt, verzückt, verängstigt, berauscht, bezaubert und – unsicher. Er muss dringend mit Axel reden. Der wird zwar kein wirklich ernsthafter Ratgeber sein, aber immerhin ein Gesprächspartner, der sich mit dem Thema auskennt.

Da ja sowohl Heidi als auch Doris am Wochenende nicht verfügbar sind, bietet sich natürlich so ein intimes Männergespräch mit Axel geradezu an. Ein kurzes Telefonat informiert Winfried allerdings darüber, dass Axel heute Abend ein extrem wichtiges Auswärtsspiel auf Champions-League-Niveau hat. Also eher keine günstige Gelegenheit für einen tiefschürfenden Männerschwatz. Aber morgen gegen elf ließe sich wunderbar bei einem Weißwurstfrühstück über Winfrieds Situation debattieren. Also folgt zunächst ein entspannter Abend. Winfried verspürt keine große Lust, irgendetwas loszutreten, da er ja sowieso schon zu viel Weiblichkeit in seinen Gedanken mit sich herumträgt, und bleibt daher einfach brav und gemütlich zu Hause – wunderbar! Er googelt Begriffe wie Polygamie, Vielweiberei und Mehrfachbeziehungen. Er informiert sich über die 68er-Bewegung, über alternative Lebenskonzepte im Allgemeinen und über melanesische Stämme auf Papua-Neuguinea, wo ein Mann durchaus zehn oder mehr Frauen haben kann und sich dabei echt gut fühlt. Im Fernsehen kommt später noch ein alter Schinken mit Clint Eastwood, den Winfried besonders mag. Im Kühlschrank steht ein Grüner Veltliner, der den Abend nur schwer angeschlagen, wenn überhaupt überleben wird. Ein Glas Frutti di Mare wird auch dran glauben müssen, zusammen mit diesem italienischen Knabberbrot, das er neulich wieder im Stina, einem Italo-Laden im Euro-Industriepark, entdeckt hat.

Kurz nach halb eins sinkt Winfried äußerst zufrieden und müde ins Bett. In der letzten Nacht hat er ja eher wenig geschlafen. Innerhalb von fünf Minuten betritt er das Reich der Träume.

Onkel Maxi sitzt auf der Terrasse, und um ihn herum stehen auf sich drehenden Säulen mindestens ein Dutzend griechische Götterstatuen und – pinkeln! Dahinter sitzt im Garten ein komplettes Symphonieorchester, das von Heidi dirigiert wird. Wobei sie statt mit einem Taktstock mit einem überdimensionalen Holzkochlöffel hantiert, den sie regelmäßig in einen Topf mit wunderbar duftender Tomatensuche taucht und damit die Musiker der Reihe nach besprengt. Weiter hinten zieht Doris, als Hirtenmädchen mit einem Strohhut verkleidet, mit einer Herde Lämmer durch den Garten und winkt Winfried zu. Eine Stimme in seinem Kopf intoniert monoton „Winnie, das darfs du nisch, Winnie, das is nisch rischtisch, Winnie, das gib beschtimm ein Riesenärgär!" Und Onkel Maxi trinkt dazu fröhlich grinsend seinen Champagner …

Am nächsten Morgen macht sich Winfried auf den Weg zu seinem Männertreff mit Axel. Der wohnt zwar im Schwabinger Norden, treibt sich aber oft bei seinem jüngeren Bruder in Sauerlach rum, der etwas außerhalb der Münchener Stadtgrenzen noch auf dem alten Hof der Eltern wohnt. Allerding ohne Landwirtschaft. Die hat der Vater schon vor Jahren aufgegeben, und weder Axel noch sein Bruder standen damals als bäuerlicher Nachfolger zur Debatte. Um die Ecke gibt es eine wunderbare Gastwirtschaft mit Biergarten, die Weißwürste dort sind optimal, die Brezen frisch und der süße Senf ist auch der richtige. Das Weißbier kommt aus einer kleinen Privat-Brauerei und ist mehr als süffig. Nicht diese öde Einheits-Industrieplörre, wie sie in vielen Biergärten in der Stadt angeboten wird. Für die Touristenhorden, für *Zuagroasde* und für alle anderen Geschmacksverirrten.

Auf der Fahrt kommt es natürlich unweigerlich zu einer Unterhaltung mit Claudette.

„Allö, Winnie, wie geht dirr?"

„Prima!"

„Ünn wo fahre wirr in?"

„Nach Sauerlach, zu Axel."

„Ah, eine Männerträff!"

„Genau!"

„Ünn was mach irr da?"

„Na reden, plaudern, was sonst?"

„Isch weiß nisch? Isch bin eine Frölein."

„Na, ich glaub Männer machen das gleiche wie Frauen. Reden. Nur halt vielleicht über andere Themen."

„Ünn was sin das fürr Thämen?"

„Ja, was weiß ich? Fußball, Autos, Frauen und was halt sonst noch so anliegt."

„Aha. Ünn wenn irr über Frauen rede, was rede irr da so?"

„Naja, über …"

„Ja?"

Meine Navigationsanlagenstimme will wissen, worüber Männer beim Thema *Frauen* reden, schießt es Winfried durch den Kopf. Einer *„normalen"* Frau gegenüber ist das schon sehr schwer zu erklären, aber in dieser speziellen Situation erscheint es ihm noch weitaus komplizierter.

„Über, über, na wie die halt so sind!"

„Wie sind?"

„Na, wie die aussehen, was die so machen und so weiter."

„Ünn bei die Aussähen, was is da wischtisch fürr ein Mann?"

„Öh, die Augen. Und die Figur natürlich. Und wie sie die Haare hat und angezogen ist. Und geht, sich bewegt. Und wie sie lächelt und redet und so."

„Ünn die Popö?"

„Jaaa, die auch, äh der auch."

„Ünn die *seins*?"

„Die was?"

„Die Brüst!"

„Sag mal, was fragst du mich denn da alles?"

„Is doch wischtisch, dass ma weiß, worauf es ankömm!"

„Aber du bist eine Navigationsanlage! Du hast gar keinen Popo!"

-

„Claudette?"

-

„Claudette!"

„Das muss du nisch sagen, das weiß isch selbärr!"

„Und ..."

„Ünn das is nisch einfach fürr ein Frau!"

„Äh ..."

„Das verstehs du nisch."

„O. k. Äh, wir sind jetzt auch da. Ich geh dann mal …
zu Alex."

„Männär! Geh ab su dein doffe Frühschöpp!"

„Danke …"

Leicht verstört betritt Winfried den Biergarten. Viertel vor elf, also wieder mal zu früh. Hat er sich gerade wirklich mit einer elektronischen Frauenstimme in seinem Auto unterhalten? Über das, worüber sich Männer unterhalten, wenn sie sich über Frauen unterhalten. Und war diese Maschinenstimme jetzt – sauer? Sollte er doch einen Arzt aufsuchen? Einen Spezialisten?

„Herr Doktor, ich höre Stimmen!"

Eine nasale Stimme fragt, und es fühlt sich so an, wie wenn man einen spitzen Finger in eine überreife Tomate bohrt: „Seit wann ist das bei Ihnen so?"

„Seit diesem Abendessen mit Heidi."

„Wer ist denn bitte Heidi?"

„Also, egal, immer im Auto. Mein Navigationsgerät spricht mit mir!"

„Das ist vollkommen normal."

„Nein, Sie verstehen mich nicht!"

„Was verstehe ich nicht?"

„Meine Navigation sagt andere Sachen zu mir."

„Was für andere Sachen?"

„Wie geht es dir?"

„Wir sind nicht per du, Herr Fischer, und es geht bei unserer Sitzung heute eher um sie als um mich."

„Nein, meine Navigation fragt mich, wie es mir geht, und was ich denke, und wie mir der Abend gefallen hat, und wer jetzt meine neue Freundin ist."

„Aha!"

„Und noch dazu spricht sie mit französischem Akzent!"

„Sind sie frankophil?"

„Nein, ich bin aus der Kirche ausgetreten. Was tut das denn hier zur Sache?"

Der Arzt seufzt.

„Mögen Sie Frankreich? Die Franzosen?"

„Ja, schon."

„Haben Sie ein französisches Automobil?"

„Ich bin ja nicht bescheuert!"

„Na, das wollen wir ja eigentlich gerade erst herausfinden ..."

Immer diese Tagträume!

„Servus Winfried, alte Hütte! Na, hast schon bestellt?" Axel errettet ihn von seinem imaginären Psychologenbesuch.

„Servus, Axel, nö, noch nicht."

„Wie immer?"

„Klar!"

Axel hält nach der Bedienung Ausschau. Die kommt gerade aus der Gastwirtschaft in den Biergarten geschlendert. Als sich ihre Augen treffen, hebt er beide Hände hoch und formt mit beiden Daumen und Zeigefingern ein W, das er zur Bekräftigung zweimal in die Höhe hält. W steht sowohl für Weißwurst als auch für Weißbier und Fritzi, die Bedienung grinst fröhlich und verschwindet in die Gaststube. Es geht doch nichts über feste Rituale. Das hat Tradition. Bayern halt!

„So, was ist denn jetzt los mit dir? Klang ja ganz dringend."

„Also, ich hab dir doch von dieser Doris erzählt. Und jetzt hab ich auch noch mit Heidi …"

„Hey! Gratulation!"

„Jaja, und jetzt weiß ich nicht …"

„Was?"

„Für wen ich mich entscheiden soll."

„Entscheiden?"

„Ja, entscheiden!"

„Wie? Entscheiden?"

„Ja, ich kann doch nicht …"

„Pass auf, Winfried, ich fang mal ganz von vorne an. Du warst lange Zeit in einer festen Beziehung. Gut! Jetzt bist du nicht mehr in einer festen Beziehung. Du hast jetzt zwei realistische Möglichkeiten für deine ganz private Zukunft. Du kannst dich wieder in eine ganz normale Beziehung begeben. Mit Doris. Oder mit Heidi. Oder mit sonst wem. Oder du kannst anfangen, Spaß zu haben. Mit Doris und mit Heidi und mit sonst wem. Verstehst du das?"

„Ja, aber das ist doch …"

„Was?"

„Unmoralisch?"

Allein das Wort bleibt schon sauer im Hals stecken. Wie Sodbrennen nach Currywurst mit einer fetten Extraportion Glutamat.

„Genau, du hast recht! Total unmoralisch! Du rufst jetzt sofort die beiden Mädels an, erklärst ihnen alles, kippst den Inhalt des nächstbesten Kohlegrills auf dein Haupt und gehst ins Kloster. Auf der Stelle!"

„Axel, du bist so ein ... Oberflächenkratzer! Ich kann doch nicht ...“

„Winfried, wach doch mal auf! Alles cool, mach dich locker. Heute Heidi und morgen Doris. Und übermorgen wieder Heidi. Alles easy! Du bist doch ein freier Mensch. Und wenn du merkst, dass dir eine zu blöd wird, na prima! Und wenn nicht, auch prima. Und wenn dann plötzlich noch eine Sabine daherkommt: Juhu! Mach dir mal keinen Stress. Was mich viel mehr beunruhigt, das ist deine Navi. Quatscht die immer noch mit dir?“

„Schon.“

„Und?“

„Ist o. k. Sie ist ganz nett.“

„Winfried!“

„Was?“

„Du weißt, dass das nicht normal ist?“

„Ja, lass mal. Da komm ich schon mit zu recht“

„Wie du meinst! Was läuft denn sonst noch?“

Und schon kommen die Weißwürste, das Bier, die Brezen, der Senf und irgendwie beugt sich Fritzi mit ihrem Dirndl-Dekolleté immer besonders weit nach vorne, wenn sie Axel die dampfende Wurstschüssel hinstellt. Und Axel lächelt dann immer das breite Siegerlächeln des Wissenden.

8

Die folgenden Wochen vergehen für Winfried wie im Flug. Oder auch wie im Rausch. Irgendwie passt es scheinbar immer mit der Zeiteinteilung – wie von einer höheren Macht minutiös arrangiert und äußerst sorgfältig geplant. Wenn Heidi bei einem Kundentermin in Hamburg, Graz, Berlin oder Hinterweidenthal ist, dann hat Doris gerade Zeit. Und wenn diese in London, Warschau oder Madrid zu tun hat, dann ist Heidi meist verfügbar.

Doris ist übrigens Fachanwältin für internationales Wirtschaftsrecht und Juniorpartnerin in einer renommierten Münchener Kanzlei. Ihr Job führt sie daher regelmäßig ins europäische Ausland, manchmal sogar nach Asien oder in die USA. Sie sitzt scheinbar sehr fest im Sattel und ist das, was man wohl landläufig eine Karriere-Frau nennt. Business-Woman. Also genau wie Heidi. Im Geschäft auch sehr tough und sehr erfolgreich. Zwei ebenbürtige Begleiterinnen, die scheinbar Gefallen an Winfried gefunden haben.

Und so pendelt er munter zwischen den beiden Schönheiten hin und her. Zunächst steht eine schweißtreibende Bergtour mit Heidi im Zahmen Kaiser an. Das ist ein mächtiger Gebirgsstock in der Nähe von Kufstein, auf der Tiroler Seite der Grenze. Gleich daneben steht der noch gewaltigere Wilde Kaiser mit seinen kargen Gipfeln und felsigen Abhängen. Heidi, das zarte Engelswesen, erweist sich als äußerst zähe Bergziege, die mit erstaunlichem Elan steile Hänge erklimmt und auch kleinere Kletterpassagen nicht scheut. Auf der Stripsenjoch-Hütte wird dann locker eine Russenmaß, begleitet von einem hervorragenden Schweinsbraten mit Brezenknödel und bayrisch Kraut, verputzt. Vor dem Kaiserschmarrn mit Zwetschgen, versteht sich. Und nicht, dass danach die Erholungsphase käme.

„So, jetzt hab ich wieder Energie für den nächsten Gipfel getankt!", verkündet Heidi und zeigt mit zartem Finger auf einen steilen Saumpfad, der sich einer schroffen Bergspitze entgegenwindet. Winfried zweifelt ein wenig, dass seine kleine Blindschleiche genau erkennt, wo sie da hinwill, muss sich aber anschließend ganz schön anstrengen, um mitzuhalten.

Nach der Rückkehr spätabends wird bei Onkel Maxi erst mal ausgiebig geduscht und danach noch der eine oder andere Gipfel erklommen, allerdings eher im bildlichen Sinn. Auch sehr schweißtreibend.

„Winnie, du wars ja tötal verschwitz gestern!", bemerkt Claudette am nächsten Montag, als Winfried ins Büro fährt.

„Ja, wie das halt so ist nach einer Bergtour."

„Ünn, warr schönn?"

„Sehr schön!"

„Ünn die Nacht?"

„Was ist mit der Nacht?"

„Wo wars du?"

Winfried hat sich nach der Wanderung von Heidi schnell zu Hause absetzen lassen, frische Klamotten gegriffen, kurz eine alte Wanderkarte aus dem Auto geholt und ist dann mit dem Rad zu Heidi gefahren. Claudette hat ihn zwar kurz angesprochen, Winfried hat jedoch nur mit „Keine Zeit!" geantwortet.

„Bei Heidi!"

„Ah, die blönd Frölein."

„Ja. Und?"

„Du as nisch gesagt!"

„Wie: nicht gesagt?"

„Du as nisch gesagt, wo du in-gest. Isch ab mir Sorgen gemach!"

„Du brauchst dir keine Sorgen machen. Ich bin volljährig, Diplomingenieur und kann ganz alleine weggehen. Wohin ich will und wie lange ich will."

„Aber man sag doch Bescheid!"

„Bitte?"

„Allö Claudette, isch geh jetz su die Frölein Eidi und kömm die Nacht nisch nach Ause! Dann weiß isch Bescheid ünn mach mir kein Sorge."

„O. k. Ganz eindeutig: Nein! Nochmal: Ich geh weg, wann ich will, wohin ich will und ohne dir etwas zu sagen. Das ist nicht dein Aufgabenbereich!"

„Was is denn mein Aufgabebereisch?"

„Eigentlich, mich von A nach B zu bringen."

„Ah, das kann doch jede Navigasjönn!"

„Du bist ja auch eine Navi!"

„Aber ein besöndere, die sisch um disch kümmer!"

„Du verwechselst kümmern mit kontrollieren!"

„Isch mein doch nur gutt!"

„Ja, wie meine Mutter!"

„Dein Mutter?"

„Die wollte auch immer wissen, wo ich bin und was ich mache. Aber ich möchte das nicht! Bitte!"

„Aber isch bin doch dein Freundin."

Winfried überlegt sich, was er jetzt machen soll. Wieter diskutieren, vielleicht sogar streiten? Mit einem technischen Gerät, das sprechen kann und weiblichen Geschlechts ist? Noch dazu Französin? Oder einfach locker lassen. So wie er das wahrscheinlich auch der Einfachheit halber bei einer Frau aus Fleisch und Blut gemacht hätte. Spart Ärger und Energie! Alles easy.

„Jaja, ist ja schon gut. Ich war bei Heidi, hab dort übernachtet und jetzt fahren wir ins Büro. Los geht's. Bitte!"

Claudette macht ebenfalls noch ein bisschen auf Small Talk und gibt sich dann offensichtlich doch mit dem Ergebnis der Diskussion zufrieden. Winfried ist wieder ein Stückchen mehr irritiert. War das da gerade ein Anflug von Eifersucht? Oder wirklich so etwas wie mütterliche Bekümmertheit? Oder vielleicht angehender Irrsinn? Man wird sehen oder: *On verra*, wie Claudette sagen würde.

Am Mittwoch nach der Bergwanderung mit Heidi folgt ein feudales Abendessen mit Doris im Freilinger Hof, einem sehr bekannten Speiselokal in Oberföhring. Ohne Kleckerattacken! Es gibt als kleine Vorspeise einen Gruß aus der Küche, klassischen Tafelspitz mit frisch geriebenem Kren, dazu eine Flasche feinsten grünen Veltliner aus Niederösterreich gefolgt von Marillen-Eisknödeln und zum Schluss einen starken Espresso. Die beiden plaudern locker über Gott und die

Welt, über Doris' berufliche Reisen, über Winfrieds Vorliebe fürs Einkaufen in kleinen Lebensmittelläden und über diverse Münchener Locations. Wo man halt so hingeht. Ein sehr harmonischer und gelungener Abend mit der abschließenden Überraschungsvariante, dass Doris die Rechnung ordert und ganz selbstverständlich zahlt, Winfried dabei nur kurz abwimmelt und darauf hinweist, dass das sowieso in ihre Spesenabrechnung laufe. Allerdings solle er bloß nicht glauben, dass dafür im Nachgang keine Gegenleistung fällig wäre.

Später gibt es dann heißen Sex – diesmal nicht in der Toreinfahrt, sondern verhältnismäßig brav bei Doris zu Hause. Sie wohnt in Trudering, in einem schönen, älteren Häuschen mit verwildertem Garten und knorrigen Obstbäumen. Winfried macht die Rechnungsübernahme seiner Meinung nach mehr als wett. Und findet deutlichen Gefallen an den Auswärtsspielen. Hat den großen Vorteil, dass er hinterher nicht aufräumen muss.

„Du wars wieder bei ein vörnehm Essen, Winnie. Mit die dunkel Frölein. At gut geschmeck?"

„Sehr gut!"

„Ünn danach abt irr?"

„Geplaudert."

„Ah."

Pause.

Lange Pause.

„Ünn sie is nett, die dunkel Frölein?"

„Ja, sehr nett."

„So nett wie die Frölein Eidi? Oder netter?"

„Genau so nett wie Fräulein Heidi. Absolut gleich. Deshalb kann ich mich ja auch nicht entscheiden, und deshalb gehe ich mit beiden aus."

Pause. Längere Pause.

„Ünn das is gutt mit dein Gefühl?"

„Ja, das ist absolut gut. Alles wunderbar!"

Auch wenn das nicht wirklich seine tiefe, innerste Überzeugung ist, muss Winfried hier doch mal ein paar Pflöcke gegenüber seinem französisch eingefärbten Navigationsmoralgerät einschlagen.

„As du kein Angs?"

„Angst? Wovor?"

„Na, dass du Ärgär bekömms? Wenn die eine von die andere erausfindet!"

„Da verfahre ich ganz nach der Alex-Methode und frag mich jetzt bitte nicht, was das ist. Mach dir keine Sorgen. Alles gut!"

„Na offenlisch. Ein Frau kann gans schön bös werden, wenn sie erausfindet. Dann wird ein Ühnschen mit Dirr gesupft!"

„Gerupft, man sagt, ein Hühnchen wird gerupft!"

„Sag isch doch!"

Winfried darf sich in der Folge noch ein paar haarsträubende Geschichten von eifersüchtigen Frauen-Handgreiflichkeiten und üblen weiblichen Rachefeldzügen anhören, kann Claudette aber dann doch beruhigen. Er wird's schon überleben.

Am Freitag hat Heidi frühmorgens Zeit, um mit Winfried im Nymphenburger Park eine Runde zu joggen. Das ist zwar ein ganz schönes Stückchen weg vom Schuss, wenn man im Herzogpark oder im Lehel wohnt, aber ihre Agentur sitzt direkt an der Südlichen Auffahrtsallee, und Heidi mag nunmal das Schloss und die weitläufige Parkanlagen so gerne. Es macht auch wirklich ganz besonderen Spaß, an den Wasserspielen entlang und durch die Gärten in den Parkwald zu laufen. Eine wunderbare Stimmung so in der Früh, wenn der Tag noch jung ist und die Stadt gerade erst aufwacht. Nach einer guten Stunde ist der Ausgangspunkt wieder erreicht. Geduscht wird hinterher unter der büroeigenen Brause, in der man außer Duschen auch noch andere Sachen machen kann, wie Winfried sehr bald herausfindet.

„Winnie, wieso ges du jöggen in die Park vom Nümfebürg?"

„Weil sich das gerade so angeboten hat."

„Abär du as doch ein Jögging-Streck direk vor die Austür!"

„Ja, aber ich war mit Heidi joggen."

„Abär die wohn doch auch ümm die Eck!"

„Hat aber ihr Büro in Nymphenburg."

„Ah!"

„Siehst du: Es gibt für alles eine logische Begründung!"

„... *nur für dich leider nicht!*", denkt sich Winfried.

Sonntag. Bei einer fröhlichen Radeltour entlang der Isar — Heidi musste kurzfristig nach Linz — erlebt Winfried, dass auch Doris durchaus auf der sportlichen

155

Seite des Lebens zu Hause ist. Sie hat ein echt fettes Mountainbike, die passende, atmungsaktive Bekleidung dazu, stylische Klickschuhe und eine windschnittige Super-Radlerbrille. Helm findet sie allerdings extrem doof. Winfried kann das gut nachvollziehen. Die Strecke München-Schäftlarn-München, immerhin 50 Kilometer, tritt sie locker mit links runter und Winfried, obwohl durchaus trainiert, kommt dabei echt ins Schwitzen. Und auch nach der Tour in der häuslichen Idylle bei Doris in Trudering wird es noch mal sehr, sehr heiß und äußerst schweißtreibend.

„Allö Winnie, du wars ja mit die Fahrrad ünterwegs. Ein schön Ausflüg?"

„Ja, ein schöner Ausflug. Sehr schön!"

„Es gib auch mobil Navigasjönn. Fürr die Fahrrad."

„Nein danke, ich bin mit dir vollauf ausgelastet!"

„Ah."

„Und man muss ja nicht immer mit elektronischen Hilfsmitteln unterwegs sein. Manchmal ist so eine schöne alte Landkarte aus Papier auch ganz wunderbar."

„Ein Landkart? Aus Papier? Das is abär serr altmödisch! Isch dacht, du bis ein Inscheniör! Ein modern Mensch, der mit die Teschnik ümgeht!"

„Bin ich. Aber ich mag auch alte Traditionen, einfache Lösungen und Nostalgie. Da sind die Franzosen doch auch ganz gut drin."

„Die Französ sinn ein sehr modern Nation! Mit große Förtschritt ünn teschnisch Entwicklüng!"

„Ah ja?"

„Ja sischer!"

„O. k. Dann bin ich halt ein altmodischer Deutscher mit Landkarte."

Winfried verkneift sich bewusst die Bemerkung, dass Deutsche mit einfachen, analogen Landkarten durchaus schon mal in der Lage waren, Paris zu – naja, erreichen. Man muss ja kein Öl ins bereits lichterloh brennende Feuer schütten.

Neu für Winfried ist das Thema *Segway*. Bei einer geführten Tour durch die Münchener Innenstadt geht es für ihn zunächst darum, sich mit der Technik und Balance dieses modernen Fortbewegungsmittels anzufreunden. Nach drei Minuten ist das allerdings erledigt, und er braust mit Heidi über den Stachus, durch die Fußgängerzone zum Marienplatz, am Alten Peter vorbei Richtung Viktualienmarkt, zur Residenz und via Staatskanzlei in den Englischen Garten. Es macht irren Spaß, stehend die Stadt zu erkunden und sich dabei doch relativ flott zu bewegen. Vor allem das Kurvenfahren findet Winfried lässig. Und obwohl er sich in München gut auskennt, erfährt er vom *Segway*-Guide, der historisch wirklich einiges drauf hat, noch ein paar nette Details, die ihm so noch nicht bekannt sind. Wo zum Beispiel der Begriff „Erbsenzähler" herkommt und was das Wort „Torschlusspanik" ursprünglich bedeutete. Und dass man mit Bier auch Brände löschen kann, die nicht nur in der eigenen Kehle lodern. Trotzdem er während der ganzen Tour eigentlich nur steht, tun ihm anschließend doch die Füße weh. „Normal!", sagt Heidi und verspricht ihm eine entspannende Fußmassage, wenn sie dann zu Hause sind. Später werden dann auch noch andere Körperteile weiter oben massiert.

„Du as was gemach?"

„Eine *Segway*-Tour."

„Segweh? Is das ein neu Krankheit? Oder ein Sekte?"

„Nein, das ist eine Art Stehroller, mit dem man durch die Gegend fahren kann. Man balanciert und das Ding fährt irgendwie von selbst. Ich weiß noch nicht ganz genau, wie das technisch geht."

„Gib es da ein Navigasjönn?"

„Nein, einen Guide."

„Ein Gaid?"

„Ja, einen Führer. So wie ein Reiseleiter, der einem erklärt, was man gerade sieht und was die Geschichte dazu ist."

„Ah, wie isch!"

„Seit wann erklärst du mir, was ich sehe, wo ich bin und wie das historisch zusammenhängt?"

„Na, isch erklär dirr, was du mache solls ünn wie sisch geört!"

„Da bin ich aber froh!"

„Siehs du! Das is viel besser wie ein Gaid!"

„Ja, du hast recht. Was täte ich nur ohne dich?"

„Gut, dass du einsiehs."

„Jaja ..."

Winfried hat mittlerweile für sich beschlossen, gute Miene zum bösen Spiel zu machen und sich nicht aufzuregen. Das hat früher bei Carola auch immer sehr gut geklappt. Einfach fröhlich *jaja* sagen und alles ist gut. Denken kann man ja, was man will. Und *jaja* heißt bekanntlich „Leck mich am Arsch!" oder in der abgeschwächten Form: „Du hast recht, und ich meine Ruhe!"

Im Museum tags drauf taucht Winfried mit Heidi als persönlicher Dive-Instruktorin in die Tiefen der zeitgenössischen Kunst ein. Er hat sich früher schon immer gefragt, wie man so viele verschiedene Bedeutungen in ein Bild oder eine Skulptur hineininterpretieren kann. Frei nach dem Motto „*Was will uns der Künstler damit sagen?*" Heidi kann diese Frage erstaunlich gut beantworten, und Winfried ist ehrlich beeindruckt. Sicher hat da auch Onkel Maxi seinen kunstsachverständigen Einfluss geltend gemacht. Aber auch Winfried hat museumstechnische Erfahrung. Sein Lieblingsspiel in Ausstellungen ist „Free-Style-Titel-Raten". Das geht so: Man geht auf ein Objekt zu, guckt nicht auf das Schildchen mit dem Titel und rät dann einfach, wie das Bild oder die Skulptur heißen könnte. Das kann zuweilen ganz lustig werden. Im Guggenheim Museum of Modern Art in New York hat er damit schon mal große Erfolge bei einer Baselitz-Ausstellung gefeiert.

„Oh lala, Kültür!"

„Ja, Museum!"

„Die beste Müseüm von die Welt is natürlisch die Louvre in Paris! Dort ängen alle französisch Meister!"

„Wenn ich recht informiert bin, gehen viele Besucher in den Louvre, um sich das Bild eines Italieners anzugucken."

„Jaja, diese kömisch Leönardo. Aber ansonsten is natürlisch Fronkreisch die Wieg von die öropäisch Kültür!"

„Na sicher. Sowieso. Was sonst! Und jetzt: Ab in die Arbeit!"

Nächstes Event: Der Kinobesuch mit Doris ist im Gegensatz zum Museum eher mit Ausrufe- denn mit Fragezeichen versehen. Was der „Künstler" sagen will, bleibt äußerst nebensächlich. Scheinbar ist da doch etwas dran mit ihren Public-Sex-Vorlieben. Wobei das Thema des Films – ein Junge sitzt mit einem Tiger in einem Ruderboot auf hoher See – jetzt keineswegs zu wildem Kinovögeln animiert hätte. Was dann ja auch nicht wirklich stattfindet. Das ist wohl doch etwas zu auffällig. Aber irgendwie wandert Doris' Hand schließlich in Winfrieds Hose und macht sich da so heftig zu schaffen, dass am Ende wieder ein paar Zentiliter der weißlich-klebrigen Flüssigkeit zwischen Unterhose und Unterbauch kleben bleiben, während Winfried versucht, nicht allzu viel akustisches Beiwerk hinter seinen Erguss zu legen. Doris lächelt ihn wissend an und widmet sich dann wieder der Leinwand. Wenn Sperma mit der Zeit kalt und trocken wird, fängt es unangenehm zu kleben an. Das kann vor allem beim Aufstehen zu Problemen und teilweise auch zu Schmerzen führen. Besonders, wenn Körperhaare involviert sind.

Auf der Heimfahrt meldet sich natürlich wieder Claudette zu Wort.

„Wie war die Kinö?"

„Feucht!"

„As du geweint?"

„Äh, ja!"

„Oh, war traurisch?"

„Äh, ja, ein trauriger Film. Ein Junge verliert seine Familie und ist auf einem Boot gefangen. Auf hoher See. Mit einer Raubkatze."

„Ah, das is abär ein kömisch Film."

„Ja! Deswegen hab ich ja dann auch geweint. Und ich hatte kein Taschentuch!"

„Oh, Winnie, ein groß Fehlär. Im Kino immer ein Taschetüsch mitnehm! Säär wischtisch!"

„Stimmt. Ich merk's mir."

Ein paar Tage später in der Ethno-Kneipe lernt Winfried Heidis besondere Vorliebe für den Orient kennen. Sie wünscht sich nämlich einen gemütlichen Abend in einer original arabischen Shisha-Kaschemme mit allem Drum und Dran. Es wird Tee geschlürft, Wasserpfeife geraucht, palavert, ein paar Häppchen werden verspeist und alles riecht und schmeckt entweder nach Minze oder nach Knoblauch und Cumin. Die Musik ist außerordentlich nah-östlich und steigert sich im Verlauf des Abends von angenehmer Hintergrundbeschallung zu dominanter Bedröhnung. Natürlich gibt es dann auch eine Bauchtanz-Nummer. Zu Winfrieds absoluter Verwunderung klinkt sich Heidi in den Hüftwackeltanz mit ein und macht sogar fast eine bessere

Figur als die professionelle Orientalin, die den Reigen eröffnet hat. Wahnsinn, denkt sich Winfried und ist wieder einmal hin und weg. Feigen, Datteln, Mokka und jede Menge pappsüßes Klebezeugs werden unmittelbar nach dem Tanzreigen gereicht, Heidi ist vollkommen außer Atem und – sehr glücklich. Das ist sie dann auch später, nachdem Winfried sie im heimischen Schlafzimmer zu weiteren hüftakrobatischen Übungen auffordert und ihr seine Version von *Bauchtanz* näherbringt.

„Ah, du wars in ein französisch Restaurant! Isch risch ein Spür von Knöbleusch und Minz!"

„Du riechst richtig, aber das war kein französischer, sondern ein arabischer Abend."

„Ah, die Arabisch! Die aben all von die Französ geklaut!"

„Sicher!"

„As du Spaß ge-ab?"

„Ja, es war sehr – unterhaltsam!"

„Mit – wie eiß? – Nabeltans?"

„Bauchtanz. Ja, auch mit Bauchtanz. Heidi hat getanzt."

„Frölein Eidi?"

„Ja, Heidi!"

„Aber Eidi is doch ein Deutsch!"

„Sie ist Österreicherin. Und sie kann sehr schön bauchtanzen. Wirklich sehr schön."

„Ah, die Deutsch, die könne einfach alles. Ünn die Östritscher is nisch vill anders. Is nur schon ein Schtück nä-er an die Balkan."

Tja, wo sie recht hat, da hat sie recht ...

Die Vernissage, zu der Doris Winfried in der Folge-
woche mitschleift, ist ein absoluter Pflichttermin. Und
zwar für Doris!

„Winfried, du musst mir einen Gefallen tun! Ich bin
zu dieser ultrabescheuerten Pseudo-Vernissage eingeladen, bei der es nur Blödsinn zu begucken gibt und bei
der wahrscheinlich nur Pappnasen und Vollidioten anwesend sind. Aber die Künstlerin ist die Frau eines su-
perwichtigen Klienten von mir, und ich muss da hin! Da
gibt es keinen Ausweg. Kannst du bitte so tun, als würde dir alles wahnsinnig gut gefallen, als würdest du alle
Vollspackos dort superinteressant finden und als wolltest du nie wieder dort weggehen? Für mich? Ich lass
mir auch was ganz Schönes für dich einfallen. Versprochen!"

Da kann Winfried natürlich nicht nein sagen. Die
Veranstaltung ist genau so, wie Doris sie angekündigt
hat. Die Gattin eines äußerst wohlhabenden Bankiers
bildet sich ein, sie wäre Künstlerin, und hat sich auf
schräge Skulpturen spezialisiert. Hier stellt sich nicht
die Frage, was die Künstlerin sagen will, sondern warum sie nicht einfach die Klappe hält. Die Gäste sind
blass und abgehoben, teilweise nicht von dieser Welt.
Entweder haben sie wirklich keinen Geschmack oder
sie werden von der Künstlerin für ihre Lobhudeleien
bezahlt, denkt sich Winfried insgeheim. Les Claqueures
à ses places. Dafür sind allerdings die Beignets ausge-
zeichnet und der Champagner ebenfalls. Natürlich
nicht so exklusiv wie bei Onkel Maxi, aber immerhin.

Winfried macht eine wirklich gute Figur ganz nach Doris' Wünschen und erhält auch am späteren Abend seine wohlverdiente Belohnung.

Dann kommt das Wochenende. Doris ist irgendwo in England unterwegs. Geschäftlich. Also Biergarten und Heidi. Eine wunderbare Kombination. Sie hat sich ein wirklich süßes, hellblaues Dirndl mit passenden Accessoires übergeworfen und Winfried kann mal wieder nicht die Augen von ihr nehmen. Engelsgleich! Was allerdings weniger auf ihren Appetit zutrifft. Die Schweinshaxe verschwindet hinter den Perlenzähnen, weggespült von einer süffigen Maß Bier und begleitet von einem majestätischen Kartoffelknödel samt Blaukraut. Winfried fragt sich, wo Heidi das alles hinsteckt. Heidi behauptet, dass sie eine schlechte Verwerterin sei, und dass die Hälfte dessen, was sie zu sich nimmt, ungenutzt den Körper wieder verlasse. Winfried fragt, ob man sich diese Eigenschaft irgendwie durch Training oder spezielle Übungen aneignen kann. Heidi meint allerdings, das sei wohl eher genetisch bedingt. Und bestellt sich einen Apfelstrudel mit Vanillesoße. Zwischendrin glänzt Winfried mit seiner bereits mehrfach erprobten, mittelalterlichen „Ist-da-noch-was-frei"-Nummer. Eine offensichtlich ostdeutsche Familienradlergruppe, bestehend aus Vater, Mutter, Mandy und Enrico nähern sich dem Biertisch, an dem Heidi und Winfried ganz alleine sitzen. Vater Ossi fragt sehr fröhlich, ob da noch etwas frei sein. Winfried erhebt sich umständlich und antwortet, nachdem er die Gruppe mit einem kritischen Blick geprüft hat:

„So lasst euch denn wohl nieder, edle Reisende, wenn ihr nichts Unrechtes im Schilde führt. Zwar treibt sich allerlei Diebsgesindel herum, ihr aber scheint mir das Banner des Königs zu ehren. Wohlan, wie ist euer werter Name, edler Fahrensmann? Und wohin führt euch euer Weg?"

Winfried und Heidi blicken in acht unverständige Augen. Mama Ossi weist schnell auf einen Tisch weiter hinten.

„Dö drüben is ja öch noch wös frei!"

Und weg sind sie. Winfried und Heidi verhindern mit unmenschlichen Kraftanstrengungen den Ausbruch einer wüsten Lachkanonade. Klappt immer. Im Biergarten, auf der Skihütte, egal. Das Allerbeste dabei sind die saublöden Gesichter der anderen. Winfried liebt das.

Später dann, zu Hause, darf er in Erinnerung an die Apfelstrudelnachspeise seine ganz persönliche Vanillesoße auch noch zum Besten geben.

„Ah, die Biergarten! Das is so schön bayerisch! In Fronkreisch is auch immer viel in die Jardin! In die Straßcafé und in die frisch Lüft!"

„Schön, gell?"

„Ja, sehr schön! Ünn die Bayerisch at immer so schön die tradsionell Kleidüng. Abär du as kein Lederös!"

„Doch, hab ich schon. Aber ich trag sie halt nicht immer."

„Abär die Frölein Eidi at ein Dirndl an ünn du kein Lerderös!"

165

„Und?"

„Irr seid doch ein couple, ein Paar! Da is man doch gleisch angesogen!"

„Nicht zwingend. Aber weil du's bist, zieh ich nächstes Mal meine Lederhose an. Und die Haferlschuhe. Versprochen!"

„Das is schön! So mag isch."

So gehen die Tage dahin. Und natürlich auch die Nächte. Nacht-Schwimmen an einem verschwiegenen, kleinen Baggersee im Münchener Norden hat schon etwas Besonderes an sich. Da ist zum einen die fast gespenstische Dunkelheit, in der Winfried nicht so wirklich gut erkennen kann, wo der Kiesstrand aufhört und wo das Wasser anfängt. Und das, obwohl es eine sternenklare Vollmondnacht ist. Und dann ist da diese Stille. Keine lärmenden Kinder, keine schnatternden Badegäste, kein Transistorradio und keine Hundekläffer. Nur ab und zu ein Jet vom Franz-Joseph-Strauß-Flughafen, der am Himmel seine Bahn zieht. Ansonsten einfach nur Stille. Das hat etwas leicht Unheimliches an sich. Das Wasser ist pechrabenschwarz wie kalter Kaffee, und er muss einen Augenblick daran denken, was passiert, wenn er einfach untergeht. Schwupps und weg! Verschluckt! Von der Bildfläche verschwunden. Aber als Doris dann am Ufer die Hüllen fallen lässt, sind auch diese wilden Gedanken schnell vertrieben. Beziehungsweise durch andere wilde Gedanken ersetzt. Offensichtlich bedeutet Nachtbaden bei ihr gleichzeitig auch Nacktbaden. Und so schlüpft Winfried ebenfalls aus seiner Badehose und gleitet mit ihr sanft in die dunklen, kühlen Fluten. Das Schwimmen ist fantastisch, die Atmosphäre wie in einem abgeschlossenen Kosmos, der nur aus See und Sternenhimmel besteht. Herrlich, wie in einer anderen Welt! Später dann, bei Doris zu Hause gleitet Winfried nochmals sanft ins dunkle Nass, das nun allerdings weniger kühl ist. Eher heiß."

„Winnie, wie warr die Baden?"
„Schön, geheimnisvoll, etwas unheimlich und sehr erfrischend!"
„Ah, ünn die Frölein Doris?"
„Was ist mit Fräulein Doris?"
„Wie is die so?"
„Nett."
„Nür nett? Bis du – verlieb?"

Liebe. Was für ein Thema. Winfried hat sich bislang brav davor gedrückt, diesen Bereich zwischenmenschlicher Beziehungen zu beleuchten. Liebe. War er in Doris verliebt? Oder in Heidi? Oder in beide? Und durfte er das überhaupt? Winfried hat eine wunderbare Zeit. Mit zwei Frauen. Die nichts von ihrer jeweils anderen Existenz wissen. Die aber auch nicht fragen. Mist! Schon wieder ist Winfried verwirrt. Liebe, Moral, Beziehung, Betrug – schlechtes Gewissen. Und dann auch noch diese französische Tante, die ihm über sein Navigationsgerät die Leviten liest. Alles höchst irritierend! Egal. Wunderbar!

Nächste Episode: Ein Picknick im Grünen gehört zu den allerschönsten Kindheitserinnerungen, die Winfried aus seinem Gedächtnis kramen kann. Mit Mami und Papi und dem großen Weidenkorb irgendwo auf dem Land unter einem großen Baum sitzen und staunen, was die beiden so alles nach und nach aus den Tiefen des Korbes herauszaubern. Die leckersten Sachen, schön verpackt und häppchenweise zubereitet: Einfach himmlisch! Diese Tradition hat Winfried für sich kultiviert. Er besitzt einen großen, geflochtenen Korb, benutzt ausschließlich echtes Porzellan und echte Gläser für sein Picknick – verächtlich blickt er auf die Plastikbechertrinker herab – und er legt großen Wert auf frische und mit besonderer Sorgfalt ausgesuchte Lebensmittel. Heidi sieht das genauso. Und so hocken beide unter einer alten Buche auf der karierten Picknickdecke und genießen kalte, gegrillte Hähnchenschlegel, eingelegte Paprika und gebratene Pilze, Frischkäse mit Kräutern, Avocado mit Tomaten, Pfeffer, Salz, Zitronensaft und Crema di Balsamico sowie marinierte Artischockenherzen. Dazu gibt es Ciabatta und Champagner, Grissini und Wasser. Danach folgt der Käse und natürlich frisches Obst. Winfried ist immer wieder fasziniert, welche Mengen Heidi in sich hineinfuttern kann, mit welcher offensichtlichen Freude sie dies tut und wie sie dabei ihre Elfenfigur halten kann. Eigentlich ist das gemein. Würde Winfried essen, was ihm schmeckt und so viel er will, sähe er aus wie Bud Spencer in dick! Als das Frischluftessen nach zwei Stunden beendet ist, erfährt Winfried, dass nach dem

Nachtisch vor dem Nachtisch ist. Heidi kann also auch im Freien! Eine neue, äußerst wunderbare Erkenntnis.

„Oh, Winnie, ein Picknick, das is abär särr römisch!"
„Romantisch!
„Oui."
„In der Tat!"
„Irr ab lange gepicknick."
„Der Korb war ja auch voller feiner Sachen."
„Ünn nach die Picknick?"
„Haben wir – schön geplaudert."
„Oh, Winnie, das is tüpisch! Du muss doch küss nach die Picknick! Ein bisschen Liebe! Ah, wenn isch nisch um alle kümmere. Nächste Mal sags du Beschied ünn isch geb disch ein paar Tipp!"
„Ja, danke. Was würde ich nur tun, wenn ich dich nicht hätte."

Freitagabend. Heidi musste wieder mal nach Wien. Also Doris. Wider Erwarten ist Doris nicht nur an den klassischen Unterhaltungssparten interessiert, sondern durchaus auch modernen Klängen zugeneigt. Harten Klängen. Sehr harten Klängen! Sie hat Karten für eine australische Band, die sich Gleichstrom/Wechselstrom nennt – besser bekannt als AC/DC. Im Olympiastadion in München. Winfried hat schon einige Konzerte besucht, aber das waren eher moderate Gruppen wie Genesis, Pink Floyd oder sogar die Stones. Also schon echte Rocker, aber ohne den Zusatz „Hard". Zunächst braucht er ein paar schwarze Klamotten. Doris macht ihm klar, dass er ansonsten anziehen kann, was er will,

Hauptsache er trägt ein schwarzes T-Shirt. Das muss also noch besorgt werden. Abgeschraddelte Jeans finden sich in seinem Reparatur- und Malerklamotten-fundus, alte Turnschuhe stehen da auch noch rum und das Shirt gibt's ja im Netz. Also, ganz wichtig: Im Netz, sprich online, nicht in Netz! So etwas verweigert Winfried strikt. Netz-Shirts gehen für ihn gar nicht. Als er schließlich derart rockerlike angetan losfährt, um Doris abzuholen, ist Claudette einigermaßen entrüstet.

„Winnie, wie sie's du denn aus?"

„Wieso?"

„Wie eine Röcker!"

„Das heißt ‚Rocker'."

„Sag isch doch, Röcker!"

„Hm. Ich geh ja auch auf ein Rockkonzert. Da zieht man keinen Smoking an, wenn man nicht unbedingt verdroschen werden will."

„Aber diese Emd mit die Totenköpf!"

„Das hat man da so."

„Also isch weiß nisch … mirr at mit die Ansüg besser gefallen."

Das Konzert selbst ist der Hammer. An irgendeine Form von Konversation ist nicht zu denken, da die Band ungefähr so laut ist, als würde man sein Ohr direkt an die Turbine eines Düsenjets halten. Winfried ist erstaunt, wie begeistert Doris bei der Musik mitgeht und scheinbar alle Texte auswendig kennt. Nicht, dass er sie mitsingen hören kann. Aber ihre Lippen bewegen sich dementsprechend. Doris trägt übrigens einen megaengen und mega-knappen schwarzen Jeansrock, einen Nietengürtel, Netzstrumpfhosen, High Heels und ein knappes, schwarzes Oberteil, das ihre Oberweite nur mäßig verdeckt. Eine perfekte Mischung aus Vamp und Luder. Das Konzert dauert mit Zugaben volle drei Stunden, und Winfried ist sich sicher, dass er nie wieder im Leben etwas hören wird. Beim anschließenden Weiterfeiern in Doris' Truderinger Domizil vergeht ihm dann allerdings nicht nur das Hören, sondern auch das Sehen. Vor schierer Ekstase, versteht sich. *You shook me all night long!*

„Ah, eut bis du abär wieder schön angesogen!"

„Ach Claudette. Es geht ja heute auch ins Theater. Da zieht man sich dann halt wieder etwas netter an."

„Die gefällt mirr viel besser. Gehs du mit die Frölein von die Röckerkonzert?"

„Rockkonzert!"

„Ünn die Frölein?"

„Nein, das ist das andere Fräulein. Das vom italienischen Dinné."

„Ah, die blond Frölein! Frölein Eidi. Winfried, isch weiß ja nisch, ob das rischtisch is. Du gehs mit swei verschieden Frölein aus und du as auch mit swei verschieden Frölein ..."

„Was?"

„Na, Liebä!"

„Du meinst Sex!"

„Darüber schprisch ein anständig Frölein nisch gerne!"

„Aber du meinst es doch?"

171

„Ja, schon."

„Und?"

„Das is doch ..."

„Was?"

„Unmöralisch?"

„Wieso? Ich hab nichts unterschrieben, nichts versprochen, keinen heiligen Eid geschworen und außerdem hat sich auch niemand beschwert. Niemand außer dir!"

„Das mach man nisch!"

„Das macht man schon. Das ist heute so. Wir leben im 21. Jahrhundert. In einer Großstadt. Mach mir bitte keine Vorhaltungen. Außerdem bist du ein Navigationsgerät, keine Lebensberatung."

„Abär vielleisch is ganz gut, wenn du ab unn su ein bisschen auf misch örs."

„Vielleicht ist es auch ganz gut, wenn ich mein Leben lebe, wie ich es mir vorstelle und du mir einfach nur sagst, wo die Dingsda-Straße ist."

„Du bis ein tüpisch Macho! Wenn Dir was nisch pass, dann wills du nisch ören."

„Genau!"

„Ach! Männär!"

Winfried hat sich schon ganz gut daran gewöhnt, dass eine französische Frauenstimme aus einem elektronischen Gerät mit ihm spricht, und zwar nicht nur in Form von Richtungsanweisungen und Entfernungsangaben. Eigentlich ist es ja ganz nett, so eine „Beraterin" zu haben. Und unterhaltsam allemal. Wenn es nur nicht so – verdammt ungewöhnlich wäre.

Ungewöhnlich zum Beispiel dann, wenn Claudette weltanschaulich wird. Als Winfried zu Heidi fährt, um sie zu einem Zoobesuch abzuholen, kramt die sympathische Französin ihre öko-grüne, tierliebende Seele heraus.

„Winnie, wo-in geht eute die Ausflüg?"

„Nach Hellabrunn, in den Zoo."

„Du gehs in ein Soo? Das find isch gans schrecklisch!"

„Schrecklich? Wieso denn das?"

„All die arme Tier sin in ein Käfisch eingesperr! Ünn lauf nur von links nach reschs."

„Das ist halt mal so im Zoo. Die können da ja nicht alle frei rumlaufen."

„Die Tier geört in die frei Natür! Nisch in ein Käfisch oder ein Geege! Da is su klein und su langweilisch fürr die Tier. Ünn die Mensch geht draußbe vorbei und glötz! Kenns du nisch die Jean-Jacques Rousseau?"

„Äh …"

„Wie würdes du disch fühl, wenn du in ein Käfisch sitz ünn die Tier draußbe geht vorbei ünn disch anglötz? Das is nisch lustisch!"

„Naja, ich bin aber kein Tier. Und im Zoo kann man ja auch vieles lernen. Für die Stadtkinder ist das zum Beispiel sehr wichtig und interessant. Und viele Arten gäbe es gar nicht mehr, wenn es keinen Zoo gäbe."

„Abär nur, weil die Mensch die ausrottet! Und die Lebensräum kaputt mach!"

„Puh, du bist ja eine richtige Tierschutz-Aktivistin!"

„Isch liebe die Tier!"

173

„Schön, ich auch. Aber ein Zoo ist ja auch keine Folteranstalt. Oder ein Schlachthof. Da geht es wirklich um die Tiere, um Forschung und um Arterhaltung. Echt."

„Isch find trötzdem nisch gutt!"

„Aber ich darf hingehen, oder?"

„Wenn du ein schön Spende fürr die Tierschützverein machs."

Winfried muss lachen.

„Ja, mach ich, versprochen!"

„Naja, dann is gutt!"

Und so kann Winfried dann doch noch einen fröhlichen Zoobesuch mit Heidi erleben. Sie ist total begeistert von – allem! Elefanten sind cool, Tiger geheimnisvoll, Fische bunt, Schlangen furchteinflößend, Affen lässig und der Hammer sind die Erdmännchen mit ihren Jungen. Putzig! Heidi hat ihre Super-Spiegelreflexkamera mitgebracht und macht eine Million Tierbilder. Und zwei Millionen Bilder von Winfried. Mit Elefanten, Tigern, Fischen und Affen im Hintergrund. Insgesamt ist das ein superschöner Tag, gekrönt von einem fröhlichen Abendessen – Onkel Maxi hat fangfrische Forellen gegrillt – und einer tierischen Nacht.

Weiter im Programm: Ein Kabarettabend mit Doris lässt tief blicken. Nicht nur in ihr überaus üppiges Dekolleté, sondern auch in ihre gesellschaftspolitischen Ansichten. Winfried merkt sehr bald, dass Doris doch leicht rechts von der Mitte steht. Wie er selbst übrigens auch. Weit weg von radikaler Gesinnung finden beide, dass der etwas bekommen solle, der auch etwas arbeitet, dass der Staat nicht für die allgemeine Zufriedenheit und Bespaßung seiner Bürger zu sorgen habe, und dass jeder seines eigenen Glückes Schmied sei. Natürlich kann da mal was Unvorhergesehenes dazwischen kommen. Arme, Kranke und Behinderte müssten selbstverständlich unterstützt werden. Wirklich Arme, wirklich Kranke und wirklich Behinderte. Die soziale Hängematte sei noch zu weich, sagt Doris. Wir sind nicht der Zahlmeister Europas, sagt Winfried. Und bei so viel Einigkeit verläuft dann auch der weitere Abend sehr – harmonisch. Später dann legt sich Doris in die „Hängematte" und Winfried „arbeitet".

So vergehen die Wochen mit den unterschiedlichsten Aktivitäten und mit unterschiedlicher Begleitung. Mal Doris, mal Heidi. Claudette kommentiert, meckert, macht Witze und gibt kluge Ratschläge.

Winfried ist mit seinem Leben sehr zufrieden. Zugegeben, manchmal meldet sich so etwas wie ein schlechtes Gewissen. Aber nur äußerst sporadisch. Und nur, wenn er grad alleine ist und sonst nichts zu tun hat. Oder vielleicht auch dann, wenn er nicht nur an morgen, sondern auch an seine mittel- und langfristige Zukunft denkt.

Immerhin hat er sich an die Alex-Regeln gehalten: ausnahmslos Auswärtsspiele! Bislang hat er es streng vermieden, eine seiner Damen mit in seine Wohnung, vorbei an Frau Dillinger, zu bringen. Und das mit dem

Handy hat auch geklappt. Einfach ausschalten, *„Du bist mir jetzt wichtiger"* sagen und gut ist.

Nur eins hat Winfried bei seinen Aktivitäten nicht bedacht: Das äußerst wichtige Thema der Dislozierung! Und genau deswegen hat ein gewisser Herr Damokles begonnen, ein mehr als scharfes Auge auf ihn zu werfen …

9

Im wunderschönen Münchener Stadtteil Haidhausen gibt es ganz in der Nähe des Max-Weber-
Platzes ein kleines, aber sehr feines Tanz- und Gymnas-
tikstudio für die gehobene Klientel. Außer dem einen
oder anderen männlichen Latino- oder Afro-Tanz-
trainer sind dort ausschließlich Mädels zugelassen. Es
handelt sich also um eine reine Damenveranstaltung,
ein Lady-Studio. Wobei der Begriff *Damen* eher passt
als *Mädels*, weil der durchaus üppige Monatsbeitrag
die meisten Mandys, Cindys und Sandys draußen hält,
und auch Rosi, Resi und Zenzi aus der Vorstadt sind
hier durchaus rar gesät. Die Mitglieder rekrutieren sich
aus den betuchteren Kreisen Haidhausens und der
umliegenden Viertel. Das Ambiente ist sensationell.
Feinstes Stirnholz-Parkett überall, edelste Umkleiden
mit geräumigen Garderobenschränken, Nass- und
Wellnessbereiche vom Allerbesten, garniert mit dezenter High-Tech, wohin das Auge blickt – und auch da, wo
es nicht hinblickt. Alles picobello, und genau wie für die
gehobene Dame von Welt gemacht. Wohlfühlfaktor
einhundert Prozent. Über der Eingangstüre steht in
fein geschwungener Schrift *Lady M.*

M steht für München.

Es gibt Wellness- und Massage-Anwendungen,
Gymnastik- und Fitnesskurse, Aerobic, Latino-Dance,
Zumba, Pilates, Problemzonengymnastik (natürlich
weitaus blumiger umschrieben) und alle nur denkbaren
sonstigen Hüpfstunden, die das weibliche Herz höher-
schlagen lassen. Natürlich dürfen da auch ein orientali-

sches Bauchtanztraining und diverse Yoga-Kurse nicht fehlen.

Heidi ist seit über sieben Jahren Mitglied in diesem sportlichen Etablissement und erfreut sich sehr der Möglichkeit, unweit von zu Hause einem gepflegten Training in angemessenem Ambiente nachgehen zu können. Hier hat sie sich auch ihre profunden Bauchtanz-Kenntnisse angeeignet, die Winfried unlängst bewundern durfte. Das ist ihr absoluter Lieblingskurs, den sie nie versäumt, wenn nicht etwas wirklich Wichtiges ansteht. Mit Cigdem, der türkischen Trainerin, hat sie sich sogar privat angefreundet, und die beiden unternehmen ab und zu etwas gemeinsam — meistens einen gemütlichen Besuch in einer kleinen türkischen Kneipe, natürlich mit einer flotten Bauchtanzeinlage zu späterer Stunde. Und das immer zur besonderen Freude des Wirtes und der anwesenden Gäste.

Der Kern der Bauchtanztruppe unter Cigdem besteht aus etwa zehn Damen, die regelmäßig zu orientalisch-arabischen Klängen mit der Hüfte wackeln. Wie das in einem Tanzstudio so ist, kommen neue Mitglieder hinzu, andere gehen wieder, manche bleiben. Seit etwa einem Jahr besucht eine dunkelhaarige Schönheit, so ein richtiges Vollblutweib, ebenfalls diesen Kurs und hat sich allmählich in den Kreis der Stammtänzerinnen hineingearbeitet. Ihr Name ist: Doris.

In so einem Lady-Tanzstudio ist man für gewöhnlich per Du und kennt sich in der Regel mehr oder weniger flüchtig. In der Umkleide wird kurz geplaudert, während der Kurse fällt die eine oder andere Bemerkung und manchmal gibt es nach dem Training noch eine kleine Runde, die im gemütlichen Chill- und Relax-Bereich einen Ratsch über dies und jenes hält. Es geht um Frauenthemen, Beauty, Mode, aber natürlich auch um ganz allgemeine Gesellschaftsthemen, lokale oder regionale Ereignisse und selbstverständlich um Privates. Familie, Hobby, Beruf. Und um Männer natürlich.

Bei Heidi und Doris ist das mit der Bekanntschaftsintensität genauso. Sie kennen sich vom Kurs, sehen sich also im Schnitt alle 14 Tage – mal ist die eine nicht da, mal die andere nicht – und wissen so grob über das Allerwichtigste voneinander Bescheid. Ledig, kinderlos, kommt aus Österreich und macht was mit Werbung. Das sind Doris' Informationen über Heidi. Ledig, kinderlos, Anwältin in München. Das sind Heidis Informationen über Doris.

„Hallo, wie geht's? Und bei Dir? Viel zu tun? Alles klar!" Das ist bislang der normale Kommunikationslevel der beiden. Bislang.

Eines Abends kommen sie sich allerdings vor der Tanzstunde ein wenig näher. Zunächst auf rein beruflicher Ebene.

„Du, Heidi, sag mal, du arbeitest doch bei so einer Werbeagentur, oder?"

„Kann man so sagen, ja."

„Da kannst du mir vielleicht mal einen Tipp geben. Ich bin ja Anwältin, und meine Kanzlei möchte einen komplett neuen Auftritt gestalten. Also eigentlich weniger die Kanzlei. Eher ich. So Tutti-Frutti mit Corporate Design und allem, Internet, Infobroschüre, Flyer, Visitenkarte, alles. Wir sind da bis jetzt total altbacken, und ich will das endlich mal ordentlich aufpeppen. Macht ihr bei euch so was?"

„Da bist du bei uns absolut richtig! Genau das machen wir!"

„Und an wen muss ich mich bei euch wenden? Wer ist denn da mein Ansprechpartner?"

„Öh, ich!"

„Du? Ja super! Was genau machst du denn da? Ich mein, so von der Aufgabe her?"

Heidi lächelt: „Mädchen für alles, Spezialistin für das Besondere und – ich bin die Geschäftsführerin."

„Puh, das hab ich ja gar nicht gewusst! Die Chefin selbst! Na prima! Wie kommen wir denn da mal zusammen?"

„Also entweder ganz offiziell. Du bekommst einen Termin und wir besprechen das in der Agentur. Oder, wenn du Zeit hast, gehen wir einfach nachher noch ins *Filou* und fangen schon mal an. Ich hab heut Abend nichts mehr vor und kann mir schon mal ein Bild von dem machen, was du dir so vorstellst."

„Das ist ja echt der Hit! Klar, super, dann gehen wir nachher schon mal die Eckpfeiler besprechen. Ich brauch natürlich auch einen Kostenvoranschlag und weitere Informationen. Aber ich hab schon mal ein echt gutes Gefühl!"

„Na dann, abgemacht!"

Die Bauchtanzstunde ist wieder anstrengend und schweißtreibend wie immer. Cigdem triezt die Ladies mit anspruchsvollen Schrittkombis und ausgefallenen Choreographien. Anschließend wird ausgiebig geduscht, sauber aufgestylt und schon lenken zwei über-aus attraktive Damen ihre Schritte ins *Filou*, ein heime-liges Bistro, das es geschafft hat, sich schon seit über 30 Jahre in Haidhausen zu halten. Und das immer noch von den gleichen Inhabern betrieben wird. Hier kann man in sehr gepflegter Atmosphäre plaudern und Plä-ne schmieden.

„Also, Doris, was genau hast du denn geplant?", er-öffnet Heidi die „geschäftliche Besprechung".

„Unsere Kanzlei ist vom Image her leider etwas ver-staubt. Sehr verstaubt! Wir haben kein richtiges Logo, kein Corporate Design, eine superlangweilige Home-page, 0-8-15-Visitenkarten und keine Infobroschüre oder etwas Vergleichbares. Die alten Partner betreiben ihr Geschäft mit ihren bestehenden Klienten, aber es kommt nichts nach. Wir haben einfach keinen reprä-sentativen Auftritt nach außen hin und irgendwann fällt uns das auf die Füße, weil wir keine neuen Klien-ten mehr generieren und die alten, naja – wegsterben. Da muss jetzt dringend mal was passieren. Ich hab das *Go* von meinen Partnern, mich darum zu kümmern."

„O. k. Wir brauchen also eine Rundum-Reno-vierung."

„Genau!"

Die beiden Damen krempeln die Ärmel hoch und le-gen los. Welches Image soll transportiert werden? Welche Hauptaussagen passen dazu? Wie soll die Ge-staltung aussehen? Welches Design ist ansprechend? Welche Farben kommen in Frage? Kommen Farben überhaupt in Frage? Für Heidi ist das der erste Auftrag einer Anwaltskanzlei – was sie natürlich dezent verschweigt –, und sie muss zunächst herausfinden, wie peppig, witzig und ausgefallen man in dieser Branche auftreten kann. Wie seriös muss das Ganze werden, und wie gelingt der Spagat zwischen der eher trockenen Thematik eines juristischen Beratungsumfeldes und einer klientenwirksamen und werblichen Botschaft? Der Abend wird lang und es entstehen bereits die ersten interessanten Ideen.

Nachdem also der grobe Rahmen entwickelt ist, entspannen sich die beiden etwas und gehen nun auch mit der Konversation in den eher privaten Bereich über.

„Und du wohnst also auch hier in der Nähe?"

„Im Prinzip schon. Unten im Herzogpark bei meinem Onkel Maxi. Der hat da so 'nen alten Kasten, der eigentlich der Familie gehört. Aber außer ihm wohnt da sonst keiner. Naja, ich natürlich. Ich komm' ja aus Österreich und bin da auch oft, weil wir noch zwei Agenturen in Linz und Wien haben. Und du? Wo wohnst du?"

„In Trudering, auch nicht weit von hier. Hab da ein kleines Häuserl mit nettem Garten. Und wunderbare Ruhe! Unsere Kanzlei ist vorne in der Ismaninger Straße. Da hab ich's dann auch nicht weit zum *Lady M.*"

„Und da wohnst du alleine?"

„Im Prinzip ja. Das Haus hab ich von meiner Oma geerbt und für einen Ehemann hat's bei mir noch nicht gereicht. Ganz ehrlich: Bin ich auch nicht wirklich scharf drauf! Ich hab mir eine solide Karriere aufgebaut und da war selten Zeit für eine engere Beziehung. Ich brauch auch meine Freiräume und keinen, der mir sagt, was ich zu tun und zu lassen habe. Und du?"

„Ja, ähnlich. Ich arbeite viel, bin viel unterwegs, und die Männer, die ich bis jetzt so kennengelernt habe, sind damit nicht so gut zurechtgekommen. Ich glaub, Männer brauchen irgendwie diese Beschützer-Kiste oder die *Ich-bin-der-King*-Nummer, damit sie sich wohl-fühlen. Und wenn du als Frau auch was drauf hast, kriegen sie plötzlich Angst. Oder da kommen dann diese Pantoffelhelden an, die sich von dir aushalten lassen wollen und zu Hause einen auf ‚Ja Schatz, gleich Schatz, wie du möchtest, Schatz!' machen. Die find ich ganz schrecklich!"

„Bäh, geht gar nicht. Diese Weicheier-Nummer. Mit Dackelblick und ‚Ich hab dich soooo lieb!' Aber viel-leicht hab ich da grad was ganz Interessantes an der Angel. Ich hab so einen Typen kennengelernt, der ziem-lich cool rüberkommt. Mitte Vierzig, sieht ganz gut aus, ist vielseitig interessiert, sportlich und vor allem: Keine Memme! Ist irgendwie Ingenieur bei so einem Ver-suchslabor. Oder so was ähnliches."

„Wow! Gratuliere! Da haben wir ja was gemeinsam. Ich hab auch kürzlich einen ganz lässigen Kerl etwas näher anvisiert. Der ist irgendwie ziemlich locker, macht nicht gleich auf Klammern und passt ganz gut zu meinem Lebensrhythmus. Wenn ich mal weg bin, ist das kein Thema für ihn. Und wenn ich da bin, ist er supernett und lässt sich was einfallen. Picknick oder Theater oder so was. Also ganz vielversprechend. Ist übrigens auch Ingenieur oder Techniker. Irgendwas mit Testreihen und Messungen. Ich kenn mich da nicht so aus."

„Ist ja auch egal, Hauptsache er ist nicht so ein Langweiler oder Oberspießer. Habt ihr schon …?"

„Joh, nicht übel. Und bei dir?"

„Mhm, auch nicht schlecht. Könnt ich mich durchaus dran gewöhnen …"

Und so wird noch ein langer, privater Abend aus dem ursprünglich eher geschäftlichen Termin. Die beiden scheinen sich auf Anhieb sehr gut zu verstehen und zu mögen. Auf alle Fälle wird beschlossen, so einen ähnlichen Abend bald mal wieder zu veranstalten – ganz abgesehen von dem Werbeauftrag, den Heidi schon so gut wie sicher in der Tasche hat.

Etwas weiter im Hintergrund sieht man ganz verschwommen einen älteren Herrn mit Kreuzsandalen und einem weißen Umhang, der genüsslich und mit äußerster Sorgfalt sein schartiges Schwert an einem trockenen Stein schleift. Herr Damokles fühlt gerade, wie seine Aktien deutlich steigen. Hochkonjunktur für herannahende Katastrophen …

In einem anderen Teil der Stadt steigt Winfried gerade in sein Auto, um den Heimweg anzutreten. Ein fröhlicher Abend mit Axel, Kasi und einigen anderen Spezeln nähert sich seinem Ende. Winfried weiß schon, was ihn gleich erwartet, und er geht mittlerweile ganz locker damit um.

„Na, Claudette, mein Schatz, wie geht's dir?"

„Mirr geht gutt, ünn dirr?"

„Bestens! Alles locker!"

„As du nisch su viel getrunken?"

„Nö, alles alkoholfrei. Ich brauch ja meinen Lappen noch."

„Dein Lapin? Ein Ase?"

„Nein, keinen Hasen. Lappen. Das sagt man hier zum Führerschein."

„Ah, Führer. Das is wieder serr deutsch!"

„Claudette!"

„Jaja, war nur Witz. Nach Ause?"

„Ja, ab nach Hause."

„Wann is die näxe Rendez-vous?"

„Claudette, du bist wirklich sehr neugierig. Aber gut. Morgen. Morgen früh geh ich wieder mit Heidi zum Joggen. In Nymphenburg."

„Ah, die Frölein Eidi. Schönn!"

„Ja, sehr schön. Und danach geht's ab in die Arbeit. Die haben mir doch tatsächlich eine neue Testreihe anvertraut. Mit wirklich interessanten Fragestellungen und einer echten Entscheidungsverantwortung. Am Ende wollen die mich noch befördern!"

„Ah, das is doch schönn!"

„Das wird sich noch weisen. In so einem Konzern muss man immer aufpassen, was läuft. Aber ich mach erst mal meinen Job und halt die Augen und Ohren offen. On verra!"

„Oh Winnie! Isch mag, wenn du französisch schprisch!"

„Claudette …"

„Winnie, wirr müsse noch tank, sonst is bald die Bensin leer."

„Claudette, das ist ein Diesel!"

„Dann müsse wirr bald Diesel, sons is, wie sag man, Feieraben!"

„Na dann, also erst mal zur nächsten Tanke!"

Heidi hat zwar einen gut gefüllten Terminkalender, aber es findet sich doch noch ein wenig Zeit, um die ersten Ansätze für Doris' Anliegen zu Papier zu bringen. Nach drei Tagen stehen ein paar erste Entwürfe und Heidi ist mit sich und den Vorschlägen ganz zufrieden. Wichtig ist aber natürlich, dass auch der Auftraggeber mit dem Gebotenen einverstanden ist. Der Kostenvoranschlag für das Gesamtprogramm ist für Doris so weit in Ordnung und sie hat ihr *Go!* gegeben. Heidi packt also ihre Präsentationsunterlagen samt Laptop und macht sich auf den Weg zu Doris' Kanzlei. Die beiden haben sich für siebzehn Uhr verabredet und wollen hinterher noch eine Kleinigkeit essen gehen.

„Hallo, Heidi, das ist ja klasse, dass du schon die ersten Vorschläge hast! Ging ja echt superschnell!"

„Ich hab mir ein paar Stündchen freigeschaufelt und zwei Mitarbeiter aus Linz haben die übliche Basisarbeit gemacht. Das ist natürlich alles noch mit Blindtext, das heißt die Inhalte fehlen. Das ist dann quasi dein Job."

„Klar, da hab ich mir auch schon Gedanken gemacht. Gar nicht so einfach, das alles so zu formulieren, damit es seriös, aber eben auch nicht langweilig wirkt. Es soll ja auch eine gewisse werbliche Botschaft rüberkommen. Aber halt nicht wie bei einem Marktschreier, der alte Fische verkauft."

„Nee, logo. Also ich hab alles mitgebracht, und du schaust am besten einfach mal drüber."

Und schon kramt Heidi verschiedenartige Entwürfe für Briefpapier, Visitenkarten, Flyer, Imagebroschüren, Umschläge und Mappen aus ihrem reichhaltigen Fundus. Und natürlich erscheint auch bald ein Vorschlag für eine Homepage-Gestaltung auf ihrem Laptop. Alles ist sehr dezent, stilvoll, ansprechend und wertig. Dennoch ist die erste Vorauswahl gar nicht so einfach und es vergehen über zwei Stunden, bis sich eine klare Richtung herauskristallisiert. Nach getaner Arbeit folgt das wohlverdiente Vergnügen. Heidi und Doris gehen ins *Anima*, ein sehr guter Italiener mit ganz köstlichen Vorspeisen und hervorragenden Fleischgerichten. Spezialität: Fegato alla veneziana. Dieser wunderbare Kalbslebertraum ist eines von Heidis Lieblingsessen. Doris entscheidet sich für Piccata milanese. Vorher wird natürlich die Antipasti-Vitrine ausgeräumt. An Gesprächsstoff mangelt es den beiden sowieso nicht und ziemlich bald kommen sie auf das wichtigste Thema für Quasi-Single-Frauen: Männer!

„Na, was macht denn dein neuer Liebhaber so? Alles fröhlich?"

„Ja, läuft gut. Und deiner?"

„Auch gut. Alles locker. Ich bin froh, dass der nicht so eng an mir dranhängt. Aber halt doch nah genug. Eigentlich ideal."

„Du, geht mir ganz genau so. Kein Klammern und keine blöden Fragen, wenn ich mal beruflich weg muss. Einfach easy, ohne dieses dämliche Anspruchsdenken. Ich hatte mal einen, der hat mich zwanzigmal am Tag angerufen. Und wenn ich keine Zeit hatte, war er gleich eingeschnappt. Beleidigt wie ein kleines Kind. Schrecklich!"

„So sind sie, die Männer. Wie die kleinen Kinder. Manche werden einfach nicht erwachsen. Aber Gott sei Dank gibt's ja Ausnahmen. Bei Winfried ist das komplett anders."

„Winfried?"

„Ja, das ist sozusagen mein neuer Lover. Winfried."

„Ein eher seltener Name, oder?"

„Ja, ich glaub, er würde auch lieber anders heißen. Aber ..."

„Und wie sieht er denn so aus, dein Winfried?"

„Tja, wie sieht er aus? So einsfünfundachtzig, 42 Jahre, Ingenieur, gute Figur, dunkelbraune Haare, leichte Geheimratsecken und ein sehr nettes Lächeln. Ganz flotter Jogger. Aber jetzt kein dürrer Asket oder so. Der trinkt und isst auch ganz gerne. Guter Humor. Wohnt irgendwo im Lehel. Witzigerweise war ich noch nie bei ihm. Obwohl wir jetzt schon zwei Monate, naja, zusammen sind? Weiß gar nicht, ob man das so sagen kann. In Amerika würde man wohl ‚daten' sagen ..."

„Daten ..."

„Wie ist denn deiner so? Du hast ja auch von einem relativ neuen Liebhaber erzählt."

„Äh, ja ..."

Doris hat plötzlich einen leicht starren Blick bekommen und scheint sehr konzentriert. Als ob sie ganz genau nachdenkt, über etwas sehr, sehr Kompliziertes.

„Doris? Alles klar?"

„Äh ja, ich musste nur gerade ... wo habt ihr euch eigentlich kennengelernt?"

„Da wirst du lachen: Im Internet, bei *Together Now*. Das ist so eine Plattform, auf der ..."

„Kenn ich. Und dein Winfried wohnt im Lehel, sagst du?"

„Ja, witzig, gell? Eigentlich fast vor meiner Haustüre. Das ist keine Viertelstunde zu Fuß von mir."

„Und er ist Ingenieur?"

„Ja, sogar bei einem Kunden von uns. Stell dir vor! SEDA in Ottobrunn. Und weißt du was, ich kenn sogar seinen Chef!"

„Und er fährt einen schwarzen BMW, einen X3 mit dem amtlichen Kennzeichen M-WF 1264."

„Doris! Du, du kennst ihn ja! Das ist ja echt irre! So ein Zufall!"

Pause. Doris knirscht mit den Zähnen.

„Doris?"

„Heidi, ich kenne deinen Winfried. Ich, äh, ich meine diesen Winfried ..."

„Wahnsinn! Das gibt's ja gar nicht! Unglaublich! Woher denn?"

Doris zögert eine Sekunde.

„Together Now!"

„*To*…?"

Jetzt macht Heidi eine Pause.

„*Together Now*? Du hast auch? Ich meine, deiner ist … du hast … Winfried ist …?"

„Ich fürchte, wir beide haben den gleichen Winfried!"

Heidi fällt die Kinnlade runter. Doris drückt ihre Hand. Die beiden schauen sich in die Augen. Tief in die Augen. Allerdings nicht wie wütende Rivalinnen, die sich jetzt gleich übelst zerfleischen werden, sondern eher wie traurige Schwestern, die nach einer plötzlichen Schicksalsbotschaft fest zusammenhalten müssen.

„Das gibt's doch gar nicht!"

„Scheinbar schon!"

„Winfried Fischer?"

„Winfried Fischer!"

„Ja, das ist sicher kein Zufall. Aber, aber, er …"

„Ja?"

„Er ist doch so … war doch so nett, so normal, so naja, halt kein Weiberheld oder so …"

„Nö, das passt wirklich nicht zu ihm. Eigentlich mehr so ein Treuer. Aber offensichtlich ja doch nicht!"

„Ne, offensichtlich nicht wirklich …"

„Boah, was für 'ne Story! Und was für ein Arsch! So ein, so ein blöder Wichser! So ein … booooooaaaarrrhh! Ich, ich … ich könnt …"

„Ich bestell uns jetzt erst noch mal einen Wein. Den brauch ich dringend!"

„Ich auch! Oder lieber gleich einen Grappa!"

„Signore! Due grappa!"

190

Derweil macht sich Winfried einen sehr gemütlichen Abend zu Hause. Heidi ist bei einem neuen Kunden und Doris muss irgendetwas für die Kanzlei erledigen. Eine Besprechung wegen eines neuen Internetauftritts oder so. Also mal wieder fröhlich auf dem kleinen Balkon lümmeln, ein Schlückchen Grauburgunder vom Kaiserstuhl genießen und schön gemütlich die Seele baumeln lassen. Genüsslich trudelt Winfried in einen sanften Tagtraum und sieht sich wieder bei seinem näselnden Seelenklempner, Dr. Brolinsky. Der ist ihm mittlerweile inhaltlich etwas näher gerückt und hat sich zu einer Art mentalem Leidensgenossen entwickelt.

Die nasale Psychologenstimme begrüßt Winfried mit dem vertrauten Unterton des verschworenen Kumpanen.

„Ah, Herr Fischer, wie geht es Ihnen heute? Und wie geht es Ihrer Navigationsstimme? Wie nennen Sie sie doch gleich wieder?"

„Claudette. Ja, gut. Eigentlich ganz gut. Ich gewöhn mich an sie."

„Gut gut, das ist gut! Sehr gut! Übrigens, ich habe seit neuestem auch so ein, naja, Stimmenerlebnis. Gewissermaßen. Mit meinem, äh, Kühlschrank."

„Mit Ihrem Kühlschrank? Ein Stimmenerlebnis?"

„Ja, er spricht mit mir. Klingt immer ein wenig angetrunken und redet mit einem ostpreußischen oder schlesischen Akzent. So genau kenne ich mich da nicht aus."

„Bitte?"

„Ja, er sagt so Sachen wie ‚Derr Joghurt ist abjelaufen!' oder ‚Das wirde ich nicht essen – is vill zu fätt!' oder Ähnliches."

„Ihr Kühlschrank? Schlesisch?"

„Ja, und er gibt mir Kochtipps und Einkaufsratschläge. Was man alles für *Schlesisches Himmelreich* braucht oder für *Königsberger Klopse* oder auch für grünen Aal. Und ich glaube, er trinkt heimlich meinen guten Wein!"

„Grüner Aal? Das ist ja ekelig! Ist das nicht das Zeug, das der Oskar aus der *Blechtrommel* immer essen musste? Was zuvor mit dem Pferdekopf aus der Ostsee geangelt wurde?"

„Ja, ich glaub schon. Sehr seltsam, nicht wahr? Und er sagt: ‚Ich mechte ja nicht einmischen, aber hirr is zu vill kommisches Zeich aus dem Ausland! Käse von Frankreich, Wurst von Beljien und Fisch von Dännemark. Essen se lieber jute einheimische Sachen von hirr. Is vill frischer! Nur dieser italienische Wein, der is janz jut.' Und manchmal rülpst er auch."

„Das macht Claudette nie!"

„Sie ist ja auch eine Frau."

„Eine Dame! Und Französin."

„Genau. So, und jetzt zu Ihrer Sitzung!"

„Sitzung? Sie haben ja offensichtlich selbst einen, naja, also, ich meine …"

„Was?"

„Sie hören Stimmen!"

„Ja, aber ich bin hier der Psychologe!"

„Und?"

„Und deshalb sind Sie ja bei mir."

192

„Wo Sie dieselbe Macke haben wie ich?"

„Wer sagt denn, dass ich eine Macke habe? Und außerdem: Ein guter Zahnarzt hat ja auch mal Zahnschmerzen, oder?"

„Ja, kann sein."

„Und gehen Sie dann auch weiterhin zu ihm?"

„Na klar."

„Also ... und jetzt erzählen Sie mir bitte von Claudette!"

Heidi und Doris verbringen noch einen langen Abend. Zunächst wird natürlich alles minutiös ausgetauscht, was so die letzten Wochen mit Winfried erlebt wurde. Wo, wann, wie, wie oft? Winfried, dieses miese Schwein! Dieser elende Schuft! Dieser ... booaaaahh! Allerdings entwickelt sich, wie schon anfänglich erkennbar, keine giftige Rivalität zwischen den beiden Gehörnten – oder sagt man politisch korrekt *Gehörntinnen?* – , sondern eher so eine Art Leidensgemeinschaft. Das gute Verhältnis, das sich durch den Image-Auftrag sehr spontan entwickelt hat, wird durch die Tatsache, dass beide offensichtlich denselben Liebhaber haben, nicht getrübt. Ganz im Gegenteil: Es scheint sogar noch enger, noch inniger zu werden.

Nachdem der leicht genervte Ober freundlich darauf hinweist hat, dass er jetzt gerne schließen möchte und dass es ja auch schon nach eins sei, vertagen Doris und Heidi die Fortführung ihrer Besprechung auf den nächsten Tag.

Zu diesem Zeitpunkt schläft Winfried bereits tief und fest. In seinem Traum sitzt er bei Onkel Maxi auf der Terrasse. Frau Dillinger räumt im Hintergrund Gartenabfälle in die grüne Tonne und trällert dabei alte Edith-Piaf-Lieder mit einem schrecklichen bayerisch-französischen Akzent:

„Riäääää, sche ne regredd riäääää!"

Heidi und Doris springen auf einem riesigen Trampolin abwechselnd auf und ab. Heidi hat ein strahlend weißes Engelskostümchen an. Doris ist in schwarz-rot gekleidet – ein sexy Teufelchen-Outfit. Mal ist die eine oben, mal die andere. Immer wenn Heidi oben ist, verschwindet Doris vollkommen in der Ausbeulung des Trampolins und ist nicht mehr zu sehen. Und umgekehrt ist das genauso.

„Nie le bjäh, komma fäh …"

Dr. Brolinsky, der Psychologe, radelt mit einem zur Suppenküche umgebauten Eiskarren-Fahrrad durch den Garten und bietet seine feinen Speisen an:

„Aal jrien, Kenichsberjer Klopse, Aal jrien! Jreifen'se zu, jreifen'se zu! Alles frisch!"

Hinter dem Fahrrad schleift er an einem Strick einen abgeschlagenen Pferdekopf über den Rasen.

Onkel Maxi schlürft Champagner und lächelt beseelt. Er trägt seine Purpur-Schuhe und den obligatorischen Morgenmantel. Von rechts laufen Alex und Kasi ins Bild. Sie werden von einer wilden Horde halbnackter Verehrerinnen verfolgt, die sie verzweifelt abzuhängen versuchen. Heidi und Doris haben plötzlich ihren Hüpf-Rhythmus gewechselt. Sie springen jetzt gleichzeitig auf und ab. Und immer, wenn sie oben sind, klatschen sie sich gegenseitig ab. Gimme-five!

„Nillemall …", Frau Dillinger trällert munter weiter.

Urplötzlich erscheint ein älterer, ungepflegter und weißbärtiger Mann in einer löchrigen Griechen-Tunika, der vollkommen unvorhersehbar mit einem messerscharfen Säbel das Sprungtuch des Trampolins zerteilt. Heidi und Doris, die gerade besonders hoch gesprungen waren, sausen mit Schwung durch den verbliebenen Rahmen und verschwinden mit lautem Getöse in einem sich blitzschnell in der Erde auftuenden, dunklen Loch. Dann ist es ein paar Sekunden still. Die ganze Szenerie scheint wie eingefroren. Doch plötzlich wird der komplette Garten wie von Geisterhand in den tiefen Schlund gesogen. Als erster verschwindet Dr. Brolinsky mit seinem Aal und dem Pferdekopf, dann folgen Axel und Kasi mit ihrer plärrenden Entourage. Frau Dillinger gleitet mit ihrem Rechen und den Abfallsäcken Kopf voraus in den Schlund.

„Tussa me bjen egaaal!"

Auch Onkel Maxi wird mitsamt dem Champagner absorbiert. Es folgt der komplette Rasen, der Garten, und auch die Terrasse verschwindet. Und schließlich sitzt Winfried in einem leeren Raum vor einem großen, schwarzen Loch und fühlt, wie auch er langsam angesogen wird. Nur der alte Grieche mit dem Dolch steht noch da. Und winkt ihm lächelnd zu …

Die skurrile Traumszene dauert nicht wirklich lange, aber sie ist Winfried noch sehr präsent, nachdem er schließlich mehr als unruhig aufgewacht ist. Früh am nächsten Morgen.

Am Morgen danach.

Am Morgen nach seiner Enttarnung.

Von der er allerdings noch nicht die geringste Ahnung hat.

10

Auch Doris und Heidi verbringen beide eine sehr un-
ruhige Nacht. Selbstverständlich getrennt voneinander.
Heidi liegt sehr lange wach und starrt wütend und angespannt aus dem Fenster in die gespenstige Finsternis
der heimischen Gartenanlage. Doris ist zwar gleich
eingeschlafen, dann aber kurz vor halb drei wieder in
ihrem vollkommen zerwühlten Bett aufgewacht. Die
beiden betrogenen Grazien denken naturgemäß über
das gleiche Thema nach ...

Dieser Winfried!
Dieses fiese, obergemeine, hinterhältige, Riesen-
arschloch!
Dieser miese, dreckige, kleine Betrüger!
Dieser dreiste Schuft!
Dieser, boah, dieser ... aaahhhh!

Dieser ... eigentlich dann doch nicht ganz so üble
Kerl.
Dieser ansonsten wirklich ungeheuer einfühlsame
Typ.
Dieser humorvolle, zärtliche und erfrischend andere
Liebhaber.
Guter Liebhaber. Also wirklich guter Liebhaber.
Hammertyp!
Ach, Arschloch-Dreckswichser-Hammertyp!

Die Gefühle und Gedanken der beiden sind also
durchaus etwas ambivalent. Einerseits hat sich Win-

fried in den Augen der Damen ganz übel daneben benommen. Keine Frage. Furchtbar übel. Echt schlimm. Aber so wirklich ganz und gar unverzeihlich schlimm? Naja …

Andererseits ist er ein echt lässiger Typ. Gebildet, sehr humorvoll, sportlich, unternehmenslustig, geistreich, für einen Mann überraschend kommunikativ, einfühlsam und halt einfach ein ziemlich guter Partner.

Also, wie verfährt man nun mit so einem nicht alltäglichen Sonderexemplar? Einfach auf den Mond schießen? Das ist zunächst der allererste und auch durchaus nachvollziehbare Impuls. Diesem fiesen Typen so eine richtig fette Abreibung verpassen, eine Lektion, die er sein Leben lang nie mehr vergessen wird! Aber diese erste ungezügelte Wut hat sich mittlerweile schon etwas gelegt.

Zweite Alternative: Es ihm mit gleicher Münze heimzahlen? Ihn auch betrügen, ebenfalls hintergehen? Nö, irgendwie doof! Viel zu plump. Nicht wirklich ladylike. Das hat keine Klasse, keinen Stil.

Ihn irgendwie bestrafen? Kindergarten! Indiskutabel!

Ihn einfach ausnutzen?

Moment mal! Ausnutzen, benutzen, das Beste draus machen, den maximalen eigenen Vorteil rausholen?

Das ist es vielleicht! Den vollen Profit einfahren und über den Rest nicht so viel nachdenken. Die Sahne abschöpfen und ansonsten *who cares!* Egoist mit List! Genau. Da könnte doch mal ein richtig gutes Plänchen draus werden!

Unabhängig voneinander kommen Doris und Heidi zu einer ähnlichen Einschätzung der Sachlage, denn eigentlich ist es ja ganz angenehm mit Winfried. Und wenn das so bliebe, wäre das auch kein Schaden. Gut, er fährt zweigleisig, der miese Schuft. Aber das liegt ja jetzt auf dem Tisch und ist somit geklärt. Und das jeweils andere Gleis ist nun ebenfalls bekannt und obendrein wirklich sehr sympathisch. Also was soll's? Heiraten und Kinderkriegen, Familie und trautes Heim sind bei beiden ohnehin nicht geplant. Leben und Genießen allerdings schon. Und Genießen und Teilzeit-Leben mit Winfried ist ja durchaus o. k. Mehr als o. k. Überhaupt, diese Mischung aus unternehmungslustigem Allzweck-Begleiter und einfühlsamem Lover bei gleichzeitiger Anspruchslosigkeit mit Anti-Klammer-Funktion hat schon etwas. Locker-lässig-entspannt, Spaß ohne Reue, Schokolade ohne Dickwerden.

Als sich die beiden Betrogenen am nächsten Abend treffen, entsteht daher ein nicht ganz alltäglicher Plan. Der Plan nämlich, sich den Unterhaltungsartikel *Winfried Fischer* ganz einfach schwesterlich zu teilen ...

„Na, wie geht's dir, Heidi? Gut geschlafen?"

„Nö, total übel. Ich konnt ewig nicht einschlafen. Und du?"

„Ich bin mitten in der Nacht wieder aufgewacht und dann ging auch nichts mehr. Alles wegen diesem Scheißkerl!"

„Boah, ich glaub's immer noch nicht, dieser kleine Wichser!"

„Ich hab auch die ganze Zeit nachgedacht …"

„Was machen wir denn jetzt?"

Dieses „Wir" an sich beinhaltet schon eine ziemlich klare Aussage. Also nicht „Was mache ich denn jetzt – gegen dich!", sondern „Was machen wir gemeinsam – mit ihm!". Oder wahlweise auch gegen ihn.

„Ja, ich hab auch schon nachgedacht, wie wir (da ist es schon wieder!) da am besten vorgehen …"

„Also, ich hab mir überlegt, wie lange das wohl noch gegangen wäre, wenn wir ihm nicht zufällig draufgekommen wären."

„Wahrscheinlich noch ne ganze Weile."

„Aber irgendwann ist ja mal Schluss. Ich mein, der Teufel ist ein Mohnhörnchen, oder? Und München ist ja nicht Mexico-City mit was weiß ich wie viel Millionen Einwohnern. Stell dir vor, wir wären uns mal irgendwo über den Weg gelaufen. Die eine mit Winfried und die andere solo. Boah, das hätte aber sauber gekracht!"

„Hui, da wär ordentlich der Rauch aufgegangen!"

„Das können wir uns ja mal für später aufheben, wenn er langsam langweilig wird!"

„Au ja, so richtig mit Schmackes!"

„Und mit 'ner fetten Szene vor vielen Leuten!"

„Und mit Handtaschenprügel und Schienbeintreten!"

„Oder Rotweindusche mit Pasta-Frisur!"

Die beiden schauen sich an und auf einmal platzt der Knoten. Beide prusten los, kichern, was das Zeug hält, biegen sich vor Lachen und kriegen fast keine Luft mehr. Das geht beinahe drei Minuten so. Schließlich ist es Doris, die wieder das erste vernünftige Wort sprechen kann:

„Sag mal, hab ich das jetzt richtig interpretiert? Wir machen also erst mal gar nichts? Wir tun so, als wüssten wir von nichts und lassen's grad so laufen?"

„Wir nehmen einfach mit, was geht. Und amüsieren uns. Dafür ist er ja immerhin ganz gut geeignet."

„Und mehr wollt ich sowieso nicht, also ich mein Beziehung, Kinder, Vorstadtidylle und so."

„Nö, hab ich auch abgeschrieben. Mir ist erst mal meine Firma wichtig und vor allem meine Freiheit. Und das läuft doch eigentlich ganz gut mit ihm."

„Ja, find ich auch. Also dann teilen wir ihn quasi auf." Doris hält eine Sekunde die Luft an.

„Genau! Wenn das für dich auch o. k. ist …"

„Gut! Aber gerecht halbe-halbe! Da machen wir uns jetzt ein schönes Plänchen, wer wann wie wo Zeit hat. Bislang hat das ja offenbar ganz gut geklappt."

„Also so etwas wie ein Winfried-Fischer-Aufteilungsabkommen! Sehr gut! Da legen wir einfach unsere Geschäftstermine übereinander und gucken, wer ihn wann gebrauchen kann. Aber wir müssen aufpassen, dass er nicht noch eine Dritte anschleppt!"

„Ne, dann gibt's aber echt Ärger!"

„Und zwar so richtig! Aber ich glaub, das schafft er dann doch nicht. Also, ich mein, rein zeitlich. Da halten wir ihn schon ausreichend auf Trab."

„Genau so wird's gemacht!"

Und in dieser weiblichen Einigkeit wird es dann doch noch ein äußerst vergnüglicher Abend mit diversen Winfried-Zeiteinteilungen, künftigen getrennt-gemeinsamen Vorhaben und terminlichen Planungen. Zunächst bekommt Winfried mal eine längere Schmollphase verordnet. Zwei Wochen Pause! Die anstehenden Termine der beiden Business-Ladies lassen ohnehin in der nächsten Zeit keine großen Freiräume zu. Außerdem geschieht ihm das gerade recht. Er soll schon auch ein bisschen leiden. Danach kann's dann losgehen mit der neuen Männeraufteilung. Heidi und Doris gehen in einer schon fast innigen Frauenfreundschaft auseinander, die die beiden fortan stetig begleitet.

Meister Damokles schmollt derweilen leicht angesäuert im Hintergrund. Das ist wirklich nicht ganz das, was er sich so vorgestellt hat. Dass sich Doris und Heidi einvernehmlich einigen und sogar planen, sich Winfried mal eben so aufzuteilen, geht ihm gewaltig gegen den Strich. Aber die Flinte wird selbstverständlich noch nicht ins Korn geworfen. Wer weiß, was sich noch für wunderbare Gelegenheiten ergeben werden, um auf den großen, roten Katastrophenknopf zu drücken. In der Ruhe liegt die Kraft. Also erst mal abwarten.

Winfried hat inzwischen einen mäßig erfolgreichen Tag. Im Job läuft zwar ein neues Projekt an, aber da sind immer noch einige Handbremsen angezogen, weil Dr. Fartbichler noch nicht für alle Messreihen grünes Licht gegeben hat. Also wird zwar viel vorbereitet und geplant, aber noch nichts Konkretes unternommen. Und das ist nicht so ganz Winfrieds Ding. Eher lustlos hangelt er sich durch die Protokolle der Versuchsreihen, geht die Projekt- und Zeitplanung an und trödelt an nebensächlichen Kleinigkeiten herum. Aber um halb fünf ist der öde Arbeitstag dann doch irgendwie vorbei und Winfried geht die weitaus spannendere Privatplanung an. Das ist schon irgendwie lässig, wenn man einfach so zwischen zwei derart begehrenswerten Begleiterinnen auswählen kann. Ein echter Luxus! Das letzte Treffen fand mit Doris statt. Also ist jetzt erst mal wieder Heidi dran. Das muss ja gerecht aufgeteilt werden. Da ist Winfried schon ganz genau.

Auf dem Heimweg meldet sich wie immer eine inzwischen wohlbekannte Frauenstimme in seinem Auto.

„Allö Winnie, wie warr dein Tag?"

„Geht so. Langweiliger Kram. Nix Spannendes."

„Oh, schade."

„Macht nix. Jetzt freu ich mich erst mal auf einen schönen Abend. Ich werd gleich mal sehen, ob Heidi Zeit hat."

„Ah, die Frölein Eidi is drann."

„Ja, das geht streng nach der Reihe."

„Was iss denn, wenn beide Frölein mal ein Rendezvous wünsch? Isch mein su die gleisch Seit? Das geht ja nisch!"

„Nö, das geht in der Tat nicht. Aber bisher hat das immer gut geklappt. Schön abwechselnd. Mal bloß nicht den Teufel an die Wand!"

„Die Teufel?"

„Ja, das sagt man so. Weck keine schlafenden Hunde."

„Ah, schlaffe Unde. Das kenn isch. Unde die belle, beiß disch!"

„Beißen nicht!"

„Ah, die schlaffe Unde beiß nisch!"

„Genau. Und deshalb sollst du sie ja auch nicht aufwecken. Und jetzt mach bitte mal eine kurze Pause. Ich telefoniere."

„Was is eigentlisch, wenn isch mal daswischenquatsch bei dein Telefonat? Winnie wen rüfs du da an? Kenn isch die? Was machs du da?"

„Bitte?", Winfried ist plötzlich laut geworden „Was hast du da grad gesagt?"

„Isch mein nur, wenn mir mal was raus rutsch."

„Also, hör mir gut zu, sehr gut: Wenn dir mal was rausrutscht, bin ich am nächsten Tag in der Werkstatt und lass das komplette Navigationsgerät ausbauen! Und dann ist Feierabend! Haben wir uns da verstanden?"

„Jaja, isch ab ja nur gefrag."

„Und jetzt mal Pause. Ich will Heidi anrufen."

„Ah, die Frölein Eidi. Isch bin Mickey-Mouse-schtill."

„Du meinst: Mucksmäuschenstill."

Ein kaum hörbares Flüstern: „Genau, kein Tön!"

Winfried wählt Heidis Nummer. Heidi ist allerdings nicht erreichbar. Na gut, dann eben doch Doris. Die ist zwar erreichbar, hat aber keine Zeit. Irgendein wichtiger Mandant, der ein umfangreiches Projekt juristisch begleitet haben möchte. Mit mehreren Auslandsreisen.

Also in den nächsten zwei Wochen kein Treffen möglich. Puh. Dann halt noch mal bei Heidi probieren. Immer noch die Mailbox. Winfried hinterlässt eine kurze Nachricht, einen zarten Kuss und fährt nach Hause. Die obligatorische Frau Dillinger begrüßt ihn im Hinterhof.

„Ah, der Herr Fischer. Wie geht's eana denn?"

„Nichts wie weg!", denkt sich Winfried und sagt: „Alles bestens, Frau Dillinger. Ich muss nur ganz dringend für kleine Jungs!"

Und schon spurtet er die Treppen hoch in seinen Adlerhorst. Am späten Abend kommt schließlich Heidis Rückruf.

„Hallo, Winfried, na, wie isses bei dir?"

„Alles gut. Wunderbar. Und bei dir?"

„Du, wahnsinnig viel zu tun! Ich hab noch einen großen Auftrag reinbekommen, und da müssen wir richtig gut sein. Das kann ein sehr wichtiger Kunde werden. Also die nächsten 14 Tage ist bei mir echt Land unter. Ich muss auch über's Wochenende nach Wien. Zum Arbeiten. Tut mir leid, ich bin erst ab dem 17. wieder verfügbar."

„Ja schade, aber dein Job geht natürlich vor. Ich werd die Zeit schon rumkriegen. Telefonieren können wir ja, oder?"

„Klar, wir telefonieren. Du, ich muss noch Koffer packen und dann ab zum Flughafen. Ich wünsch dir was, bis bald."

„Guten Flug, mein Schatz!"

„Danke ... ciao!"

In Heidis Kopf klingelt es: *Mein Schatz!* Das hat er noch nie gesagt! Bislang läuft alles ohne Kosenamen. Heidi. Fertig. Kein Schnuckelbär und keine Zuckerschnecke. Und jetzt plötzlich: *Mein Schatz!* Na, mal sehen, was da noch kommt. Und wie er wohl Doris nennt? Dringend mal nachfragen. Und von wegen *Zeit rumkriegen!* Zumindest nicht mit ihr oder mit Doris. Allerdings nur, wenn sich Doris auch dran hält! Ein ganz zartes Misstrauen, so fragil wie ein hauchdünner Schmetterlingsflügel ist ja schon noch da. Vielleicht ist diese Zwei-Wochen-Pause auch nur ein Trick, um Winfried in dieser Zeit ganz für sich zu gewinnen. Aber da kann man ja mal ein Auge drauf haben. Sicher ist sicher! Ist sowieso ganz clever, den Buben mal etwas genauer unter die Lupe zu nehmen. Wer weiß, was der sonst noch alles anstellt...

Winfried ist jedoch weit davon entfernt, etwas anzustellen. Er sieht sich zum ersten Mal seit geraumer Zeit mit einer längeren frauenfreien Phase konfrontiert. Kein Kino zu zweit, keine gemeinsame Radl- oder Bergtour, keine Konzerte, keine romantischen Abendessen, keine kulturellen Ausflüge und keinen ... Sex! Gut, vierzehn Tage, das ist zwar überschaubar, aber halt doch etwas komisch. Irgendwie ungewohnt. Und ganz schön lange. Naja, er kann ja immer noch was mit Axel oder Kasi unternehmen. Oder mit seinen anderen Kumpels. Männerabend. Männertour. Männertreff. Oder eben alleine losziehen. Oder ... ach, trotzdem blöd!

Wie sich bald herausstellt, ist Kasi die nächsten drei Wochen im Urlaub in Ägypten. Tauchen und relaxen. In Soma Bay, eine knappe Stunde südlich von Hurghada. In einer chicen Clubanlage. Axel hat eine neue Flamme, die ihn zeitlich sehr stark in Anspruch nimmt. Das ist eher ungewöhnlich für Axel, der sonst normalerweise seinerseits die Taktung der Rendez-vous-Abfolge vorgibt und dabei eher sparsam dosiert, sich auch gerne mal rar macht. Diesmal scheint das anders zu sein. Außer einem kurzen Biergartenbesuch geht da also auch nichts. Mit den anderen Kumpels verabredet sich Winfried für nächsten Freitagabend, geht aber schon um elf genervt nach Hause. Das ist irgendwie nicht gerade das, was er sich so vorgestellt hat. Also bleibt nur das Übliche: Ein bisschen Sport, ein kleiner Stadtbummel, die normale Einkaufstour im Lehel und die obligatorische Junggesellennummer: Fernsehen, Lesen, Weißwein. Auf die Dauer ist das eher langweilig.

Heidi, die ein kleines Privatdetektivinnenprogramm absolviert hat, findet das auch. Langweilig. Das hat zwar schon einigermaßen Spaß gemacht, Winfried heimlich bei seinem Stadtbummel zu verfolgen, aber herausgekommen ist dabei rein gar nichts. Winfried holt sich eine Zeitung, Winfried trinkt einen Kaffee, Winfried kauft Artischocken, Kartoffeln, Kräuter und Wein, Winfried geht nach Hause. Noch nicht mal telefoniert hat er währenddessen. Drei Stunden im Leben des Winfried F. Nicht gerade berauschend. Bei den abendlichen Anrufen auf seinem Festnetz ist er auch immer sofort erreichbar. Gut, er kann auch die Rufumleitung eingeschaltet haben, aber bei einem der Anrufe steht Heidi sogar versteckt vor seinem Haus und sieht das Licht in seinem Wohnzimmer brennen. Bei den zwei vorsichtigen Kontrollblicken in den Innenhof steht der BMW auch immer brav auf seinem Platz. Nach einer Woche verliert Heidi die Lust und beschließt, Doris einzuweihen.

„Doris, hi, du ich muss dir was Interessantes erzählen. Ich hab mir einfach mal den Spaß gemacht und unseren Winfried etwas überwacht. Wie so ein richtiger Privatdetektiv. Observiert!"

„Echt? Ja lässig! Und, was hast du rausgefunden?"

„Nichts! Absolut rein gar nichts. Der geht brav einkaufen, trinkt einen Kaffee und liest die Zeitung dazu, ist abends artig daheim – alleine – und verhält sich ansonsten absolut normal. Nichts zu meckern!"

„Na wunderbar. Und wie oft hast du ihn denn beschattet?"

„Samstagvormittag und einmal abends, das war am Donnerstag. Und angerufen hab ich auch, abends auf dem Festnetz. Er war immer zu Hause."

„Da schau her. Also sind wir scheinbar doch die Einzigen. Na immerhin. Gut zu wissen. Willst du ihn noch weiter observieren?"

„Nö, ist mir zu doof. Ich hab auch noch was anderes zu tun. Aber du kannst ja mal ein Auge auf ihn haben, wenn du willst."

„Also interessieren würde mich das schon, aber ich hab echt keine Zeit. Lass mal, der soll ruhig noch eine

Woche schmoren, dann können wir ihm ja wieder die Ehre geben."

„Wer fängt denn eigentlich an?"

„Wie meinst du das?"

„Na, wer hat denn dann das erste Treffen, du oder ich?"

„Ach so, ja, weiß nicht. Wer als erster Zeit hat."

„Und wenn wir ihn schon mal ein bisschen zum Schwitzen bringen?"

„Schwitzen?"

„Ja, wenn wir beide den gleichen Termin wollen. Angenommen, du machst was mit ihm aus, gibst mir die Info und ich will dann zur selben Zeit auch was mit ihm unternehmen."

„Geil, dann kommt er mal echt in Erklärungsnöte!"

„Ja genau, und als Steigerung können wir uns beide ja auch mal das gleiche wünschen. So Kino, Konzert oder irgendwas, wo er dann befürchten muss, dass wir uns dort treffen."

„Au ja! Das ist cool! Da bin ich mal gespannt, was er dann macht. Ein sehr guter Plan!"

Damokles nickt befriedigt. Ein wirklich guter Plan …

Also verläuft die nächste Woche für Winfried wenig ereignisreich. Ein paar Telefonate mit Heidi, ein paar Telefonate mit Doris, ein kurzes Treffen mit Axel, natürlich seine ganz normale Arbeit, etwas Sport und ansonsten nichts wirklich Berauschendes. Außer natürlich die spitzfindigen Kommentare von Claudette, seiner französischen Navigations-Moralinstitution.

„Winnie, was is denn mit dein Frölein?"

„Wie meinst du das, ‚mein Fräulein'?"

„Na, du as swei Freundin ünn jetzt schon sehn Tag kein Treff. Kein Frölein Eidi, kein Frölein Döris. As du Ärgär?"

„Nö, die sind halt beide beruflich gerade sehr eingebunden."

„Bis du sischer?"

„Natürlich bin ich sicher!"

„Vielleisch is das auch ein Seischen."

„Ein Zeichen? Für was?"

„Na, dass du vielleisch lieber nur mit ein von die Frölein … so wie normal …"

„Oh, Claudette, bitte nicht schon wieder diese Diskussion. Und bitte keine übernatürlichen Zeichen, Erscheinungen oder sonstigen mystischen Orakel."

„Isch mein ja nür …"

„Das ist alles ganz normal! Beide haben keine Zeit und ich werd's schon überleben. Und dass es zwei sind, ist auch o. k. Hat sich noch keine beschwert."

„Abär sie wisse ja auch nisch voneinander!"

„Das wär ja auch noch schöner!"

„Du bis ein wirklich schlimm Betrüger!"

„Ja!"

„Isch weiß, disch stört nisch."

„Nein!"

„Winnie, dein reschte Blinkding inten is kapütt."

„Danke. Lass ich gleich morgen reparieren."

11

Auch die allerlängste Pause geht mal vorbei. Winfried ist ja ohnehin Spezialist im Warten. Sein Telefon klingelt.

„Hallo, Winfried, frohe Botschaft! Ich komm schon am Freitagnachmittag aus Wien zurück, muss nur noch mal kurz ins Büro, ein paar Sachen erledigen, und dann hab ich Zeit für dich. Na, was sagst du dazu?"

„Ja super, das klingt echt prima!"

„Und ich hab mir gedacht, wir machen mal ganz was anderes."

„Aha! Und was genau schwebt dir da so vor?"

„Wir machen uns einen ganz gemütlichen Abend."

„Okay."

„Bei dir!"

„Bei mir?" Winfried hüstelt leicht.

„Ja, bei dir! Jetzt kennen wir uns schon über drei Monate und ich war noch nicht ein Mal bei dir. Das wird jetzt umgehend geändert! Oder hast du etwa diene Junggesellenbude nicht ordentlich aufgeräumt?"

Dank Ana, der rumänischen Reinigungsfee, ist bei Winfried immer alles bestens aufgeräumt. Die Blumen sind auch noch relativ frisch.

„Äh, ja, doch. Klar hab ich aufgeräumt. Alles easy. Aber ich dachte, wir gehen etwas essen."

„Ich bring was mit. Hier in Wien gibt es einen super Libanesen, da hol ich nachher ein paar orientalische Leckereien, und die bereite ich dann heut Abend für uns zu. Für den Wein bist aber du zuständig."

„O. k., also gut, dann bin ich mal gespannt, was du so alles mitbringst. Wann kommst du denn?"

„Ich denke, so gegen sieben. Passt das?"

„Klar, alles prima. Ich freu mich! Gibt's auch wieder Bauchtanz, wenn wir schon was Orientalisches essen?"

„Mal sehen. Ich freu mich auch, also dann bis Freitag. Ich muss wieder los."

„Ciao, Bella."

Na also, damit ist sie auch schon wieder vorbei, die frauenlose Zeit. Die zwei Wochen sind Winfried nun doch ganz schön lange geworden. Aber jetzt ist ja Gott sei Dank ein Ende in Sicht. Abendessen bei ihm zu Hause. Gut, warum auch nicht. Schließlich kennen sie sich ja wirklich schon drei Monate und bislang waren sie entweder irgendwo unterwegs oder eben bei Heidi, respektive bei Onkel Maxi. Die Bude ist ordentlich aufgeräumt, Wein ist genügend im Haus, und auch sonst ist alles o. k. Axel würde jetzt zwar warnend den Zeigefinger heben und an seine eiserne Heimspiel-Regel erinnern, aber so schlimm kann das ja nun auch wieder nicht sein. Außerdem ist Heidi, was das angeht, total pflegeleicht, will sich ganz bestimmt nicht bei ihm einnisten und kann ergo auch gefahrlos sein Domizil besichtigen. Was allerdings, wenn sie auch noch übernachten möchte? Vielleicht sogar das ganze Wochenende? Schon wieder klingelt das Telefon.

„Hallo Winfried, rate mal, wer am Freitagabend wieder in München ist und verwöhnt werden möchte!"

Da braucht Winfried nicht zu raten, denn das weiß er ja schon: Heidi! Blöd nur, dass jetzt grad Doris am Telefon ist. Also ein klassischer Date-Konflikt! Der erste seiner Art für Winfried. Vor wenigen Minuten hat er mit Heidi einen libanesischen Futter- und Bauchtanzabend bei ihm zu Hause verabredet und jetzt möchte Doris zum gleichen Termin ebenfalls wahrgenommen werden. Puh! Winfried hat sich natürlich schon vor langer Zeit eine glaubhafte Taktik für solche Situationen zu Recht gelegt, aber jetzt kommt die Überraschung dann doch ein wenig plötzlich.

„Äh, ja hallo, ich schätze mal: Du!"

„Genau! Das ist doch prima, oder? Ich komm einen Tag früher aus Rom zurück und wenn du brav bist, bring ich dir auch etwas mit!"

Und wenn ich nicht brav bin ...?

„Ui, was denn Schönes?"

„Überraschung natürlich! Also, was machen wir am Freitag?"

Das willst du nicht wirklich wissen ...

„Das ist jetzt zwar echt blöd, aber am Freitag bin ich leider schon in Bad Reichenhall, bei meiner Oma. Die wird neunzig. Riesenfamilienfeier mit allem Pipapo. Da kann ich schlecht absagen."

„Ach so, verstehe. Klar, das kann ich natürlich nachvollziehen. Schade!"

„Sorry, tut mir wirklich leid!"

„Ne, mach dir mal keine Gedanken. Alles easy! Wie lang bleibst du denn bei Großmuttern?"

„Freitag ist Geburtstagsfeier, und am Samstag wollen wir noch zusammen mit der Oma einen Ausflug zum Königssee machen. Mit Bootsfahrt und so. Samstagabend bin ich dann wieder da."

„Na ist doch prima! Dann sehen wir uns am Samstag!"

„Alles klar, ich meld mich, wenn ich auf dem Rückweg bin."

„Perfekt. Dann geh ich jetzt mal schön zum Essen. Es gibt hier nämlich ein supercooles Ristorante gleich um die Ecke vom Hotel."

„Neid! Lass es dir schmecken, mein Engel."

„Danke, dir auch noch einen schönen Abend!"

„Dir auch, ciao."

„Ciao."

Puh, das ging ja gerade noch mal gut. Klang auch alles sehr überzeugend. Bis auf die Tatsache, dass Winfried keine Großmutter mehr in Bad Reichenhall hat. Und dass keine Familienfeier stattfindet. Auch keine Bootstour. So, die erste echte Lüge ist also draußen. Wenn Doris später mal an den Königssee fahren will und vorschlägt, dabei doch gleich mal Winfrieds Oma zu besuchen, dann wird's eng. Aber bis dahin ist Oma bestimmt schwerhörig geworden, im Heim oder im Himmel. So wie seine wirklichen Großmütter, die beide leider schon vor vier beziehungsweise vor zwölf Jahren gestorben sind. Winfried bittet die beiden kurz im Geiste um Verzeihung, aber es handelt sich ja hierbei wirklich um eine äußerst dringliche Notlüge. Hoffentlich

wird das jetzt nicht zur Regel mit diesen Überschneidungen. Bisher lief ja alles ganz gut. Mal sehen.

Ohne dass Winfried etwas davon ahnt, läuft das interne Informationsaustauschprogramm seiner beiden
Mädels an:

„Hallo, Doris. Na, was hat er dir Schönes erzählt?
Warum kann er nicht?"

„Irgendetwas von einer Großmutter in Bad Reichenhall, neunzigster Geburtstag mit Bootsfahrt auf'm Königssee. Klang an sich ganz glaubhaft. Also er hat nicht
groß rumgestottert oder so."

„Aha. Hat er sich vielleicht schon so zurechtgelegt
gehabt. Das kann ja noch richtig spannend werden.
Also ich besichtige heut Abend mal sein kleines Jungge-
sellenreich, werde wohl auch übernachten und schau
dann hinterher mal, wie's weitergeht."

„Morgen will er sich ja bei mir melden, wenn er angeblich von seiner Oma zurückfährt."

„Ui, da bin ich mal ganz gespannt, welche Geschichte er mir dann erzählt. Ich lass mich auf alle Fälle rechtzeitig abwimmeln, damit du auch deinen Teil abbe-
kommst, aber da muss er schon ein wenig dafür arbeiten. Ganz so easy wird das nicht."

„Ja, lass ihn ruhig etwas zappeln."

„Mach ich. Und dir einen schönen Abend!"

„Werd ich haben. Ciao, Heidi."

Am Freitagnachmittag macht sich Heidi nach dem
Büro noch kurz zu Hause frisch und zieht sich um, während Winfried den Kurierdienst spielt und sie abholt. Ist

ja sowieso nicht weit. Allerdings weit genug, um einen kurzen Dialog mit Claudette zu führen.

„Ah, eute as du wieder ein Rendez-vous?"

„Ja, mit Heidi."

„Ah, die Frölein Eidi! Ünn was macht irr?"

„Wir essen bei mir zu Abend."

„Oh lala, bei dirr?"

„Ja, wieso denn nicht?"

„Irr war noch nie bei dirr. Is die erste Mall."

„Irgendwann ist immer das erste Mal."

„Ünn die Frölein Doris?"

„Was ist mit Doris?"

„Die darf nisch su dirr nach Ause?"

„Doch, darf sie auch irgendwann, aber jetzt ist halt erst mal Heidi dran. Das ist keine Wertung, keine Rangreihenfolge und keine Priorität, wenn du das meinst."

„Ach so."

„Ja, und jetzt gib bitte Ruhe, sie kommt!"

Der Abend mit Heidi beginnt zunächst ein wenig skurril. Da können allerdings weder Winfried noch Heidi etwas dafür. Der eigentliche Grund ist die unvermeidbare Frau Dillinger.

Als die beiden nach kurzer, claudette-kommentarfreier Fahrt in den Innenhof einbiegen, liegt diese natürlich wie fast immer auf ihrem Beobachtungsposten am Fenster und späht in ihr ganz persönliches, quadratisch-gepflastertes Refugium, in dem ihr nichts und niemand entgeht. Winfried und Heidi steigen aus.

„Ah, der Herr Fischer, Griaß Gott schee! Und heut in so netter Begleitung."

„Grüß Gott, Frau Dillinger", flötet Winfried und raunzt Heidi ein kaum hörbares *„Schnell weg!"* zu.

„Hamms heut was Größeres vor?", fragt die so Gegrüßte mit Blick auf die beiden vollgepackten Tüten, die Heidi vom Libanesen aus Wien mitgebracht hat.

„Nur was zum Essen, Frau Dillinger. Libanesisch."

Er hat das noch nicht ganz ausgesprochen und weiß schon, dass er gerade einen unverzeihlichen Fehler gemacht hat. Frau Dillinger nimmt nämlich jede auch noch so unbedeutende Einladung zum Weiterreden äußerst dankbar an.

„Wos für a Zeigl?"

Gerade wollte Winfried mit einem möglichst beiläufigen *„Nicht so wichtig"* seinen Fehltritt wieder ausbügeln, als Heidi, ohne es zu ahnen, Öl in die lodernden Flammen gießt: „Libanesisch, Spezialitäten aus dem Libanon."

„Wos, aus'm Libanon?", krächzt Frau Dillinger. „Bei de Araber do untn? Die hamm doch gar nix zum Essen! Do is doch imma Griag!"

„Nein, nicht immer. Libanesische Küche schmeckt sehr gut, so mit Kabse, Falafel und Hummus."

„Wos? Humus? Ja fressn die do an Boden zamm? Koa Wunder, dass do nix wachst!"

„Nein, Hummus, mit zwei *m*. Das sind pürierte Kichererbsen mit Sesam-Mus, Olivenöl, Zitronensaft und Kreuzkümmel. Schmeckt sehr fein!"

„Geh, Kichererbsen! Homma de koane Kartoffeln?"

„Doch, gibt's auch."

„Oder an gscheidn Schweinsbrodn?"

„Äh, das eher weniger, glaub ich."

„Oiso i mog jo liawa wos Boarischs! Schweinsbrodn, Gnedl mid Soß unn Blaukraut. Oder Reiwadatschi. Oder an guadn Steckalfisch auf da Wiesn! Und a süffigs Bier dazua!"

„Also wir probieren's heute mal mit Libanesisch, Frau Dillinger. Jetzt müssen wir aber los, sonst wird's zu spät."

„Ah, gengan's no weg heid? Wia sogd ma: Ins Nachtlem schdürzn?"

„Mal sehen, schönen Abend, Frau Dillinger.", sagt Winfried und schiebt Heidi hastig durch den Hof Richtung Eingangstür.

„Ja, dann, an Guadn, Herr Fischer und, äh, Fräulein ...?"

Das ist natürlich ein netter Versuch von Frau Dillinger, den Namen der unbekannten Begleitung Winfrieds zu erhaschen. Der aber hat bereits schwungvoll die Tür zugeknallt und das zarte *„Eidi!"* aus Winfrieds Wagen dringt nicht bis an Frau Dillingers altersschwaches Ohr.

Der Abend verläuft ab dann sehr locker, obwohl Heidi im Vorfeld doch etwas angespannt war. Wie würde das wohl sein? Das erste Treffen nach der Enthüllung. Mit Winfried, diesem fiesen Betrüger. Wie würde es sein, ihn zu sehen, mit ihm zu reden, ihn in den Arm zu nehmen, ihn zu küssen? Geht das überhaupt noch so einfach? Kann sie sich mit Doris, mit einer anderen Frau, einfach so einen Mann teilen? Ist das nicht irgendwie ... falsch? Irgendwie unmoralisch, gefährlich, lasterhaft, verboten, kalt, berechnend, skrupellos? Wo wird das am Ende hinführen? Was wird das mit ihren Gefühlen machen, was mit ihrer Zukunft? Und wenn Kinder dann doch mal ein Thema werden? Oder Heiraten? Muss sie sich dann einen anderen suchen? Fragen über Fragen.

Aber dann wird doch alles sehr easy, und nach einer Viertelstunde hat sie fast schon vergessen, dass da irgendwelche düsteren Zweifel waren.

Oben in Winfrieds Reich angelangt, kommt natürlich zuerst die obligatorische Wohnungsbegehung. Heidi ist total gespannt. Und dann sehr angenehm überrascht. Winfried hat für einen Mann einen erstaunlich guten Geschmack, ist wirklich stilvoll eingerichtet, und die Wohnung ist richtig gemütlich. Heidi fühlt sich vom ersten Moment an sehr wohl. Alles passt. Schon wieder. Dieser Winfried ist halt doch einfach ein guter Typ. Auch wenn er sie betrogen hat. Der fiese Arsch!

Die gemeinsamen Essensvorbereitungen gestalten sich äußerst vergnüglich, Heidi und Winfried schäkern wie früher auch, es wird geschnippelt und gerührt, gebrutzelt und geköchelt, und sogar das Körperliche kommt wie gewohnt zum Tragen. Eine Umarmung zwischendurch, ein heißer Kuss, eine zarte Berührung. Alles wie gehabt. Die libanesische Küche mundet beiden wunderbar und lässt sich, wie sich im Verlauf des Abends zeigt, hervorragend mit piemonteser Weißwein kombinieren.

Schon bald ist es kurz nach elf und der erotische Teil des Abends beginnt. Auch hier hatte Heidi zunächst arge Bedenken. Sex mit einem Typen, der auch mit einer anderen Frau schläft? Naja, wer weiß, was da früher schon alles bei anderen Liebhabern gelaufen ist, von denen sie das halt nicht wusste. Und gesundheitsmäßig hat sie mit Doris alles abgeklärt. Keine weiteren Männer bei ihr, keine bei Heidi. Also relativ safe. Und gut. Echt gut. Super gut.

Heidi übernachtet. Am nächsten Morgen wird gemütlich gefrühstückt und irgendwann kommt die Frage der Fragen:

„Sag mal, Winfried, was machen wir denn heute Schönes? Hast du schon was geplant?"

„Leider ja!"

„Äh, wieso leider?"

„Weil ich nach Bad Reichenhall muss. So gegen zwei. Meine Oma wird neunzig und da ist große Familienfeier mit allem drum und dran angesagt. Ich übernachte dann bei meinem Cousin und am Sonntag machen wir alle noch eine Bötchenfahrt auf'm Königssee. Sorry!"

Aha, so läuft das also. Doppelgeburtstag der Großmutter mit anschließender Bootsfahrt. Einerseits clever – warum sollte er sich zwei verschiedene Geschichten ausdenken? – andererseits ganz schön dreist! Na warte, Bürschlein!

„Du hast mir ja noch gar nichts von deiner Großmutter erzählt."

„Nein, das hat sich auch noch nicht ergeben. Normalerweise bin ich so alle zwei Monate mal in Reichenhall und besuch sie. Mein Cousin wohnt ja auch dort und noch ein paar andere krummbucklige Verwandte. In letzter Zeit hab ich mich natürlich mehr mit dir beschäftigt."

Und mit Doris ...

... ergänzt Winfried stumm.

... und Heidi denkt sich dasselbe.

„Ja, ist ja doof. Aber o. k. Familie geht vor. Wann bist du denn am Sonntag wieder zurück?"

„Schätze mal, so am frühen Abend."

„Da können wir ja noch was unternehmen ..."

Kommt drauf an, wie das mit Doris aussieht ...

„Ja klar, ich meld mich auf alle Fälle, wenn ich auf dem Heimweg bin."

„Super. Und ich wünsch mir eine schöne, kitschige Postkarte vom Königssee!"

„Eine Postkarte?"

Was ist das denn für eine bescheuerte Idee?

„Ja, eine Postkarte. So richtig altmodisch mit Urlaubsgrüßen vom Königssee, in klassischer Vierer-Aufteilung: Königssee, Watzmann, Sankt Barthlomä und Edelweiß. Oder so ähnlich. Und mit einer schönen Sondermarke. Bitte!"

Wie soll ich dir denn eine Postkarte vom Königssee schicken, wenn ich gar nicht am Königssee bin?

„Na gut, kriegst du."

„Versprochen?"

„Versprochen!"

... und schon gebrochen.

Die restliche Zeit bis zu Winfrieds Pseudoabfahrt verbringen die beiden mit einem gemütlichen Spaziergang Arm in Arm durch den Englischen Garten, einem kleinen Boutiquenbummel im nahe gelegenen Schwabing und einem großen Eis bei Frazzetti. Winfried mag zwar keine Boutiquen, aber er sieht das als kleines Zugeständnis an die Enttäuschung, die er Heidi durch seine angebliche Abwesenheit bereitet hat. Es gibt halt doch so etwas wie ein schlechtes Gewissen. Kurz vor drei bringt er sie dann wieder zurück in den Herzogpark zu Onkel Maxi. Seine Alibi-Tasche für die Fahrt nach Reichenhall hat er vorher noch schnell gepackt und sie in den Kofferraum geworfen.

„Also, ich meld mich dann von unterwegs. Ciao, Süße."

„Ciao und viele Grüße an die Oma – unbekannterweise!"

„Mach ich", lächelt Winfried und fährt los.

„Dein grand-mère?"

„Was?"

„Dein Großmutter?"

„Ach so, ja."

„Was is mit dein Großmutter?"

„Nix. Das ist nur so ein Spruch."

„Du machs ein Reis, ein Ausflüg?"

„Nicht wirklich."

„Aber du as ein Tasch in die Köfferraum gepack."

„Jaja, nur pro forma."

„Isch verschteh nisch."

„Und ich erklär's dir auch nicht. Ich habe eine Tasche im Kofferraum. Das ist vollkommen legal. Und wenn wir gleich nach Hause fahren, nehm ich sie wieder raus. Das ist auch nicht verboten. Und jetzt nerv mich bitte nicht!"

„Bis du eut ein bisschen emfinlisch?"

„Nein, wieso?"

„Na, du machs eut so komische Sach. Du sags dein tot Großmutter ein schön Gruß von Eidi, packs ein Tasch ein und vereis dann doch nisch. Deswege frag isch."

„Sagen wir mal so: Das sind alles taktische Maßnahmen. Ganz einfach! So, und jetzt muss ich zu Hause die Bude aufräumen. Auch pro forma."

„Abt irr ein wild Kisseschlacht gemach?"

„Nein, aber was nicht ist, kann ja noch werden."

Zu Hause stellt Winfried fest, dass so ein Damenbesuch durchaus eine gewisse Nacharbeit erfordert. Da hat Axel schon recht mit seiner Auswärtsspiel-Regel. Als erstes muss das Bett neu bezogen werden. Gewisse Flecken lassen sich dann doch nicht verbergen, Heidis Geruch hängt noch in den Laken, und obwohl sie blond ist, lassen sich bei genauerem Hinsehen ein paar lange Haare ausmachen, die unmöglich von Winfried stammen können. Dann das Bad kontrollieren. Hier wurde allerdings nichts hinterlassen, was zu peinlichen Fragen führen könnte, wie etwa:

„Winfried, wozu brauchst du denn Tampons?"

„Äh, ich hab öfter mal Nasenbluten. Da sind die Dinger echt super! Vor allem die extra-large."

Das Lippenstift-Glas wird sofort händisch abgewaschen, und Teller und Besteck kommen in die Spülmaschine. Als nächstes verschwindet die verräterische Tüte des Libanesen aus Wien. Da die Wiener Adresse draufsteht, können sich auch hier blöde Fragen ergeben. Also schnell weg damit! Ansonsten sieht's ganz gut aus. Die Aufräumaktion ist in einer halben Stunde erledigt. Prima, dann wird's jetzt also Zeit, Doris anzurufen. Winfried überlegt kurz, ob er um den Block fahren soll, um ein Telefonat mit entsprechenden Nebengeräuschen aus dem fahrenden Auto heraus zu simulieren. Aber das ist ihm dann doch zu blöd. Außerdem quatscht ihn dann bestimmt wieder Claudette voll. Schon pervers eigentlich, denkt sich Winfried: Das eigene Auto wird nicht genutzt, weil eine unerklärbare französische Frauenstimme aus dem Navigationsgerät dumme Fragen stellen könnte …

Winfried geht auf die kleine Terrasse, wo es ja auch diverse Umweltgeräusche gibt, und wählt Doris' Nummer.

„Hallo, Winfried, na, bist du schon auf dem Rückweg?"

„Ja, bin gerade noch an der Tankstelle und fahr dann gleich los. Ich bin dann etwa so gegen vier zu Hause."

„Ist ja super! Ich bin noch bei einer Freundin und wenn du Lust hast, kann ich so gegen fünf bei dir sein."

„Bei mir?"

„Ja, ich dachte mir, wird allmählich mal Zeit, deine Neandertaler-Höhle zu besichtigen!"

Winfried hat ein Déjà-vu. Hatte er das nicht erst gestern gehört?

„Äh ja, ich dachte, wir gehen essen ...“

„Alles erledigt! Ich hab uns aus Rom ein paar ganz tolle Leckereien mitgebracht. Wir können doch mal zusammen kochen. Ich fänd das sehr lustig. Du kochst doch gerne ...“

Libanesisches Essen aus Wien, italienisches Essen aus Rom. Winfried hat jetzt einen richtigen Déjà-vu-Flash.

„Ja, super gerne! Also gut, kommst du zu mir oder soll ich dich abholen?“

„Nö, ich komm schon zu dir. Bin sowieso grad in der Nähe, in Schwabing.“

„Mit dem Auto?“

„Ja.“

„O. k., dann kannst du dich bei mir in den Innenhof stellen. Da ist noch ein Platz links neben meinem Auto frei. Der gehört zwar Frau Dillinger, aber die hat gar kein eigenes Auto.“

„Alles klar, dann bin ich um fünf bei dir!“

„Ich freu mich.“

„Ich auch, bis dann.“

„Ciao.“

Doris legt auf und grinst Heidi an.

„Das ist ja echt fliegender Wechsel.“

„Kann man wohl so sagen. Und der lügt echt, ohne rot zu werden.“

„Na ja, wir ja auch.“

„Aber er hat angefangen!“

„Stimmt! Aber erzähl mal, wie war's denn so?"

„Also eigentlich alles wie sonst. Am Anfang hab ich mir Gedanken gemacht, ob das überhaupt geht, so mit dem Männer-Teilen. Aber dann war's ganz normal. Jetzt bitte nicht böse sein, aber ich hab gar nicht an dich gedacht."

„Wieso denn böse sein? Du sollst doch nehmen, was du kriegen kannst. Ohne Rücksicht auf Verluste. Werd ich genauso machen."

„O. k. Dann ist's ja gut. Willst du noch 'nen kleinen Schluck?"

Heidi hält die angebrochene Champagnerflasche hoch und Doris nickt grinsend. Ja, darauf kann man getrost noch einen Kleinen heben.

„Sie, Fräulein, des is fei mei Parkplatz!"

„Ach so, hallo! Dann sind Sie bestimmt die Frau Dillinger!"

„Ja woher kennan sie denn mein Namen?"

„Der Herr Fischer hat gesagt, ich könnte da parken, weil sie ja kein Auto haben."

„Der Herr Fischer, soso. Woin sie zu dem?"

„Ja."

„Aha."

„Kann ich denn da stehen bleiben, Frau Dillinger?"

„Ja, bleim's nur. San sie a Verwandte?"

„Nicht wirklich."

„Aha! A Arbeitskollegin?"

„Nein nein, wir kennen uns nur so."

„Nur so, aha. Sie hamm aber an Haufa Zeigl dabei!"

Schön, wenn man den anderen so ausquetschen kann, weil er im Obligo steht. Tja, wenn du meinem Parkplatz nutzen möchtest, dann musst du halt auch meine nervigen Fragen beantworten.

„Ja, ein paar italienische Spezialitäten. Ich komm nämlich gerade aus Rom."

„Aus Rom! Mei, die heilige Stadt! Warn's do a im Petersdom, beim heilign Vatta?"

„Äh, nein, ich hab dort gearbeitet."

„Oiso i dad ma ja zerscht an Petersdom oschaugn, wenn i amoi auf Rom kammad. Unn dann de Englsburg!"

„Dazu hatte ich leider keine Zeit. Und ich muss jetzt auch mal hoch. Die Tüten werden langsam schwer."

„Der Herr Fischer, der wohnt ganz om!"

„Ja danke, schönen Abend noch und danke für den Parkplatz."

„Bitte, bitte. Und an Guadn! Äh, Fräulein ...?"

„Doris, einfach Doris."

„Ja oiso dann, an scheena Omd, Fräulein Doris!"

Oben in Winfrieds Wohnung angekommen, muss Doris nach dem zärtlichen Begrüßungszeremoniell erst mal ihrem Unmut Luft machen.

„Sag mal, du hättest mich ja auch mal warnen können, dass da unten dein Hausdrache lauert!"

„Ah, unsere Blockwartin? Sorry, ja, das hätt ich mir denken können, dass die Dillinger wieder am Fenster hängt. Was wollte sie denn?"

„Ja natürlich wissen, wer ich bin, wo ich hingehe, was wir machen, in welchem Verhältnis wir zueinander stehen und wie ich heiße."

„Und?"

„Na ich hab ihr gesagt, dass ich Lady Latex heiße, deine Domina bin, dass du unwürdiger Wurm von mir abhängig bist, dass ich dich jetzt erst mal ordentlich auspeitschen werde, weil du unartig warst, und dass sie sich nichts denken soll, wenn sie laute Schreie hört."

Winfried prustet sein gerade im Mund befindliches Wasser in hohem Bogen über's Sofa.

„Echt?"

„Ja klar. Was denkst du denn?"

„Ne, wirklich?"

„Logo!"

Doris schmunzelt.

„Nö, natürlich habe ich ihr nur meinen Decknamen genannt: Peitschen-Paula!"

„Hör auf, ich kann nicht mehr. Aber du hast recht, die Dillinger kann echt lästig werden."

„Wenn ich schon auf ihrem Platz stehe, kann ich sie ja nicht auch noch blöd anmachen. So sind sie halt, die alten Damen. Aber jetzt will ich erst mal deine Wohnung sehen. Also: Schlossbesichtigung bitte!"

Winfried startet den Kurzrundgang durch sein Reich: Flur, Wohnzimmer, Küche, Bad, Terrasse, Schlafzimmer. Die Rückkehr in die Küche zu den römischen Köstlichkeiten wird ihm allerdings durch Doris verwehrt, die unmittelbar ihren körperlichen Tribut einfordert. Doris hat sich übrigens nicht so furchtbar viele

Gedanken gemacht wie Heidi. Sie sieht das mit der Männerteilung äußerst pragmatisch. Einfach genießen, Spaß haben und nicht großartig darüber nachdenken. Lieber weiß sie, mit wem sie betrogen wird als eben nicht. Denn das ist ihr früher auch schon öfter passiert. Auf diese Weise weiß jeder Bescheid, und das ist gut so. Also, fast jeder ...

Nach einer Stunde gemeinsamen Kissenwühlens (*Schon wieder Bettwäsche wechseln*, denkt sich Winfried) geht's dann doch zurück in die Küche, die beiden kochen und essen anschließend gemeinsam in trauter Eintracht. Draußen ist es sogar noch warm genug, um danach den Abend auf der Terrasse Arm in Arm bei einem Glas Wein ausklingen zu lassen. Und selbstverständlich muss/darf Winfried anschließend dann nochmal seine männliche Pflicht erfüllen ...

Winfrieds Schlafzimmerfenster liegt zum Innenhof hin, und so kann auch noch Frau Dillinger von ihrem Horchposten aus an den nächtlichen Aktivitäten der beiden partizipieren. Sie seufzt in die sternenklare Nacht. Schließlich war sie ja auch mal jung ...

Der Sonntag beginnt spät. Winfried und Doris liegen bis kurz nach zehn im Bett, Frau Dillinger bekommt noch eine Morgenvorstellung zu hören und nach dem ausgiebigen Frühstück muss sich Doris verabschieden. Sie hat noch ein paar Sachen zu erledigen und will ihren Koffer packen, da sie am Montag mit dem early bird nach Köln zu einem Mandanten fliegt. Deswegen auch keine Verabredung für den Abend, weil sie wahrscheinlich schon spätestens um zehn im Bett liegt. Und zwar zum Schlafen. Am nächsten Morgen um halb fünf wird dann der Wecker klingeln.

Beim Verlassen des Hauses läuft Doris natürlich der uneingeschränkten Herrscherin des Hinterhofs in die Fänge.

„Ah, da is ja des Fräulein Doris. Griaß eana! Hamm's guad gschlofa?"

„Ja, danke. Und danke auch nochmal für den Parkplatz!"

„Ah geh, i hob jo eh koa Auto."

„Trotzdem. Und einen schönen Sonntag noch!"

„Ja, eana aa. Des wor a ganz a milde Nocht, gell?"

„Ja, wirklich sehr mild. Wir sind noch lange draußen gesessen. Jetzt muss ich aber los. Wiedersehen."

„Ja pfiad eana, Fräulein Doris!"

Frau Dillinger lächelt still und bekommt dabei einen leicht träumerischen-verklärten Blick.

Wenig später erscheint Winfried im Innenhof, um die Überreste des Abends in der Mülltonne zu entsorgen. Man weiß ja nicht, ob heute noch die andere Mannschaft im Heimstadion aufläuft, und für den Fall der Fälle muss alles vorbereitet sein. So vorbereitet wie Frau Dillinger, die ihn unmittelbar beim Verlassen der Haustüre anfällt:

„Ah, der Herr Fischer, Sie, hamm's gestern Bsuch g'hobt?"

„Ja, Frau Dillinger. Und danke auch für den Parkplatz."

„Des war aber ned des gleiche Fräulein ois wia neilich ..."

Jetzt keinen Fehler machen, denkt sich Winfried. Nichts erklären, keine weitere Angriffsfläche bieten. Ablenken!

„Ja. Wann ist denn eigentlich der nächste Sperrmüll?"

„Geh Herr Fischer, des gibt's doch gar nimmer. Do miaßn's zum Wertstoffhof aussi fahrn. Do kennan's vo mir a glei wos midnehma. Und des andere Fräulein war ...?"

Mist. Dieser neugierige Hausdrache ist einfach unnachgiebig. Aber Winfried kennt die Kunst des aktiven Zuhörens. Und daher auch das genaue Gegenteil: Die Kunst des aktiven Weghörens.

„... auch zu Besuch. So, Frau Dillinger, einen schönen Sonntag wünsch ich noch. Auf Wiedersehn."

Und bevor Frau Dillinger noch etwas sagen kann, fällt die Tür ins Schloss. Das wäre ja gelacht! Diese neugierige, alte Wachtel! Aber nicht mit ihm! Winfried hat gerade zwei Stufen auf der Treppe nach oben erklommen, als sich hinter ihm knarzend die Tür öffnet.

„Wann fahrn's denn amoi zum Wertstoffhof aussa? I hätt do no wos im Kella, des miaßad wegga."

„Äh, weiß ich noch nicht. Ich sag Ihnen Bescheid."

„Unn des andere Fräulein? Herr Fischer, sie san mir scho so oana, geh?"

„Äh ja, wie's halt so ist, gell. Jetzt muss ich aber schnell hoch, ich hab mir ein Süppchen aufgesetzt."

„Damit's wieder zu Kräftn kemman, geh? Jaja, dann gengan's nur, damit nix obrennt!"

Ja, das wäre in der Tat ziemlich blöd. Also, wenn da jetzt etwas anbrennt. Und zwar nicht die imaginär aufgesetzte Suppe, die sowieso gar nicht existiert, sondern wenn etwas mit Heidi, Doris und Frau Dillinger anbrennen würde. Mist, Axel hat ja so recht gehabt: Auswärtsspiele! Jetzt hat er diesen alten Habicht auch noch am Hals, der ja die beiden Besucherinnen gesehen hat. Und der gar zu gerne schwatzt. Kaum auszudenken, was da jetzt alles passieren kann. Das muss er unbedingt unterbinden, diese Heimspiele. Und mehr Arbeit ist das auch noch. Zweimal Bettwäsche waschen in zwei Tagen! Das ist alleine schon ökologisch gar nicht zu verantworten! Winfried ist schließlich ein sehr umweltbewusster Zeitgenosse.

Aber offensichtlich ist Winfrieds Glückssträhne abgerissen. In den folgenden drei Wochen gibt es andauernd lästige Überschneidungen mit den Verabredungen. Laufend muss er sich die wildesten Geschichten ausdenken, warum er da nicht kann und wieso er hier keine Zeit hat. So viele Großmütter hat kein Mensch! Na gut, es gibt ja noch Arzttermine, Eigentümerversammlungen, dienstliche Verpflichtungen oder Überstunden und die traditionellen Männerabende, bei denen nun mal per definitionem keine Frau zugelassen ist. Aber dann wird's auch schon dünn. Partys, Weggehen, Sport und kulturelle Veranstaltungen aller Art gehen schon mal nicht, denn da droht ja immer das

„Super, da komm ich mit!" Und es wäre auch sehr unfein, seiner „Partnerin" mitzuteilen, dass man heute Abend da-und-da hingeht und sie doch gefälligst etwas anderes machen solle.

Also mogelt sich Winfried mit seinem Ausredenrepertoire mehr schlecht als recht durch die Fülle der Doppelanfragen, wundert sich, wieso das plötzlich alles so ein Riesenstress geworden ist, wo es doch vorher so einfach lief, und spürt langsam aber sicher, dass er aufpassen muss, um sich nicht zu verheddern. Bis ihn eines Tages der absolute Super-GAU ereilt …

Alles beginnt mit einem vollkommen harmlosen Telefonat:

„Hallo, Heidi, ich hab eine ganz tolle Idee. Nächsten Donnerstag spielt in der Muffat-Halle *Cut the rope*, das ist eine total coole Band aus Passau. Da möchte ich ganz gerne hin. Hast du Zeit?"

„*Cut the rope*? Nie gehört! Was spielen die denn so?"

„So eine Mischung aus *Dire Straits* und den *Eagles*. Wird dir gefallen. Mit ganz viel Gitarrensound."

„Ja super. Ich kenn die gar nicht! Aber Donnerstag passt prima!"

„Die sind auch noch ziemlich unbekannt. Ich hab im Regionalradio was über die gehört. Kommen wie gesagt aus Passau."

„Na wunderbar, dann gehen wir da hin!"

„Alles klar, fängt so gegen acht an. Ich hol dich ab?"

„Gerne. So um halb?"

„Perfekt. Karten besorg ich."

„Also, dann schauen wir uns die Passauer Buben mal an."

„Ich freu mich!"

„Ich auch!"

So weit, so gut. Der Donnerstagabend ist also verplant. Anschließend noch ein nettes Schäferstündchen, und alles ist im Lot. Eine Stunde später klingelt Winfrieds Telefon.

„Hallo Winfried, ich hab eine Überraschung für dich!"

Doris ist dran.

„Ui, da bin ich aber gespannt. Was denn Schönes?"

„Ich hab uns Karten besorgt für ein Konzert in der Muffat-Halle. Nächsten Donnerstag. *Cut the rope*, eine neue Band, die dir bestimmt gefallen wird. Was sagst du?"

Scheiße! Treffer – versenkt! Tilt! Game over! Exitus! Katastrophenalarm!

„Äh, wann ist das, sagst du?"

„Donnerstagabend. Um acht geht's los. Ich kann dich abholen, wenn du magst."

„Boah, das ist ja totaler Mist. Donnerstag hab ich eine Planungsbesprechung mit meinem Abteilungsleiter. Irgendeine Terminsache mit der neuen Versuchsreihe. Das geht erst um sechs los und kann dann dauern. Acht werd ich mit Sicherheit nicht schaffen!"

„Oh, schade. Das ist ja doof. Da versäumst du echt was."

„Sorry, leider keine Chance."

„Ist klar, die Arbeit geht ja vor. Na, dann geh ich halt mit Angelika hin. Die mag ja auch so ne Art von Musik. Vielleicht können wir uns dann später noch treffen, wenn du mit deiner Besprechung fertig bist."

„Ja, wenn's nicht zu spät wird. Ich kann dir ja ne SMS schicken, wenn ich losfahre."

„O. k., so wird's gemacht! Also, dann mal frohes Arbeiten!"

„Ja, dir auch. Und viel Spaß beim Konzert!"

So eine doppelt gequirlte Hühnerkacke! Stirred Chickenshit! Das ist nun wirklich der totale Weltuntergang. Doris musste er gerade absagen, weil er ja bereits mit Heidi zu diesem Konzert geht. Aber Heidi muss er jetzt auch absagen, weil Doris mit ihrer Busenfreundin Angelika dort erscheint. Und das kann er ja nun mal gar nicht riskieren. Dieser Axel mit seiner genialen Dislozierung. Ein echter Hund! Aber jetzt ist es zu spät, um sich darüber Gedanken zu machen. Winfried hat eine Beziehung mit zwei Frauen, die gerade mal eben fünf Kilometer oder so auseinander leben. In derselben Stadt. Mit denselben Kneipen, Bars, Theatern, Museen, Straßen und Plätzen. Da lauern unheimliche Gefahren. Und genau die werden jetzt zunehmend bedrohlicher für ihn. Also jetzt erst mal Heidi absagen. Den Grund dafür hat Winfried ja schon für Doris „erfunden".

„Und? Was hat er gesagt?"

„Dass er länger in der Arbeit zu tun hat, angeblich irgendeine wichtige Besprechung mit seinem Abteilungsleiter."

„So spät abends noch?"

„Naja, bis in den Abend hinein, und er schafft's wohl nicht bis um acht. Hat er sich bei dir denn schon gerührt? Er muss dir ja noch absagen, weil ich ja quasi dort bin."

„Nö, aber das kommt sicher noch. Muss ja."

„Das heißt, dass wir uns einen schönen Abend machen können und Winfried sitzt wahrscheinlich irgendwo blöd rum, ärgert sich schwarz und langweilt sich."

„Tja, selbst schuld, der Gute."

„Der Böse!"

„Genau!"

Am nächsten Morgen meldet sich Winfried auf der Fahrt zur Arbeit bei Heidi.

„Hallo, ich hab schlechte Nachrichten."

„Oh, was ist denn passiert?"

„Nichts Schlimmes, nur unser Konzert am Donnerstag fällt leider ins Wasser. Ich muss arbeiten."

„So spät abends noch?"

„Ja, mein Abteilungsleiter hat eine Besprechung angesetzt, und das dauert sicher länger. Es geht um die neue Versuchsreihe und irgendwelche wichtigen Termingeschichten."

„Oh, das ist ja schade!"

„Ja. Aber vielleicht kommen die ja mal wieder oder spielen sonst wo in der Gegend. Ich halt die Augen offen. Du, ich meld mich heut Abend bei dir, o. k.?"

„Ja klar, also einen schönen Tag und schaff nicht so viel."

„Danke, du auch. Ciao."

Kaum hat Winfried aufgelegt, da meldet sich seine kleine Französin.

„Oh, du muss länger arbeite?"

„Nein."

„Abär du as doch gerade …"

„Claudette, sei so lieb und geh mir jetzt bitte nicht auf die Nerven."

„Isch verschteh nisch."

„Musst du auch nicht. Es geht um Überschneidungen bei Terminen und um das Thema Dislozierung."

„Dislö…"

„Dislozierung. Eine räumliche Trennung. Aber egal."

„Ünn du as ein Termin mit die Frölein Eidi absag, weil du disch mit die Frölein Doris triffs?"

„Ich hab einen Termin mit Heidi abgesagt, weil die Gefahr besteht, dass dort, wo wir hingehen wollten, auch Doris auftaucht. Also nicht nur einfach die Gefahr, sondern quasi die hundertprozentige Gewissheit. Und das möchte ich nun wirklich gerne vermeiden."

„Ünn dasu brauchs du ein räumlisch Trennung?"

„Nein, der Zug ist bereits abgefahren."

„Der Sug?"

„Ja, das sagt man so, wenn's zu spät ist."

„Ah. Jetz is dann doch ein bisschen Ärgär mit die beide Frölein …"

„Jetzt komm mir bloß nicht mit: *Ich hab's dir ja gleich gesagt!"*

237

„Abär ab isch ja!"

„Ja, ich weiß!"

„Ünn was machs du jetz?"

„Was ich jetzt mach? Das so gut wie möglich hin-
biegen natürlich. Gut, dass ich noch keine Karten für
das Konzert gekauft hatte."

„Ünn was is mit die Isölierüng?"

„Dislozierung! Wie gesagt: Zu spät!"

„Nein, isch mein Isölierung. Also wie soll isch sage?
Nür noch ein Frölein statt swei."

„Quatsch. Und außerdem: Welche von beiden? Ich
kann das nicht. Also, mich entscheiden. Das wird schon
alles gut gehen. Irgendwie."

„Oh Winnie, du bis unmöglisch. Das gib ein riese-
groß Kataströph. Glaub mirr."

„Wart's mal ab, Claudette. Wart's ab."

Und so wird Winfried also langsam, aber sicher zum
gehetzten Liebhaber. Noch funktioniert alles einigermaßen. Außer, dass Heidi sich beschwert, weil die
Postkarte vom Königssee nie angekommen ist. Die Post
ist halt auch nicht mehr das, was sie mal war.

Ansonsten geht's mal mit Doris zum Abendessen,
mal mit Heidi zum Wandern, wieder mit Doris ins Kino
und dann mit Heidi in den Biergarten. Und anschließend wieder mit Doris zum Radeln. Und mit Heidi zum
Joggen. Im Park. In Nymphenburg …

Wie immer nach dem gemeinsamen Morgenlauf durch den Schlosspark duschen Winfried und Heidi in den Räumlichkeiten der Werbeagentur an der Auffahrtsallee. Und unter der Dusche folgt dann auch gleich die zweite sportliche Betätigung des Tages: Rhythmisches Hüftkreisen. Immer wieder schön!

Heidi ist zwar keine klassische Langduscherin mit anschließendem Mega-Zeitbedarf für Haare, Make-up und Styling, aber sie braucht halt doch ein wenig länger als Winfried. Der macht es sich daher kurz im Büro gemütlich und lümmelt in Heidis komfortablem Schreibtischstuhl mit seinen hunderttausend Verstellmöglichkeiten. Sein Blick wandert über den Schreibtisch, der sehr aufgeräumt und organisiert aussieht. Aktuelle Post, ein paar Aktenhefter, diverse Fachzeitschriften, natürlich ein sehr edler PC mit Tastatur und drahtloser Designer-Mouse, eine kleine Blumenvase mit einer zartgelben Rose und säuberlich geordnete Stifte. Viele Stifte. Die braucht sie wohl für ihre Entwürfe und Zeichnungen. Die Aktenhefter sind akkurat beschriftet. Kundennamen. Ein Autohaus einer italienischen Marke, das Winfried nicht kennt, eine gewisse Firma Auerberger, was auch immer die herstellen mag, eine Restaurantkette, eine Kanzlei und ein großes Immobilienunternehmen. Eine Kanzlei? Winfrieds Puls beschleunigt sich plötzlich. Kanzlei Fechter, Kofer, Rausch & Partner. Partner! Einen dieser Partner kennt Winfried: Doris! Winfried merkt, wie sein Herz langsam in den Hals wandert und dort die Größe eines Fußballs, die Temperatur eines Hochofens und die Frequenz einer Nähmaschine annimmt. Wie ferngesteuert greift sich Winfried den Ordner. Heidi ist noch im Bad und föhnt sich deutlich hörbar die Haare. Also keine Gefahr, erwischt zu werden. Winfried schlägt den Ordnerdeckel auf. Sein Blick fällt auf Entwürfe für Briefpapier und Umschläge. Sieht sehr ansprechend aus. Seriös und eben doch nicht so staubig, wie man das normalerweise von Anwälten kennt. Dann kommen Vorschläge für eine Homepage. Auch sehr ansprechend. Heidi versteht eben ihr Geschäft. Dann kommt ein Anschreiben und der glühend heiße Nähmaschinenball in Winfrieds Hals explodiert.

Das Anschreiben ist an die Kanzlei Fechter, Kofer, Rausch & Partner adressiert. Zu Händen Frau Rechtsanwältin Doris Mehringer persönlich. *Liebe Doris* steht da zu Beginn des Schreibens. *Liebe Doris!* Die beiden kennen sich! Doris und Heidi kennen sich! *Liebe Doris!* Sie kennen sich gut! Nicht etwa *Sehr geehrte Frau Mehringer* oder vielleicht *Liebe Frau Mehringer*, nein – *Liebe Doris!* Sie duzen sich! Winfried hat jetzt plötzlich einen riesigen Brocken essigsaure Tonerde im Mund. Oder einen Eimer fein gesiebten Wüstensand. So fühlt es sich jedenfalls an. Winfried möchte schlucken. Geht aber nicht. Am Ende des Schreibens ist noch ein kleiner Smiley hingepinselt. Der Brief ist auf vorletzte Woche datiert. Es handelt sich um eine Fotokopie. Winfried verspürt eine leichte Übelkeit. Hinter dem Brief liegt eine ausgedruckte E-Mail. Von Doris an Heidi. Doris schreibt nicht *Liebe Heidi*. Auch nicht *Liebe Frau Terpisch*. Sie schreibt *Hallo Du Süße!*

„Winfried! Kannst du mir bitte mal meine Tasche bringen? Die steht neben meinem Schreibtisch."

Schnell den Ordner weg! Winfried kann die E-Mail nicht mehr weiterlesen. Er schnappt sich die Tasche und marschiert in Richtung Bad.

„Jaha, ich komme!", krächzt er.

Aha, sprechen geht also doch noch. Wenn auch stark eingeschränkt.

„Danke, ich brauch nur mein Parfum."

Winfried reicht ihr die gewünschte Tasche.

„Du, ich muss auch langsam los. Hab heut viel zu tun mit der neuen Testserie."

„Ah, wo du neulich die abendliche Besprechung hattest?"

„Äh, ja genau. Genau das. Also ich meld mich dann nachher bei dir, ciao."

„Geht's dir nicht gut? Du siehst so blass aus plötzlich." Heidi wirkt besorgt.

„Nö, alles o. k. Ich bin vielleicht nur etwas … entkräftet."

Irgendwie versucht Winfried zu lächeln, ist sich aber nicht sicher, ob das nach außen hin auch so wirkt.

„O. k., also dann, mach's gut."

„Ciao."

Draußen am Auto wirft Winfried seine Sporttasche in den Kofferraum, steigt ein, fährt um zwei Hausecken und parkt wieder am Straßenrand. Er schaut stur geradeaus. Auf seiner Stirn bilden sich kleine Schweißtröpfchen. Er atmet schwer. Und will eigentlich erst mal nachdenken. Eigentlich. Aber da hat er die Rechnung natürlich ohne Claudette, sein fahrbares Franzosengewissen, gemacht.

„Winnie, was is mit dirr? Wieso fahre wirr nisch su dein Arbeit?"

„Ich bin tot!"

„Ah, Blöddsinn! Dann könntes du nisch mehr rede."

„Ich bin tot!"

„Winnie?"

„Mausetot!"

„Winnie?"

„Die kennen sich!"

„Wer kenn sisch?"

„Heidi. Und Doris!"

„Die Frölein Eidi und die Frölein Doris?"

„Genau die!"

„Uh, wie weiß du das?"

„Ich hab einen Brief gesehen. Von Heidi an Doris. *Liebe Doris* schreibt sie. Und Doris schreibt mit *Hallo Du Süße* zurück. Ich bin erledigt!"

„Oh lala, das riesch nach Ärger! Winnie, isch ab immer ..."

„Jaja, ich weiß, was du immer gesagt hast. Das hilft mir jetzt aber auch nichts!"

„Was wills du mach?"

„Ich weiß nicht. Ich weiß ja auch nicht, ob die ... warte mal, das glaub ich nämlich nicht. Also mal angenommen, die kennen sich nicht nur, sondern die wissen auch, was da abläuft. Dann hätt's doch schon längst gekracht. Wenn zwei Frauen wissen, dass sie den gleichen Kerl haben, dann scheppert's doch. Da fliegen doch die Fetzen, oder?"

„Normal oui!"

„Also kennen die sich zwar, aber wissen nichts von mir. Also jedenfalls nicht, dass die jeweils andere auch, also quasi, na du weißt schon."

„Aha!"

„Aber wie gut kennen die sich denn dann? Man weiß doch über den Freund des anderen Bescheid, oder? Man fragt doch. Und man redet da doch drüber. Oder man unternimmt ja auch mal etwas zusammen, wenn man sich so gut kennt, dass man sich *Süße* nennt."

„Normal oui."

„Da stimmt doch was nicht. Da ist doch was faul!"

„Wie meins du?"

„Ich weiß nicht. Ich muss nachdenken. Dringend! Ich mach heut krank. Wurschtegal! Ab nach Hause!"

„Was is das, Wurschtregal? Ein Krankeit?"

„Nein, nicht Wurst-Regal, wurstegal, total egal. In Bayern sagt man wurscht-egal."

„Isch dacht, die Bayer is immer so genau mit sein Wurscht. Ein weiß Wurscht darf man nisch mehr nach swölf Ürr essen!"

„Das stimmt. Und du musst zu jeder Wurst unbedingt deinen Senf dazu geben. Was geht jetzt schneller, über den Ring oder mitten durch die Stadt?"

„Um diese Ürseit: Is wurscht-egal!"

Der Schnellhefter mit Heidis Vorschlägen für Doris lag als dritter von oben auf dem Stapel, bevor Winfried ihn in die Finger bekam. Und da liegt er auch jetzt wieder, nachdem er dort seine ganz persönliche Panikbotschaft gelesen hat. Heidi hat also nicht den geringsten Ansatzpunkt, um etwas von Winfrieds Entdeckung zu erahnen. Daher alles wie gehabt. Sie stürzt sich schwungvoll in den Arbeitstag.

Winfried hingegen sitzt zu Hause und grübelt. Er hat kurz in der Personalabteilung angerufen und sich krank gemeldet. Magen-Darm. Übelkeit. Durchfall. Sein Chef weiß auch Bescheid und hat ihm sogar gute Besserung gewünscht. Das wünscht sich Winfried auch. Aber wie? Sein eigentliches Problem sitzt jetzt ja eher in seinem Hirn.

Also nochmal: Die beiden Damen kennen sich. Und sie kennen sich gut. Sie duzen sich und nennen sich *Süße*. Also zumindest wird Heidi von Doris *Süße* genannt. Aber wenn sie sich so gut kennen, wieso kennen sie dann nicht ihre jeweiligen Partner? Oder Liebhaber? Oder was auch immer? Das gehört doch bei guten Freundinnen dazu. Also er weiß immer genau, was bei seinen Freunden so partnertechnisch angesagt ist. Außer bei Axel natürlich. Das wäre aber auch zu aufwendig. Alle drei Wochen zwei neue Namen merken. Das lohnt sich nicht. Aber bei Freundinnen? Nachdenken, Winfried, nachdenken! Was könnte der Grund dafür sein, dass das bei Heidi und Doris nicht so ist? Wieso läuft er da einfach so parallel mit, ohne dass es Stress gibt? Die beiden kennen sich noch nicht so lange! Das wäre eine Erklärung. Aber wie lange muss man sich denn kennen, um über den jeweiligen Partner zu reden? Das kommt doch ziemlich bald am Anfang, oder? *Und, bist du in festen Händen?* Da wartet man ja nicht ein halbes Jahr damit. Also muss es einen anderen Grund geben. Aber welchen? Nachdenken, Winfried! Logisch nachdenken! Noch logischer nachdenken! Nichts. Winfried steckt fest. Gedankliche Sackgasse. Da muss schnelstmöglich ein anerkannter Frauenfachmann her. Axel! Wird sowieso Zeit, sich mal wieder gegenseitig auf den neuesten Stand zu bringen. Ein kurzes Telefonat und Axel sagt spontan zu, nach der Arbeit bei Winfried vorbeizukommen. So ist das halt: Ein Freund, ein guter Freund …

„Winfried, alte Kiste! Was ist denn bei dir los? Wo brennt's?"

Winfried berichtet von seiner haarsträubenden Entdeckung. Heidi und Doris kennen sich also. Und trotzdem haben sie noch nicht gemerkt, dass sie beide mit dem gleichen Kerl ins Bett gehen. Und ins Kino. Und ins Theater. Und, und, und.

„Also Winfried, jetzt noch mal langsam. Du hast bei der Werbetante einen Aktenordner mit einem Angebot an die Anwältin gefunden. Die beiden kennen sich und sind per Du. Du schätzt, dass sie sich noch nicht so lange kennen, aber weißt das nicht mit absoluter Sicherheit. Das Angebot, also der Beweis, ist zwei Wochen alt. Und du bist mit beiden in der Kiste. Seit wann läuft das?"

„Puh, das geht jetzt so seit ungefähr drei Monaten."

„Und immer so hin und her? Mal die eine, mal die andere?"

„Ja, genau."

„Und keine dummen Fragen, kein Stress, kein Ärger?"

„Nein!"

„Alles easy?"

„Naja, in letzter Zeit musste ich ganz schön jonglieren, um die Termine hinzukriegen. Neulich musste ich sogar einen Konzertbesuch mit Heidi absagen, weil Doris da auch hinwollte. Das war mir dann natürlich zu heiß."

„Was war das für ein Konzert?"

„*Cut the rope* in der Muffat-Halle."

„Hä?"

„Ja, so eine neue Band aus Passau. Die sind noch nicht so bekannt."

„Und du hattest zuerst Heidi eingeladen und dann hat sich Doris gemeldet und wollte zum gleichen Konzert?"

„Ja!"

Axel grinst. Axel fängt an zu lachen. Axel prustet. Axel hält sich den Bauch und ist nicht mehr ansprechbar. Winfried versteht nichts. Gar nichts. Erst als Axel nach zwei durchgelachten Minuten wieder langsam zu Luft kommt, dämmert's.

„Winfried, du bist echt der Kracher! Merkst du nicht, was da läuft?"

„Wie, was da läuft?"

„Na, was die Mädels da mit dir veranstalten!"

„Red Klartext!"

„Du bist deren Callboy! Ihr Sex-Spielzeug! Der kleine Lustknabe!"

„Quatsch!"

„Nix Quatsch. Überleg doch mal. Die kennen sich also. Und irgendwann haben sie rausgefunden, dass sie den gleichen Stecher haben. Rumms! Aber das hat die nicht wirklich gestört. Musst ja ganz gut gewesen sein. Und dann haben sie dich halt geteilt. Ganz einfach! Und jetzt spielen sie ein bisschen Katz und Maus mit dir. Und ärgern dich manchmal! Überleg mal: Wie wahrscheinlich ist es denn, dass diese Doris auf genau dasselbe Konzert einer völlig unbekannten Provinzband möchte, wozu du bereits mit Heidi verabredet bist, hä?"

„Naja."

„Na also. Null Prozent. Die sind wahrscheinlich ganz gemütlich irgendwo zusammen gesessen, haben einen gehoben und sich gedacht, na, mal gucken, wie er aus dieser Klemme wieder herauskommt. Die foppen dich! Ganz einfach!"

„Meinst du?"

„Sicher!"

„Im Ernst?"

„Logo. Die haben's doch gut bei dir. Ein netter Kerl, intelligent, sportlich, manchmal sogar witzig, kulturell interessiert. Und keine doofen Verpflichtungen. Geht brav mit den Damen aus und meckert nicht, wenn sie keine Zeit haben. Stellt keine Ansprüche. Und keine doofen Fragen. Bislang habt ihr noch nie etwas mit Dritten unternommen, oder?"

„Nö."

„Genau, weil man das am Anfang einer Beziehung auch nicht unbedingt braucht. Da reicht ja noch der jeweils andere. Zumal bei diesen vielbeschäftigten Business-Ladies. Die machen sich ein paar schöne Wochen mit dir, lassen sich verwöhnen, und dann ist Feierabend. Hat dich schon mal eine gefragt, ob du mit ihr in den Urlaub fährst? Oder was du an Weihnachten machst? Oder wie ihr Silvester verbringen wollt?"

„Nö."

„Genau, nö, und zwar weil du da vielleicht gar nicht mehr eingeplant bist. Weil das zu eng wird. Wahrscheinlich fliegen die beiden über Silvester auf die Seychellen oder nach Bora-Bora, und dabei können sie dich gar nicht gebrauchen."

„Öh …"

„Da guckst du, gell?"

„Echt?"

„Ja logo!"

„Ich bin platt! Das, das äh, hätt ich mir ja nie gedacht!"

„Mädels sind genauso große Schweine wie Männer. Glaub bloß nicht, dass nur das starke Geschlecht solche Spielchen macht. Schau dir einfach deine Ex an. Das war ja auch nicht ganz die allerfeinste Art, oder?"

„Nicht wirklich. Und was mach ich jetzt?"

„Was du willst."

„Wie, was ich will?"

„Wie ich's sage: Was du willst! Willst du das so weiterlaufen lassen, dann lass es so weiterlaufen. Wenn du's beenden willst, dann beende es. Und wenn du clever bist, dann drehst du den Spieß einfach um und spielst mit den beiden. *Gerissma!* Aber eins muss ich dir schon sagen: Du hast dich an keine einzige meiner goldenen Regeln gehalten. Keine Heimspiele, immer auf die Dislozierung achten und Handy aus! Da bist du schon selbst dran schuld."

„Handy war immer aus!"

„Na super!"

„Und was genau meinst du mit *spielen*?"

„Winfried, bis jetzt läuft doch alles ganz gut. Keine von den beiden hat dir bislang Ärger gemacht, du hast deinen Spaß, die haben ihren Spaß, und alles ist easy. Dass du jetzt einen erhöhten Koordinierungsaufwand hast, ist deine eigene Schuld. Aber *so what!* Und wenn dir das Ding mal irgendwann um die Ohren fliegt, auch gut! Es gibt noch genügend andere Ladies."

„Ja, aber Heidi und Doris sind halt ..."

„Was?"

„... etwas Besonderes!"

„Puh, Winfried, du bist ja richtig verliebt!"

„Na ja ..."

„In beide."

„Schon."

„So richtig mit Gefühl und dem ganzen romantischen Zeugs."

„Sag das nicht so!"

„Tja, das ist jetzt so'n Ding."

„Wie?"

„Wenn's für die Kiste ist oder um Spaß zu haben, dann ist das ja alles ganz einfach. Aber wenn du da emotional involviert bist, wird's halt ein klein wenig komplizierter. Und für Gefühle und Liebe bin ich auch nicht wirklich der richtige Ansprechpartner. Aber eins kann ich dir sagen: Das wird so nicht wirklich hinhauen. Irgendwann gibt's fetten Ärger, wenn Liebe mit im Spiel ist."

„Du redest schon wie Claudette."

„Claudette? Deine Navi? Hast du die immer noch am Hals?"

„Jaja, ich hab mich dran gewöhnt."

„Winfried, Winfried. Was soll ich nur mit dir machen? Jetzt schau dir das mal genauer an und versuch herauszufinden, ob die beiden wirklich so ticken, wie ich vermute. Vielleicht gibt's ja auch noch eine andere Variante, an die wir gerade nicht denken. Und dann sehen wir weiter. Gibt's noch'n Bier?"

Winfried tut sich immer noch schwer bei dem Gedanken, dass seine beiden Damen voneinander wissen, aber dass es ihnen wahrscheinlich gar nichts ausmacht. Dass sie ihn einfach ausnutzen, ihn *be*nutzen. Heute ich, morgen du. Das hätte er nie gedacht. Er dachte, er wäre der coole Hund in dieser Dreierbeziehung. Offensichtlich ist er das nicht. Seine Mädels sind viel cooler. Eiskalt. Und auf der anderen Seite dann doch wieder heiß. Mal sehn, wer sich da am Ende die Finger verbrennt.

Zunächst aber muss die Axel'sche These eindeutig bewiesen werden. Nur wie um Gottes Willen soll Winfried das herausfinden? Wie kommt er den beiden unauffällig auf die Schliche? Ein wirklich schwieriges Unterfangen. Schwierig, aber nicht unmöglich.

Gleich am nächsten Morgen greift Winfried zum Telefon, um sich etwas mehr Klarheit zu verschaffen.

„Hallo, Doris, sag mal, du warst doch neulich auf diesem Konzert in der Muffat-Halle, *Cut the Rope*, diese Nachwuchsband. Als ich diese blöde Besprechung mit meinem Chef hatte, du erinnerst dich?"

„Äh, ja."

Äh, nein! Ich war mit Heidi beim Griechen und wir haben uns noch ganz schön die Kante mit Retsina und Ouzo gegeben und uns dabei blendend amüsiert. Und wir haben uns natürlich über dich unterhalten und uns krumm und buckelig gelacht.

„Hast du denn deine Eintrittskarte noch? Mein Neffe ist nämlich ein großer Fan und sammelt alles Mögliche von denen. Das wär echt super!"

„Sorry, da muss ich dich leider enttäuschen. Die hab ich nicht mehr. Ich heb so was nicht auf."

„Schade, na gut. Wie war's denn da eigentlich?"

„Öh gut, ganz gut, ja."

„Wie gesagt, mein Neffe steht ja voll auf die. Vor allem natürlich auf die Sängerin."

„Ja, hat mir auch gefallen. Echt gute Stimme. Cooler Sound. Und ne richtig gute Show. Ein echt schöner Abend. Leider ohne Dich!"

Doris hat sich nach anfänglicher, kurzer Unsicherheit schnell wieder gefangen, aber …

Ha! Von wegen Sängerin! Cut the Rope, *fünf Jungs aus Passau! Lauter Pimmelträger! Stehpinkler! Echte Männer aus Niederbayern!*

„Ja, schade, dass ich nicht mitkonnte."

„Ja. Sag mal, sehn wir uns morgen Abend? Ich bin nämlich im Lande."

Ich auch. Aber ich weiß jetzt, wie der Hase läuft.

„Klappt leider nicht, ich muss morgen nach Stuttgart zu einem Zulieferer in dessen Speziallabor. Komm erst übermorgen wieder nach Hause."

„Oh, schade. Dann telefonieren wir, ja?"

„Klar, ich meld mich, ciao!"

„Ciao!"

Aha. Da war also gar nichts mit Konzert. Doris kennt *Cut the Rope* offensichtlich nicht mal. Wo konnte sie die Information über diese Band und den Auftritt in der Muffat-Halle herhaben, wenn nicht von Heidi. Mal eben wahllos in der Zeitung gucken, wer wo spielt, egal, ob sie den kennt oder nicht? Einfach mal ein paar Karten kaufen, geschwind den Lover anrufen und fragen, ob er mitgeht? Wenn er keine Zeit hat, einfach vorgeben, dass man dann eben mit einer alten Freundin hingeht? Und dann ganz offensichtlich doch nicht hingehen, aber so tun, als wäre man dort gewesen? Und das alles eine Stunde nachdem er Heidi eingeladen hatte? Das stinkt. Das stinkt gewaltig. Axel hat recht. Die beiden kennen sich nicht nur, die beiden wissen Bescheid. Und machen sich ganz offensichtlich nichts draus. Nehmen ihn als angenehmen Callboy in Anspruch, wann immer es ihnen passt. Und scheinbar sind sie grade dabei, ihn ein wenig zu ärgern. Aber da haben sie die Rechnung ohne ihn gemacht. Die werden Augen machen! Und wie! Jetzt kommt *The Revenge of the Revenge! Brought to you by Winfried the Fisherman! Wait and see!*

13

So, Doris und Heidi wissen also, dass Winfried mit ihnen zweigleisig gefahren ist. Das stört sie aber offensichtlich nicht wirklich. Sie fahren einfach weiter mit. Winfried weiß mittlerweile ebenfalls, dass die beiden Damen Bescheid wissen. Stört ihn auch erst mal nicht besonders. Was die beiden Schönen allerdings noch nicht wissen, ist, dass Winfried ihnen mittlerweile auf die Schliche gekommen ist. Das ist ein Vorteil. Zwar nur ein kleiner, aber immerhin. Besser als nichts. Winfried beschließt zunächst, alles so laufen zu lassen wie bisher.

Aber so ganz langsam plant er im Hinterkopf seinen großen Showdown. Irgendwann nämlich wird er die Bombe platzen lassen. Es kann ja nicht ewig so weitergehen. So mit zwei Frauen. Parallel. Er weiß noch nicht genau, wo und vor allem wie er das anstellen wird, aber sein Tag wird kommen. So sicher wie das Amen in der Kirche.

Winfried kehrt gerade von einer kleinen Einkaufstour zurück, da gerät er beim harmlosen Versuch, das Haus zu betreten, in einen bösartigen Gesprächshinterhalt. Frau Dillinger hat ihn schon erwartet. Die akribische Beobachterin alles Beobachtbaren, hat ihren Aktionsradius nicht nur auf den lächerlich kleinen Innenhof beschränkt, sondern nimmt bei ihren Ausflügen auch gerne das komplette Viertel unter die Lupe. Und dabei hat sie eine mehr als interessante Entdeckung gemacht. Und weil das Entdecken alleine ja keinen wirklichen

Spaß macht, zündet sie jetzt mit diebischer Freude die zweite Stufe ihres Blockwart-Daseins, nämlich das Weitererzählen, das Ratschen, das Petzen.

„Herr Fischer, äh, i muas Sie amoi wos frong."

„Ja bitte, Frau Dillinger, was gibt's denn Schönes?" Winfried atmet leicht genervt aus, lächelt dazu aber höflich.

„Do wor doch neilich des blonde Frolein bei Eana, mit dem arabischn Zeigl."

„Ja."

„Unn dann wor des anderne Frolein do, des Frolein Doris."

Aha, hatte sie also Doris ihren Namen abgepresst.

„Ja."

„Unn des geht mi ja eigentlich nix oh, ..."

Nein, das tut es wahrlich nicht!

„... Awa de zwoa, oiso beide, de homm jo quasi bei eana..."

„Ja?"

Jetzt bitte keine Moralpredigt!

„Oiso, wissen's, i wor jo a moi jung, awa wenn a Onderne wos mid meim Freind g'hobt hätt, do hätt i ..., oiso des war gwiß ned guad ausgonga!"

Was kommt jetzt?

„Und?"

„Sie, dieses Frolein Doris unn des anderne Frolein, des blonde – de kennan se!"

„Ach!"

„Jo! I wor neili beim Metzger, vorn am Eck. Do kaf i immer die Weißwürscht und an Aufschnitt. Oder an

255

Presssack. Unn do kimmt a Auto unn hoid am Straßn-rand. Unn des blonde Froilein steigd aus. Unn des Froilein Doris is gfahrn! Unn zum Abschied homm'sa se a Bussl gehm!"

So, das wird jetzt mal wirklich interessant!

„Nein!"

„Ja doch, ganz sicher! Wenn i's Eana doch sog! Do vorn beim Metzger is's gwen."

„Und wann war das?"

„Vorgestern ummara hoiwe sechse!"

Heidi war vorgestern kurz vor sechs bei ihm. Mit frischem Hack von Frau Dillinger's Metzger. Es gab einen wunderbaren Auberginen-Hackfleisch-Auflauf. Sie hatten zusammen gekocht und gegessen. Und sie blieb über Nacht. Und: Doris hatte sie auch noch hergebracht! Das ist echt der Hammer! Das ist jetzt aber wirklich dreist!

„Jo wos song'S denn jetzad?"

„Da bin ich sprachlos, Frau Dillinger!"

Winfried schmunzelt innerlich. Warum soll er nicht den Überraschten mimen? Frau Dillingers Beobachtung bestätigt natürlich nur noch, was er längst schon weiß. Die beiden spielen mit ihm. Sie wissen nur noch nicht, dass er das auch weiß. Und ab sofort ebenfalls mitspielt! Under-cover!

Winfried windet sich aus der hochnotpeinlichen Befragung Frau Dillingers, simuliert echte Betroffenheit und rettet sich innerlich kichernd ins Treppenhaus. Oben in der Wohnung angekommen, lümmelt er sich erst mal auf die Couch, legt die Füße hoch und überdenkt seine Situation. Mit zwei Frauen ist es an sich ja schon ganz nett. Und abwechslungsreich. Eigentlich ideal. Aber mittlerweile auch echt *strange*. Den beiden macht das offensichtlich gar nichts aus, sich ihn zu teilen. Ihm macht das auch nichts aus. Dann könnte man das ja sozusagen auch offiziell machen.

„Hallo Heidi, hallo Doris, ich habe euch beide heute hierher gebeten, weil wir, wie ihr ja wisst, seit einiger Zeit ein Dreiecksverhältnis haben. Euch macht das offensichtlich nichts aus, mir auch nicht, also können wir das ja auch mal ganz offen ansprechen! Oder was sagt ihr dazu?"

Wenn beide mitspielen, bleibt alles wie gehabt, außer dass dieser ganze Koordinierungsaufwand, das Ausreden-Erfinden und der Wem-hab-ich-was-erzählt-Stress wegfällt. Also wäre das gut für ihn. Wenn's nicht klappt, blöd. Aber vielleicht muss er sich dann auch damit abfinden und sich neu orientieren. Schade um Heidi. Schade um Doris. Oder vielleicht bleibt ja eine. Das wäre aber auch wiederum komisch. Irgendwie so mit einem gewissen bitteren Nachgeschmack.

Winfried philosophiert über die formalen Aspekte seiner derzeitigen Dreiecksbeziehung. Und über die gesellschaftliche Bewertung. Mittlerweile ist es ja zumindest in Deutschland ohne weiteres möglich, mit einem gleichgeschlechtlichen Partner eine Lebensgemeinschaft einzugehen. Oder sogar zu heiraten. Alles legal. Das war nicht immer so. Im Mittelalter wurden homosexuelle Beziehungen teilweise sogar mit dem Tode bestraft, im ersten und zweiten Deutschen Reich immerhin noch mit Haftstrafe verfolgt. Von den Nazis mag man gar nicht reden. Heutzutage ist alles anders. Gott sei Dank! Wenn ein Mann einen Mann liebt – wunderbar! Aber Bigamie ist nach § 1306 BGB immer noch verboten und nach § 172 StGB in Deutschland strafbar. Auch heute. Oder muss es eher heißen *auch heute noch*? Wenn ein Mann zwei Frauen liebt, darf er das natürlich. Es gibt auch kein Gesetz, das ihm verbietet, zum Beispiel mit zwei Frauen zusammenzuleben. Er könnte sogar Kinder mit zwei Frauen haben. Alles easy. Aber sobald er versucht, das alles zu legalisieren, sagt der Gesetzgeber „Nein, das ist nicht erlaubt!" Und was der Volksmund schon lange vorher sagt, ist auch klar. All die reißen dann das Maul auf, die zu Hause ihre Frau grün und blau schlagen, im Keller heimlich ihre Pornohefte lagern, auf Dienstreisen bei der Polennutte vorbeischauen und im Internet nach Verbotenem stöbern. Aber eben alles unter dem Deckmäntelchen der gutbürgerlichen Verschwiegenheit. Das gilt natürlich auch für eine Frau, die mit zwei Männern zusammenlebt. Oder mit dreien.

Was ist also normal? Was ist Moral? Was ist Skandal? Winfried kommt zu keiner befriedigenden Lösung. Er hat ja auch leider kein Orakel, das er dazu befragen kann.

Oder?

Jaja, das klingt jetzt zwar noch bescheuerter, als Axel danach zu fragen, aber warum soll er denn nicht mit Claudette darüber reden? Verzwickter kann es ja ohnehin nicht für ihn werden. Gleich morgen auf dem Weg zur Arbeit.

„Bon jour Winnie, wie ges dirr eute?"

„Gut. Claudette, ich habe eine Frage!"

„Oh, wo fahre wirr in?"

„Nein, Claudette, keine Wo-geht's-nach-Dingsda-Frage. Eine, hmm, Lebensfrage."

„Ah! Gutt! Dann frag misch!"

„Du kennst ja Heidi und Doris."

„Oui, kenn isch."

„Und du weißt ja, dass ich mit beiden ..."

„Oui."

„So, jetzt kommt's: Die beiden kennen sich!"

„Das weiß Du von die Brief."

„Ja, sie kennen sich und nicht nur das: Sie wissen auch Bescheid. Heidi weiß von Doris, und Doris weiß von Heidi, und das ist den beiden egal. Das stört die gar nicht."

„Oh!"

„Genau: Oh! Das dachte ich mir auch. Und irgendwann fliegt mir das Ganze auch bestimmt um die Ohren. Around the ears!"

„Ab isch dirr doch gesag!"

„Ja. Und jetzt brauch ich deinen Rat!"

„Mein Rad? Winter- oder Sömmerreif?"

„Nein! Rat, nicht Rad!"

„Oh, Winnie, isch ab disch reingeleg! Isch weiß doch. Du möschtes ein schlau Tipp, ein Ratschlag."

„Claudette, jetzt mach hier nicht einen auf Funbird. Es ist ernst! Ich möchte wissen, wie ich das am besten anfange."

„Anfang oder beend?"

„Claudette! C'est pas drôle! Soll ich die beiden zum gemeinsamen Kaffeekränzchen einladen? Ihnen einen Brief schreiben? Ich will nicht warten, bis die Blase platzt. Ich will ihnen sagen, dass ich sie beide mag, dass ich weiß, dass ich Mist gebaut habe und – dass ich eine Lösung brauche. Mit beiden. Mit einer von beiden oder mit gar keiner. Aber eben eine Lösung."

„Da muss isch ers nachdenk."

„Aha."

„Isch sag dirr eute Abend, auf die Eimweg."

„O. k.!"

Winfrieds Tag verläuft eher zäh. Er bastelt an seinen Versuchsreihen, überprüft Testergebnisse und befüllt Excel-Tabellen. Im Hinterkopf aber rattern seine Gedanken weiter.

Auch Doris und Heidi sind am Grübeln. Gemeinsam. Bei einem Cappuccino in einem Café am Wiener Platz.

„Sag mal, Doris, wie geht's dir denn jetzt so mit unserem neuen Arrangement?"

„Du meinst mit Winfried?"

„Ja, logo!"

„Gut! Alles prima. Ich finde, wir kommen ganz gut mit der Aufteilung hin. Oder? Was sagst du denn?"

„Super! Passt. Ich überleg mir nur manchmal, wie lange das so laufen wird."

„Von mir aus gerne noch eine ganze Weile. Du weißt ja, ich bin Ende Dreißig, brauche keinen Ernährer und auch keinen, der mir auf die Nerven geht. Ich konzentriere mich auf meinen Job und hab eigentlich gar keine Zeit für einen Dauerpartner."

„Das hat mich früher auch immer gestört. *Du bist nie da! Du hast nie Zeit! Immer ist irgendwas anderes!* Dass ich vielleicht auch einen anstrengenden Job habe, hat da keinen wirklich interessiert! Die Herren denken immer nur an sich. Winfried ist da sehr – wie soll ich sagen? – pflegeleicht."

„Eben. Also passt ja alles!"

„Und was denkst du, wie lange das noch gut geht?"

„Wenn wir uns da einig sind: So lange wir wollen!"

„Und wenn wir Winfried einfach auch einweihen?"

„Warum das denn?"

„Was machst du denn Weihnachten?"

„Da bin ich bei meinen Eltern. Und dann zu Hause. Alleine."

„Und was machst Du im Urlaub?"

„Urlaub? Was ist das?"

„Oder am langen Wochenende?"

„Worauf möchtest du hinaus?"

„Also bislang läuft ja alles ganz prima. Aber ich würde auch gerne mal in Urlaub fahren. Mit Begleiter. Zum Skifahren. Oder nach Afrika. Und ich will nicht Weihnachten wieder bei Onkel Maxi mit seinen fröhlichen schwulen Freunden verbringen. Und Silvester irgendwo auf einer blöden Party, wo sich um Mitternacht alle Pärchen in den Armen liegen und ich den Hund beruhigen darf."

„O. k., verstehe …"

„Und teilen können wir ihn uns zu Silvester ja auch nicht so einfach. Bis Mitternacht ich und nach Mitternacht du. Du weißt, was ich meine."

„Mhm. Soweit hab ich noch gar nicht gedacht. Und wie stellst du dir das dann vor? Silvester zu dritt?"

„Nein, nicht unbedingt. Aber halt irgendwie geregelt. Silvester du und Weihnachten ich. Oder umgekehrt, wie auch immer ..."

„Und Skiurlaub du, Sommerurlaub ich."

„Ja, warum nicht?"

„O. k., und alles quasi offengelegt?"

„Ja. Ist doch dann sowieso egal."

„Und was, denkst du, wird Winfried dazu sagen?"

„Was soll er schon sagen? Er hat ja schließlich damit angefangen. Eine Beziehung mit zwei Frauen. Und jetzt denkt er wahrscheinlich immer noch, dass wir keine Ahnung voneinander haben und dass er der große Zampano ist. Das ist mit ein Grund, warum ich darüber nachdenke. *Guck mal, kleiner Prinz, nicht du hast gar mit uns gespielt, sondern wir mit dir! Na, was sagst du dazu? Na, wie klingt das?"*

„Hat schon einen gewissen Charme. Und was glaubst du, wie er dann reagiert?"

„Das sehen wir dann ja. Also, einverstanden?"

„O. k., einverstanden!"

Als Winfried am Abend den Heimweg antritt, meldet sich eine fast schon mütterliche Claudette.

„Also, Winnie, isch ab nachgedach. Isch glaub, es is die beste, du sags die beide Frölein, dass du ein Fehlär gemach as, ünn dass du deswägen traurisch bis. Ünn dass du aber beide lieb as ünn deswegen gerne mit ihn beide ein modern Partnerschaff möschtes."

„Das ist nicht dein Ernst, oder? Die werden mich umbringen!"

„Wieso? Du as gesag, die Frölein wisse Bescheid!"

„Ja, aber ..."

„Was abär?"

„Also wenn schon, dann muss das aber cooler laufen. Mit Pauken und Trompeten!"

„Du möschtes ein Lied komponier?"

„Nein, aber ich möchte da wenigstens eine ordentliche Vorstellung abliefern. Nicht den Bittsteller geben und hoffen, dass ich nicht geschlachtet werde."

„Kann isch dirr dabei elfe?"

„Weiß ich noch nicht so genau. Kann aber schon sein. Ich überleg mir noch was."

„Da bin isch geschpann wie ein Flitzischbög."

„Genau. Flitzischbög, oder so ähnlich ..."

Angriff ist ja bekanntlich die beste Verteidigung. Obwohl er sich eigentlich gar nicht verteidigen muss. Aber einfach so den Callboy spielen, das will Winfried jetzt auch nicht mehr. Hat zwar alles seinen Charme, inklusive Spaß- und Erotikfaktor, aber dieses ganze Drumherum mit Terminplanung und Stress passt ihm nicht mehr so wirklich in den Kram. Die Frage ist nur: Wie soll er das anstellen? Die Option, beide zu einem gemeinsamen Termin zu bestellten, scheidet nach Winfrieds Meinung aus, weil hierbei die große Gefahr besteht, dass sich die beiden Damen vorab gegenseitig informieren, den Braten riechen und dann eben absa-

gen, nicht erscheinen oder sonst etwas Unvorherseh-
bares unternehmen. Also mal eben im Gasthaus *Zum
fröhlichen Tribunal* am Stammtisch sitzen und die beiden zur Gegenüberstellung erwarten wird so nicht
stattfinden. Und das gilt für jeden beliebigen Ort, an
den er sie hin zitieren könnte. Immer droht die Möglichkeit der gegenseitigen Absprache. Also hilft nur die
Nacheinander-Methode. Allerdings auch nicht heute
Heidi und morgen Doris. Oder umgekehrt. Denn daraus
ließe sich eine gewisse Rangreihenfolge erahnen, eine
Priorisierung in der Informationsabfolge. *Ich hab's dir
zuerst erzählt, weil du mir wichtiger bist ...* Nein, das
will er nicht. Nacheinander heißt in dem Fall, Kandidatin A abholen und zu Kandidatin B bringen. Dann sind
beide gleichermaßen überrascht und können sich nicht
mehr absprechen, keinen Plan aushecken und nicht
mehr so schnell auf seinen Vorstoß reagieren. Wichtig
ist auch, dass keine einen etwaigen Heimvorteil hat.
Also Heidi abzuholen und zu Doris nach Trudering zu
fahren, scheidet genauso aus, wie Doris zu Onkel Maxis
Hütte im Herzogpark zu schleppen. Und in den jeweiligen Büros der beiden Business-Ladies gilt dasselbe. Es
ist ja auch davon auszugehen, dass sie voneinander
wissen, wo die jeweils andere wohnt und arbeitet.
Außerdem ist das eher unpassend, die private Beziehung in geschäftlichen Räumen zu klären. Alles wirklich
höchst kompliziert.

Heidi und Doris plagen solche Sorgen nicht. Sie können Winfried ganz wunderbar zu einem Date mit der
einen bestellen, und die andere taucht dann eben un-

vermittelt auf. Winfried hat dabei keine Chance, weil er ja die Kommunikation der beiden nicht kontrollieren kann, ahnungslos zu einem Dinner mit Doris geht und mit der Kinnlade auf dem Tisch aufschlägt, wenn da bereits zwei Schönheiten sitzen oder die zweite einfach nach Winfrieds Eintreffen unerwartet hinzukommt.

Sie dürfen also nicht wissen, wo's hingeht, sagt sich Winfried. Beide müssen bis zuletzt im Ungewissen sein. Einfach blind ihrem Schicksal entgegenlaufen. Ohne die kleinste Möglichkeit, auch nur irgendetwas zu erkennen, zu erahnen.

Moment mal: Blind! Das ist es! Blind! Mit verbundenen Augen! So kann er sie an einen passenden Ort bringen und dort beide gleichzeitig, beide gemeinsam, beide zusammen mit seiner Kenntnis ihres Dreier-Geheimnisses konfrontieren. Das ist doch schon mal ein ganz guter Ansatz. Aber dann auch wieder blöd. Er kann ja schlecht Heidi abholen, irgendwo auf der Parkbank absetzen und mit der Augenbinde brav warten lassen, bis er schließlich auch Doris hergekarrt hat. Und auch hier wieder dasselbe Problem. Wenn er beide parallel zu einem Überraschungs-Dingsda mit Augenbinde abholen will, riechen sie womöglich Lunte. Mist!

Ja, das wär's! Ein schönes Dinner im Rascale, ganz hinten an dem langen Tisch, der quer vor der Wand steht. Eine höchstaufgebrezelte Schönheit, sagen wir mal Doris, sitzt bereits am Tisch. Links und rechts von ihr sind noch jeweils fünf Plätze frei. Für Winfried gedeckt ist jedoch nicht neben ihr, sondern ihr direkt gegenüber. Zwei Silberleuchter mit blutroten Kerzen rahmen Doris in ihrer ebenfalls blutroten Robe ein. Die Servietten sind natürlich auch blutrot. Matt schimmert das edle Bone China neben dem schweren Silberbesteck. Blutrote Rosen zieren die weiter außen gelegenen Partien des Tisches. Winfried kommt, beugt sich bei der Begrüßung weit über den Tisch, küsst Doris auf die blutroten Lippen, lächelt und setzt sich ihr gegenüber an den Tisch. Er begutachtet die Szenerie. Er lächelt Doris an. Er betrachtet die Kerzenleuchter, die Rosen, das Silberbesteck. Und dann fällt sein Blick in den riesigen Kristallspiegel mit dem breiten, silbernen Rahmen, der leicht angeschrägt hinter Doris hängt. Darin sieht er sich. Und er sieht Doris von hinten. Und er sieht eine Person hinter ihm selbst, weiter hinten im Lokal. Sie kommt näher. Sie ist blond. Und sie trägt ein schneeweißes Spitzenkleid. Und einen schneeweißen Elfenkranz mit Perlen und Silberglitzersteinchen im Haar. Und so eine Art überdimensionale Machete. Aus feinstem gehämmertem Silber. Die Schneide blitzt und funkelt im Kerzenlicht. Die Person mit der Machete lächelt. Es ist Heidi. Winfried gefriert das Blut in den Andern. Sein Blick wandert zu Doris. Die lächelt ebenfalls. Winfried ist so weiß wie Heidis Kleid. Diese wiederum holt gerade mächtig mit der Machete aus und spaltet ihm mit einem gewaltigen Schlag den Schädel. Winfried spürt, wie die kalte Klinge ihm durchs Gehirn fährt, seinen Hals durchtrennt, ihren Weg durch seinen Oberkörper findet und im Genitalbereich ihr Werk vollendet. Zack! Komplett zweigeteilt sitzt er nun da. Doris

lächelt immer noch. Heidi auch. Sie hält die blutver-
schmierte Machete in der Hand.

„Sauberer Schnitt!", sagt Doris. „Gut gezielt!"

„Hab im Schlachthof mit Schweinen trainiert. Ist ein
guter Kunde von mir. Der Schlachthof, mein ich ..."

„Und welche Hälfte nimmst du jetzt? Rechts oder
links?"

„Egal, such's dir aus. Auf alle Fälle ess ich erst mal
was. Vielleicht Bratkartoffeln mit gebackener Blut-
wurst. Da hätt ich jetzt irgendwie tierisch Lust drauf."

Winfried muss sich furchtbar konzentrieren und gerade sitzen bleiben, damit er nicht auseinanderfällt. Er
möchte sprechen, aber das geht irgendwie nicht. Er
sitzt da wie gelähmt.

Heidi knallt die Machete auf das weiße Leinentisch-
tuch, dass das Blut in alle Richtungen nur so wegspritzt.
Sein Blut, wohlgemerkt. Sie rutscht hinten durch und
nun sitzen die beiden Damen ihm gegenüber. Und lächeln wieder.

„Tja, Winfried. Da guckst du, was? Geteilter Kerl ist
halber Kerl. Aber das wolltest du ja so, oder?"

Nein, das wollte er definitiv nicht so!

...und wacht heftig schwitzend aus seinem Alptraum
auf ...

Mal eben kurz weggenickt und schon spielt ihm sein
verflixtes Unterbewusstsein solche fiesen Streiche.
Kurz fühlen: Kopf, Hals, Rumpf, alles noch heil. Weiter
unten auch. Gott sei Dank! Na wenigstens kam Frau
Dillinger in seinem Traum nicht vor. Oder der näselnde
Doktor Brolinsky.

Aber einer Lösung ist er immer noch nicht wirklich näher gekommen. Da fehlt ihm definitiv noch die göttliche Eingebung.

Heidi und Doris sind dagegen schon weiter. Sie haben beschlossen, die Karten nun endgültig auf den Tisch zu legen. Gut, dass sie nichts von Winfrieds Alptraum wissen, sonst wäre es tatsächlich eine sehr interessante Option, diese Szenerie nachzuempfinden. Also ohne die böse Machete natürlich. Stattdessen grübeln sie über eine geeignete Location nach. Und natürlich über das passende Procedere. Schließlich wollen sie ja auch einen gewissen Effekt erzielen und nicht einfach so platt mit ihrem Entschluss daherkommen. Ein wenig zittern soll Winfried dabei schon. Was die beiden natürlich nicht wissen, ist, dass Winfried erstens über sie Bescheid weiß und zweitens selbst bereits seine Geheimpläne schmiedet.

„Also wir brauchen schon irgendwie eine lässige Location mit Stil, mit Klasse! Etwas richtig Cooles!"

„Ja, aber was? Willst du die Allianz-Arena mieten?"

„Nein, wir bestellen ihn einfach irgendwo hin, wo es richtig theatralisch ist. Er muss dort irgendwie warten und dann kommt unser grandioser Auftritt! Traraaa! Und weißt du was? Wir nehmen alles auf. Mit einer Kamera. Für die Ewigkeit. Oder für You-Tube! Haha!"

Beide grinsen sich verschmitzt an.

„Ja gut, dann lass uns doch erst mal überlegen, wo denn das ganze stattfinden soll."

„Ich hab da eine Idee. Mein Onkel Maxi hat doch erstklassige Beziehungen zur Stadtverwaltung. Er hat mal eine echt lässige Privatparty mit seinen heißen Freunden abgezogen. Und weißt du, wo?"

„Nö, im Maximilianeum? Schloss Nymphenburg? Auf'm Olympiaturm?"

„Nein, quatsch. Im Müller'schen Volksbad!"

„Im Volksbad? Da gegenüber vom Deutschen Museum?"

„Genau da! Ein supergeiler Ort. Alles mit Jugendstil und so. Onkel Maxi hat da mal eine Stange Geld springen lassen und das ganze Ding offiziell gemietet. Nachts, nachdem der normale Betrieb beendet war. Und dem Hausmeister hat er ein paar Scheine extra in die Hand gedrückt. Und ihn anschließend noch als Poolwart bei uns zu Hause engagiert. Der sperrt uns da ohne Weiteres auf."

Das Müller'sche Volksbad ist ein neubarocker Jugendstilbau direkt gegenüber vom Gasteig und unweit des Deutschen Museums. Die 1901 eröffnete Badeanstalt hat einen ganz besonderen Charme, der sich besonders in der großen Badehalle entfaltet.

„Und da soll Winfried dann erleuchtet werden? Oder getauft?"

„Ja, so ähnlich. Wir verbinden ihm die Augen, stellen ihn aufs Drei-Meter-Brett und dann muss er in das Becken der Wahrheit springen."

„Mit oder ohne Badehose?"

„Haha, mit Schwimmflügeln und Blümchenbadekappe!"

„Da kommt mir grad noch ne bessere Idee! Wir können ihn doch auch so richtig vor Gericht stellen. Ich komm mit etwas Überredungskunst in den alten Gerichtssaal im Justizpalast. Hab da auch meine gewissen Beziehungen. Da können wir abends nach Dienst rein. Und dann wird ihm ordentlich der Prozess gemacht."

„Au ja, das klingt auch gut! *Angeklagter, Sie werden beschuldigt, diese beiden liebreizenden Schönheiten auf liederlichste Weise hintergangen und betrogen zu haben! Bekennen Sie sich schuldig, Sie Schuft!* Haha, das gefällt mir!"

„Ja, hat was! Dann brauchen wir also nur noch einen passenden Termin. Ich klär mal ab, wann ich da rein kann und dann schauen wir, wie wir das am besten koordinieren können. Ich sag dir Bescheid."

„Super! O. k. Und das Urteil wird hart und grausam, hahaha!"

Herr Damokles, der heimlich mitgehört hat, lacht sich still ins Fäustchen. Sehr gut, sehr gut! Es kommt also doch noch zur Mega-Katastrophe. Zwischenzeitlich war er schon ganz verzweifelt, weil alles viel zu glatt lief. So gefällt ihm das schon besser. Viel besser …

Währenddessen grübelt Winfried ebenfalls über eine geeignete Methode nach, wie er seine Offenbarung an den Mann oder besser: an die Frauen bringen kann. Allerdings ist ihm dabei noch nicht das Ei des Kolumbus begegnet. Er ist ziemlich ratlos. Und er ahnt nicht im

Geringsten, dass die Sekundenzeiger der großen Schicksalsuhr bereits gegen ihn ticken, dass anderswo quasi schon eine ganz konkrete Gegenrevolution geplant wird.

Vielleicht muss er es ja doch so einrichten, dass eine der beiden „Fröleins" bereits am Ort des Geschehens ist, dort unauffällig „festgehalten" wird und die andere kurzfristig dazukommt. Axel oder Kasi könnte er dazu einspannen. Als Kurierdienst. Einen Versuch ist es wert. Also, wenn er zum Beispiel Heidi mal unerwartet direkt nach der Arbeit im Büro abholen würde und zu ihm nach Hause bringt, könnte er auf dem Weg von Nymphenburg ins Lehel eine kurze SMS an Axel schicken.

„Der Adler ist jetzt gelandet!"

Das heißt dann in der geheimen Kommandosprache: „Ich bin jetzt mit Heidi unterwegs zu mir. Versuch Doris im Büro abzugreifen, sag ihr, es wäre eine dolle Überraschung *(ist es ja auch!)* und schlepp sie hier an!"

Heidi hätte in der Zwischenzeit keine Möglichkeit, Doris eine Nachricht zukommen zu lassen, ohne dass er es merkt. So, dann wird Heidi brav in den Sessel gesetzt, bekommt die Augen verbunden und harrt der großen Überraschung. Bevor Doris die Wohnung betritt, bekommt sie ebenfalls eine Augenbinde, wird von Winfried in Empfang genommen, hereingeführt und auf dem Sofa gegenüber dem Sessel platziert. Alles sehr geräuschlos natürlich, mit Hinweis auf die Fragilität der Überraschung. Winfried kann sogar noch eine kleine Ansprache halten. Voraussetzung ist das Schweigen der beiden Damen, sonst wäre natürlich sofort die ganze Situation geplatzt. Aber auch dafür ließe sich ja mit entsprechenden Hinweisen sorgen.

„So, meine Liebe, ich habe für heute eine kleine Überraschung geplant, ein *menu surprise* sozusagen. Wir kennen uns jetzt ja schon fast vier Monate und haben viel zusammen erlebt und unternommen. Wir haben viel Spaß gehabt, und das soll auch noch lange so weitergehen. Jedenfalls, was mich angeht. Und darum hab ich heute beschlossen, dir etwas zu verraten. Ein Geheimnis! Allerdings ein Geheimnis, das du schon kennst. Das klingt zunächst paradox, denn was man schon weiß, ist ja kein Geheimnis mehr. Also lass dich überraschen … Ich möchte, dass du auf drei deine Augenbinde abnimmst. Bitte nur kurz nicken, wenn du soweit bist. O. k? Alles klar, dann auf drei. Eins, zwo, drei!"

Und schließlich lüften Doris und Heidi ihre Augenbinden und damit auch ihr Geheimnis, das ja eigentlich gar keins mehr ist. Was dann passiert? Abwarten …

So oder so ähnlich könnte das laufen und Winfried beginnt nun, die genauen Abläufe dieses Szenarios zu planen, Eventualitäten durchzuspielen und zahlreiche Details auszuformen. Nach drei Tagen ist er soweit. Der Plan steht, der Ablauf ist durchdacht, Worst-Case-Szenarien und Escape-lines sind entworfen. Nun wird es Zeit, Axel einzuweihen.

Auch bei Heidi und Doris nimmt der „Plan der Veröffentlichung" nun konkretere Formen an. Doris hat den Terminplan des Gerichts gecheckt, Kontakt zu Herrn Brecher, dem Verwahrer der Schlüssel, aufgenommen, der ihr den Zugang ermöglichen kann, ihm etwas von einer Überraschungsveranstaltung für einen Anwaltskollegen erzählt und einen passenden Tag gefunden. Dienstag. Dienstag nächste Woche. Heidi hat auch Zeit und Winfried hat nicht verlautbaren lassen, dass er da irgendwie nicht verfügbar wäre. Wunderbar! Alles passt!

Jetzt gilt es nur noch, ein ordentliches Drehbuch zu schreiben. Witzigerweise kommt auch den beiden Damen sehr bald der Gedanke, Winfried mittels einer Augenbinde zunächst im Ungewissen zu lassen, was mit ihm geschieht. Ist ja auch ziemlich naheliegend.

Also, der Angeklagte wird mit verbundenen Augen in den Gerichtssaal geführt und auf seinen Arme-Sünder-Platz gesetzt. Es erklingt die strenge Stimme der Vorsitzenden Richterin. Also in diesem Fall die Stimme von Doris.

„Herr Winfried Fischer! Sie werden beschuldigt, sich mit einer gewissen Doris Mehringer im Mai dieses Jahres erstmals getroffen zu haben, mit ihr einvernehmlichen Sex gehabt und im Anschluss weitere Treffen durchgeführt zu haben. Stimmt das so?"

Winfried vernimmt den Klag der ihm wohlbekannten Stimme, glaubt an eine besonders inszenierte Überraschung, vielleicht sogar einen verborgenen Fetisch. Was, wenn sie nachher hier im Gerichtssaal Sex mit ihm haben will und bei jedem Stoß den hölzernen Richterhammer auf das Pult niedersausen lassen möchte. Zuzutrauen wäre ihr das. Ist so etwas strafbar? Missachtung des Gerichts?

„Ja, Euer Ehren!", ist die unterwürfige Antwort.

„Weiterhin haben Sie mit Frau Mehringer diverse Konzerte besucht, waren mit ihr mehrfach beim Essen, im Museum, bei einer Radeltour und im Theater. Außerdem waren Sie sogar bei ihr zu Hause. Können Sie das bestätigen?"

„Ja, Euer Ehren, auch das!"

„Und im Übrigen ... oh ... Moment, ah, Herr Fischer. Ich sehe gerade ... ich habe da scheinbar die Gerichtsakten verwechselt. Schlamperei! Tut mir leid. Vergessen Sie alles, was ich gesagt habe. Ich verlese die Anklage neu: Sie werden beschuldigt, mit ..."

Spannung, Pause, dann eine dröhnende Stimme, doppelt so laut wie zuvor:

„... Heidi Terpisch im Biergarten, im Kino, im Theater, auf der Kampenwand und im Bett gewesen zu sein!"

Schon bei den Worten *Heidi Terpisch* hat Winfried das Gefühl, eine mächtige Dampfwalze überrolle ihn mit etwa 200 Stundenkilometer. Erst vor und dann wieder zurück. Instinktiv reißt er sich sofort die Augenbinde herunter und wünscht sich sofort, er hätte sie da gelassen, wo sie war. Vor, oder besser über ihm sitzt das berühmt-berüchtigte Richterduo Mehringer/Terpisch in vollem Ornat. Beide halten ihr Richterhämmerchen fallbereit erhoben in der rechten Hand. In der Linken wedeln sie mit kleinen Fähnchen, auf denen deutlich das Wort *Höchststrafe* zu lesen ist. Winfried keucht. Winfried würgt.

„Hundert Schläge auf die nackten Fußsohlen, zehn Tage Pranger am Marienplatz, anschließende Verbannung und Entsagung der Bürgerrechte! Gerichtsdiener! Abführen!"

Gut, soweit die Planung.

„Hui, hundert Schläge? Und dann Verbannung? Ist das nicht etwas hart?"

„Naja, vielleicht lassen wir ja etwas Milde walten. Aber so könnt's doch gehen, oder?"

„Ja, bin mal gespannt, ob und wie das hinhaut, so eine Nacht- und Nebelaktion. Echt aufregend!"

„Was glaubst du erst, wie aufregend das für unseren lieben Winfried sein wird? Der wird das so schnell nicht vergessen."

„Da kannst du sicher sein!"

Die beiden Robenträgerinnen verbringen noch zwei vergnügliche Stunden miteinander und malen sich dabei diverse Nebenszenarien für Winfried aus, der in der Verhandlung irgendwie immer den Kürzeren zieht, dann aber am Ende doch noch relativ gnädig aufgenommen wird.

14

Somit kommt es also zu einem Wettlauf mit der Zeit. Wer wird zuerst seinen Plan in die Wirklichkeit umsetzen? Bei Heidi und Doris ist die Terminierung schon sehr konkret. Nächster Dienstag. Winfried ist gerade dabei, Axel in seinen Plan einzuweihen.

„Bist du total bescheuert? Da hast du zwei Super-ladies am Start, denen scheinbar auch noch wurstegal ist, dass du mit beiden unterwegs bist, und du möch-test reinen Tisch machen? Hast du Moralpillen ge-schluckt oder warst du bei 'ner Gehirnwäsche?

„Weder noch."

„Dann hast du beidseitiges eitriges Hirnsausen!"

„Quatsch. Ich will das jetzt einfach klarstellen und basta! Du bist als Fahrer vorgesehen und nicht als mo-ralischer Beistand. Also hör zu: Hier mein Plan."

„Wenn du meinst …"

„Nächsten Dienstag ist ein guter Tag. Soweit ich weiß, hat Heidi einen ganz normalen Bürotag und Doris ebenfalls. Also, ich hol Heidi so gegen sechs ab und bringe sie zu mir. Wenn ich unterwegs bin, schick ich dir eine vorbereitete SMS mit einem geheimen Code-wort."

„Mit einem Codewort? Was für ein Codewort?"

„Egal, irgendein Codewort halt."

„Aber das müssen wir doch vorher vereinbaren!"

„Ja logo!"

„*Mutzliputzli*."

„Was?"

„Codewort: *Mutzliputzli!*"

„Was soll denn das bedeuten?"

„Na, dass du unterwegs bist."

„Ooohh, na gut, von mir aus: Mutzliputzlifutzli, was immer dir gefällt. Also, wenn du das Codewort bekommst, fährst du sofort los und fängst Doris in der Kanzlei ab. Du erzählst ihr, dass du ein Freund von mir bist ..."

„... bin ich ja auch ..."

„Ja. Und dass du sie in meinem Auftrag abholen und zu mir bringen sollst. Es gäbe eine Überraschung."

„Gibt's dann ja auch."

„Genau. Und sobald du Doris abgeholt hast und zu mir bringst, schickst du mir auch ein Codewort, dass es geklappt hat. Und wenn nicht, dann halt eins, dass es nicht geklappt hat. Verstanden?"

„Und welches?"

„Was weiß ich, *go*, wenn ihr kommt und *no*, wenn nicht."

„Und was sonst noch?"

„Sonst nichts. Den Rest regle ich alleine. Wenn du bis zum nächsten Tag nichts von mir gehört hast, ruf die Polizei. Dann haben mich die beiden wahrscheinlich abgeschlachtet."

„Holla, die Klofrau! Kann ich dann deine alte Plattensammlung haben?"

„Du bekommst Claudette!"

„Nein danke, reicht mir schon, wenn du verrückt bist ..."

So, damit sind also die Weichen für die endgültige Offenbarung der Dreierbeziehung gestellt. Während Heidi und Doris ihren Coup für den späteren Abend planen, auf alle Fälle schon während der Dunkelheit, hat Winfried achtzehn Uhr als Deadline ausgegeben. Er ist also etwas früher dran …

Beep-Beep.
Axel wirft einen kurzen Blick auf sein Mobiltelefon. Eine neue Nachricht von Winfried.
Mutzliputzli!
Aha, es geht also los! Kurz nach sechs. Axel ist instruiert. Die Kanzlei, in der Doris arbeitet, liegt in der Nähe der Villa Stuck. Axel hat sich bereits strategisch in der Nähe positioniert, um dann auch zeitnah tätig werden zu können. Das war so vereinbart. *Action!* Ist ja fast wie in einem Agententhriller. Das Abholen von Doris gestaltet sich einfacher als gedacht. Axel stellt sich als alter Freund von Winfried vor und gibt an, er solle Doris abholen.

„Aha, und wieso kommt Winfried nicht selbst?"

„Der muss noch was vorbereiten. Soll eine Überraschung werden."

Der kriegt heut schon noch seine Überraschung, denkt Doris.

„O. k. und mein Auto soll ich hierlassen?"

„Ja, ich fahre."

„Tja, von mir aus. Lassen wir uns also überraschen!"

Und damit steigt sie mit Axel in dessen Wagen und los geht's. Dieser drückt auf seinem bereits vorbereiteten Handy die Senden-Taste und kurz darauf kommt ein digitales *go!* bei Winfried an.

Der ist währenddessen bereits mit Heidi zu Hause angekommen. Claudette ist wie immer still und brav, wenn Mitfahrer dabei sind. Im Innenhof angekommen, werden beide natürlich von der notorischen Frau Dillinger begrüßt, die wie immer an der Fensterbank im Anschlag liegt.

„Griaß Eana, Herr Fischer, gibt's heid wieda des arabischs Zeigl zum Essn?"

„Nein, nein, Frau Dillinger, heut gibt's äh, Schlachtschüssel!"

„Ah, des is amoi wos rechts! An Guadn wünsch i!"

„Danke, Frau Dillinger, Danke!"

Und schon spurten die beiden in den rettenden Hausflur und ab nach oben.

„Da bin ich ja jetzt mal echt gespannt, was du vorhast!"

Und ich erst, wie ihr wohl reagiert!

„Lass dich überraschen. Und um die Spannung zu steigern, bekommst du jetzt noch eine kleine Augenbinde."

„Oh, eine Augenbinde!", *witzig, die bekommst du nachher auch noch aufgesetzt ... die wundersame Duplizität der Ereignisse ...*

Winfried legt Heidi die schwarze Samtbinde an und führt sie ganz vorsichtig in die Wohnung. Im Wohnzimmer ist bereits alles arrangiert. Die beiden gemütlichen Sessel sind so aufgestellt, dass sie sich direkt gegenüberstehen. Auf einem Tablett sind alkoholfreie Getränke hergerichtet. Alles Wertvolle und Zerbrechliche ist ansonsten weggeräumt, falls nachher tieffliegende Wurfgeschosse die Sicherheit im Raum gefährden sollten. Das Verbandszeug liegt unauffällig bereit.

„So, vorsichtig, setz dich hier in den Sessel. Möchtest du etwas trinken? Ein Wasser?"

„Ja, ein Wasser bitte. Was passiert jetzt?"

„Jetzt musst du noch einen kleinen Moment warten. Fünf Minuten vielleicht. Ich muss erst noch etwas vorbereiten. Entspann dich einfach, sei ganz locker und lehn dich zurück."

„O. k."

Heidi trinkt einen Schluck Wasser, stellt das Glas vorsichtig tastend auf dem Tischchen ab und lümmelt sich in den Sessel. Winfried geht ans Fenster und sieht gerade, wie Axel mit Doris ankommt. Perfektes Timing! Doris steigt aus und geht in Richtung Eingangstür.

„Ah, des Fräulein Doris!"

Frau Dillinger stellt ganz gegen ihre sonstige Gewohnheit keine lästigen Fragen, sondern starrt mit sperrangelweit geöffnetem Mund Doris hinterher, die mit einem fröhlichen *„Hallo!"* weiter zur Tür schreitet und ins Treppenhaus verschwindet. Sie steigt die Stufen hinauf und geht an Frau Dillingers Tür vorbei, weiter nach oben. Im ersten Stock nimmt sie schwungvoll die Kurve und erklimmt weiter die altehrwürdigknarzende Holztreppe. Schließlich gelangt sie ins dritte Stockwerk und sieht Winfried, der sie schon an der Haustüre erwartet. Um genau zu sein: vor der angelehnten Haustüre, was sie zwar etwas merkwürdig findet, aber vielleicht hat das ja etwas mit der Überra schung zu tun. Doris lächelt. Winfried lächelt auch. Er hat ein schwarzes Stück Stoff in der Hand. Gerade als sie ihn begrüßen möchte, dröhnt von weiter unten ein gellender Schrei durch das Treppenhaus:

„Aaaaahhhhh! Zu Hilfä, Hilfä, aaaaaahhh!"

Frau Dillinger! Um Gottes Willen!

„Hilfäää!"

Frau Dillinger schreit wie am Spieß. Irgendetwas Schreckliches muss da unten passiert sein. Winfried macht instinktiv einen Schritt nach vorne, beugt sich über das Treppengeländer und schaut nach unten. Hinter ihm macht es leise *klack!* Die angelehnte Tür ist ins Schloss gefallen. Doris hat zunächst auch kurz nach unten geblickt, ist aber mittlerweile schon im Galopp auf dem Weg die Treppe hinunter. Winfried stürzt hektisch hinterher.

„Hilfäää! Heard mi ebba? Aaaahhhh!"

Auch in Winfrieds Wohnung ist ganz leise eine zarte, fragende Stimme zu vernehmen.

„Winfried? Hallo?"

Heidi hat ganz vage ein gedämpftes Schreien im Hausflur gehört, und dann ist vermutlich die Tür ins Schloss gefallen. Jedenfalls klang das so. Winfried ist nicht wieder ins Zimmer zurückgekehrt. Das hätte sie an den Schritten auf dem Parkett gehört. Was er wohl vorhat? Naja, einfach noch eine Minute warten. Mal sehen, was passiert.

„Aaaahhh!"

Doris ist bereits unten angekommen und sieht Frau Dillinger mit schmerzverzerrtem Gesicht quer über der

Schwelle ihrer Wohnungstüre liegen. Sie windet sich in grässlichen Krämpfen und hält sich den Bauch.

„Frau Dillinger! Um Gotteswillen! Was ist denn mit ihnen?"

„An Sanka! I brauch dringend an Sanka! Schnell! Aaaaaaahhhh!"

„Der Bauch? Ist es der Bauch, Frau Dillinger?"

„Aaaahhhh, ja, an Sanka! Schnell! Bitte!"

Doris hat sofort ihr Handy aus der Tasche gekramt und ruft unmittelbar den Rettungsdienst an. Glück im Unglück. Der Sanka ist gerade am Tucherpark unterwegs. In drei Minuten kann er da sein, sagt die Rettungsleitstelle. Gott sei Dank.

„Der Sanka ist gleich da, Frau Dillinger. Haben sie etwas Komisches gegessen? Oder Medikamente genommen?"

„Aaaaaahhhhh, bitte, kennan's mit mir mitkemma? Aaaaaahhhh!"

„Ins Krankenhaus mitkommen?"

„Aaaaahhhh, jo, bitte, i bin doch sonst gonz aloa, aaaahhhh! Bitte!"

„Ja klar! Klar komm ich mit! Keine Frage."

Mittlerweile ist auch Winfried die Treppen herunter gekommen.

„Was ist denn los? Frau Dillinger!"

„Sie hat starke Schmerzen im Unterbauch. Der Notarzt kommt gleich. Ich fahr mit ihr ins Krankenhaus."

„Äh, ja, ich, äh …"

„Hat sie irgendwelche Verwandte, die du kennst?"

„Nein, keine …"

„Also ich fahr erst mal mit ihr mit. Die Arme braucht jetzt jemand. Guck mal, ob du einen Schlüssel findest, damit wir später wieder in die Wohnung kommen."

„Aaaahhhh, steckt!"

Der Haustürschlüssel steckt innen in der Tür. Winfried nimmt ihn an sich. Als er sich umdreht, um Frau Dillinger den Schlüssel zu zeigen, quasi als Beweis, dass er ihn auch gefunden hat, traut er seinen Augen nicht. Doris hat sich gerade kurz zur Seite gedreht, um es Frau Dillinger bis zur Ankunft des Notarztwagens etwas bequemer zu machen. Frau Dillinger bemerkt sofort diesen Moment des Unbeobachtetseins und: grinst ihn an! Und um dem Ganzen noch die Krone aufzusetzen, zwinkert sie ihm auch noch verschwörerisch zu. Nur für einen kurzen Augenblick. Ein kaum wahrnehmbarer Wimpernschlag. Und sofort fängt sie wieder zu wimmern an. Hält sich den Bauch und jammert wie ein orientalisches Klageweib.

Winfried versteht nichts. Gar nichts. Was war das denn gerade. Frau Dillinger simuliert einen Blinddarmdurchbruch oder Schlimmeres, schmeißt sich lauthals brüllend ins Treppenhaus, nur um ihm in einem unbeobachteten Moment zuzuzwinkern. Was um alles in der Welt …

Pling! Manchmal fällt es einem wie Schuppen von den Augen, sodass es fast hörbar ist. Das musste, ja, das war die Erklärung! Na klar! Frau Dillinger weiß, dass Doris und Heidi bei ihm und mit ihm verkehren. Und sie hat gesehen, wie er mit Heidi nach Hause kam. Und dann hat sie gesehen, dass Axel Doris im Hof abgesetzt hat. Und dass sie sich auf den Weg nach oben gemacht hat. Oben, wo bereits Heidi war. Frau Dillinger wollte ihn retten! Ihn nicht ins offene Messer laufen lassen. Ihn vor der ultimativen Katastrophe bewahren. Sie konnte ja nicht ahnen, dass er das alles genau so geplant hatte. Wahnsinn! Die alte Blockwartin als geheime Komplizin bei seinen verworrenen Frauengeschichten. Winfrieds Unterkiefer klappt runter und verharrt dort in ungläubiger Starre.

„Winfried! Guck jetzt nicht so! Der Notarzt kommt gleich! Los, pack mal mit an!"

In der Tat dröhnt draußen bereits das Martinshorn, die Schatten des Blaulichts jagen durch den Innenhof und ein knirschendes Geräusch lässt das Bremsen des Rettungswagens erahnen. Im Laufschritt eilen die Helfer herbei. Doris berichtet kurz, wie sie Frau Dillinger vorgefunden hat. Diese wird kurz untersucht, Puls, Ansprechbarkeit, Atmung, und dann entscheidet der entschlossene Notarzt ohne weiteren Zeitverlust. Sofort ab in die Notaufnahme. Verdacht auf Blinddarmdurchbruch oder sonst was Übles im Unterbauch. In Windeseile wird Frau Dillinger auf eine Trage gepackt und verschwindet im Inneren des Rettungswagens. Doris gibt Winfried einen schnellen Kuss und hüpft dann ebenfalls behände neben den Rettungssanitäter auf den Notsitz. Die Frage, ob sie eine Angehörige sei, beantwortet sie flott mit „Ja, die Nichte." Wahrscheinlich weiß sie als Anwältin, was sie in so einem Fall zu antworten hat. Das Martinshorn heult auf und mit quietschenden Reifen saust der Notarztwagen durch die Ausfahrt und entschwindet Winfrieds Blicken.

Der steht da wie gelähmt. Irgendwie hat er sich den Verlauf des heutigen Abends etwas anders vorgestellt. Schon auch irgendwie dramatisch und aufregend, vielleicht sogar mit Notarzt und Klinik. Aber wenn, dann bestenfalls mit ihm als Patienten, weil ihm die beiden Mädels eins über den Schädel gezogen oder sonst wie körperlich mit ihm interagiert hätten. Frauen können so brutal sein.

Aber dass die alte Dillinger sich zu so einem Akt der Selbstaufopferung hinreißen lässt, um ihn zu retten, das hätte er nie vermutet. Nie im Leben! Unfassbar!

„Winfried!"

Eine glockenklare Stimme schallt durch das altehrwürdige Treppenhaus. Weiter oben hat sich Heidi vor einigen Minuten entschlossen, nun doch keine Lust mehr zu haben. Außerdem war wohl ein Krankenwagen in den Hof gefahren. Irgendetwas war da faul. Also runter mit der Binde und mal kurz gecheckt, was los ist. Auf den ersten Blick ist im Zimmer alles wie immer. Sie ist jetzt ja schon ein paarmal dagewesen. Einzig merkwürdig ist, dass sie auf einem Sessel gegenüber einem anderen Sessel sitzt. Das wirkt sehr arrangiert. Wahrscheinlich wollte Winfried ihr gegenüber Platz nehmen, um dann mit der Überraschung loszulegen. Hoffentlich kein Heiratsantrag oder etwas Ähnliches. Winfried ist nicht da. Heidi ruft nach ihm und bekommt keine Antwort. Auch in dem kleinen Flur, in der Küche, im Bad und im Schlafzimmer ist kein Winfried zu sehen. Die Tür zum Treppenhaus ist zu. War er rausgegangen? Heidi öffnet die Tür und macht zwei Schritte nach draußen, wohl darauf achtend, dass die Tür diesmal nicht zufällt. Auch hier ist niemand zu sehen. Stille. Und dann ruft sie nochmal. Etwas lauter. Die Antwort kommt prompt.

„Heidi, ich bin hier unten! Ich komm hoch!"

Winfried klingt irgendwie gehetzt, nervös, körperlich angestrengt. Was hatte er denn bloß vorgehabt? Endlich erscheint er in der Biegung des Treppenhauses.

„Heidi, stell dir vor, Frau Dillinger, Blinddarm, Notarzt, Krankenhaus!"

War ihm plötzlich die Fähigkeit, in ganzen Sätzen zu sprechen, abhanden gekommen?

„Bitte?"

„Frau Dillinger, ich wollte gerade noch etwas für die Überraschung arrangieren, da höre ich ein wüstes Geschrei im Treppenhaus. Ich bin raus und dabei ist die Türe versehentlich ins Schloss gefallen. Unten lag Frau Dillinger im Treppenhaus und hat furchtbar geschrien. Sie hat sich den Bauch gehalten. Ich hab den Notarzt gerufen, und der hat sie sofort ins Krankenhaus mitgenommen. Das ging alles furchtbar schnell!"

„Oh Gott, die Arme!"

„Ja, und jetzt, jetzt brauch ich erst mal einen Drink! Wahnsinn ..."

„Komm rein. Soll ich dir ein Glas Wein einschenken?"

„Ja, bitte. Ich muss mich erst mal setzen."

„Hier, trink mal ein Schlückchen. Du bist ja ganz durch den Wind. Was hattest du denn eigentlich vor heute Abend? Überraschung mit Augenbinde, diese ...

Sesselkonstellation, was wolltest du denn Schönes zelebrieren?"

Das willst du jetzt nicht wirklich wissen!

„Ja wie gesagt: Überraschung! Aber das blasen wir für heute bitte ab. Ist jetzt irgendwie rum. Wird aber ganz sicher nachgeholt, versprochen!"

„O. k. Du, dann bleib ich aber auch nicht mehr allzu lange. Ich wollte mich heut Abend normalerweise noch mit einer Freundin treffen. Hätt ich natürlich für deine Überraschung sausen lassen. Du hast mich ja quasi entführt. Ich wusste nicht, dass du heut was geplant hattest …"

„Klar, kein Thema. Ist jetzt doch alles etwas anders gekommen …"

Winfried und Heidi plaudern noch eine Viertelstunde über dies und jenes und dann verabschiedet sich das blonde Zauberwesen.

„Soll ich dich noch wohin bringen?"

„Nö, ich nehm einfach die Tram. Passt schon. Wann sehen wir uns denn wieder? Ich meine wegen der Überraschung."

Die du, mein Lieber, wahrscheinlich heute noch erleben wirst, wenn ich nämlich nachher mit Doris das Timing für unsere ganz private Gerichtsverhandlung geklärt habe.

„Morgen geht's bei mir nicht, aber übermorgen schaut's gut aus. Wenn du da Zeit hast …"

„Ich glaub schon. Wir telefonieren einfach. Also, ich mach mich auf die Nylons. Ciao, mein Lieber."

„Ciao, ich ruf dich an."

Und schon schwebt Heidi elfengleich die Treppe hinunter, und Winfried blickt ihr wie immer vollkommen verzaubert hinterher. Keine fünf Sekunden später klingelt sein Telefon. Axel.

„Axel! Du glaubst nicht, was passiert ist!"

„Hey, du lebst ja noch!"

„Ja, logo. Also pass auf, voll die wilde Nummer. Doris kam gerade die Treppe hoch …"

Und schon wird ein weiterer Anruf angezeigt. Doris! Herrje, die ist ja mit Oma Dillinger noch im Krankenhaus.

„Alex, ich muss dich mal *on hold* legen. Doris ruft an!"

„Hä, wieso ruft die an? Ich dachte, die ist bei dir!"

„Ich ruf dich zurück, ciao."

Winfried nimmt Doris' Anruf entgegen.

„Hallo Doris, was ist los? Was sagt der Arzt?"

„Die wissen noch nichts. Also der Ultraschall gibt scheinbar nichts her, und jetzt ist Frau Dillinger erst mal zur Beobachtung hier. Scheint ihr auch schon wieder besser zu gehen. Sie hat eine Beruhigungsspritze und ein leichtes Schmerzmittel bekommen. Jetzt liegt sie in ihrem Bett und wimmert leise vor sich hin."

Aha, sie zieht die Schauspielernummer also voll durch! Sagenhaft, die Alte!

„Und du?"

„Ja, ich glaub, das war schon gut, dass ich mitgefahren bin. Die Arme war völlig hilflos. Hier ist sie jetzt erst mal versorgt, und morgen schau ich noch mal nach ihr. Oder du. Ist ja eigentlich deine Nachbarin."

„Klar. Soll ich dich abholen?"

„Ja, ich weiß nicht. Kommt da heut noch was mit deiner geplanten Überraschungsnummer?"

„Also ehrlich gesagt, wenn wir das verschieben können ... ich fürchte, das wird jetzt nichts mehr."

„Ja logo! War ja auch so Überraschung genug. Ich nehm mir dann von hier ein Taxi zur Kanzlei und hol mein Auto. Hatte ja eigentlich heut noch was mit einer Freundin geplant. Vor deiner Entführung. Übrigens: netter Kerl, dein Freund da, dieser Alex ..."

„Axel. Ja, Frauentyp halt."

„Genau, Axel. Was ist, sehen wir uns morgen?"

„Morgen ist gut. Ich ruf dich an, wenn ich im Büro fertig bin."

„Alles klar, dann dir noch einen schönen Abend und schlaf gut."

„Du auch, ciao!"

Winfried legt auf. Und lässt sich aufs Sofa fallen. Was für eine Wahnsinnsnummer! Frau Hermine Dillinger, geborene *Gschaftlhuber*, auch bekannt als Blockwartin, seine ewig nörgelnde Nachbarin, opfert sich für ihn, indem sie einen schweren Anfall eitriger Magen-Darm-Krätze simuliert und damit seinen perfekt getakteten und minutiös vorbereiteten Plan vollkommen torpediert. Einfach komplett irre!

„Doris, du glaubst nicht, was heute alles passiert ist!"

„Dann wart mal ab, bis ich dir meine Geschichte erzählt hab. Der volle Wahnsinn!"

„Wieso? Was war denn bei dir los?"

„Also, ich wollt mich grad fertig für den Feierabend machen, da kommt ein Freund von Winfried in die Kanzlei, ein gewisser Axel, knackiges Kerlchen übrigens, und sagt, dass er mich in Winfrieds Auftrag zu einer Überraschung abholen soll. O. k., bin ich halt mitgefahren. Zu Winfrieds Wohnung …"

„Zu seiner Wohnung?"

„Ja, pass auf. Wir kommen dort an, ich geh rein, und dieser Axel verschwindet sofort wieder von der Bildfläche. Kaum bin ich oben auf der Stiege vor Winfrieds Wohnung, geht unten ein Höllenlärm los. Die Hausmeisterin, die immer so neugierig ist, liegt im Treppenhaus und schreit, als würde man sie abstechen. Ich sofort wieder runter, den Notarzt angerufen und dann bin ich mit ihr in die Klinik gefahren, weil sie ja sonst niemand hat. War dann wohl alles halb so wild. Jedenfalls haben die Ärzte nichts Akutes gefunden. Hammer, oder?"

„Hammer, du sagst es! Weißt du, wer oben in der Wohnung saß, eine schwarze Binde über den Augen, in einem Sessel, der so arrangiert war, dass genau gegenüber noch ein zweiter Sessel stand? Wie zu einer Art Gegenüberstellung?"

„Öh, du?"

„Genau: ich! Das war die Überraschung! Doris, Winfried weiß Bescheid! Er muss Bescheid wissen! Ich weiß nicht, wie er's rausgefunden hat, aber überleg mal: Er will uns beide zur gleichen Zeit am gleichen Ort gewissermaßen Auge in Auge miteinander konfrontieren. Das ist doch aus seiner Sicht reiner Selbstmord! Außer er weiß, dass wir wissen, dass er denkt, dass wir alle … genau!"

„Lass mich mal scharf nachdenken: Und wenn er doch nichts wusste, sondern einfach nur reinen Tisch machen wollte? Schlechtes Gewissen? Moralattacke?"

„Das macht doch kein normaler Mensch! Stell dir vor, du hast zwei Lover, lädst sie zu dir ein und stellst sie einander vor: Lover 1, darf ich vorstellen, das ist Lover 2, der immer dran ist, wenn ich für dich keine Zeit habe. Lover 2, das ist Lover 1, der Grund, warum ich des Öfteren nicht verfügbar bin. Schön, dass wir hier heute so fröhlich zusammensitzen. Wer möchte Kekse? Oder lieber heißen Kakau? Das ist doch totaler Quatsch!"

„Da ist was dran. Das ist tatsächlich bescheuert. Da wäre er uns dann ja fast zuvorgekommen mit seiner Überraschungsnummer."

„Wieso fast? Du willst also immer noch …"

„Na klar! Jetzt erst recht! Ist ja sowieso schon egal. Heut um zehn, sonst dauert's wieder ewig, bis ich den großen Sitzungssaal bekomme. Alles schon ausgemacht. Ich ruf unser Bürschlein jetzt nochmal an, sag ihm, dass ich nachher noch etwas für ihn geplant habe und ansonsten läuft alles wie verabredet. Oder?"

„Ja klar, hast eigentlich recht. Alles nach Plan! Der soll heute schon noch seine Überraschung bekommen, unser *Mister Lover-Lover*. Da wird er allerdings staunen!"

„Ja, und zwar riesige Bauklötze!"

15

Kurz darauf klingelt bei Winfried erneut das Handy.

„Doris, hi, ich dachte, du bist schon mit deiner Freundin unterwegs!"

„Hallo Winfried, nö, ich hab's mir anders überlegt. Du hast dir doch heute bestimmt was Tolles ausgedacht, und dann ist alles in die Hose gegangen. Wegen Frau Dillinger. Und deshalb wollte ich dich nachher noch meinerseits zu einer kleinen Überraschung einladen. So als kleinen Trost. Was sagst du?"

„Öh, ja, super! Klar! Was hast du denn vor?"

„Winfried! Überraschung! Da wird nichts verraten!"

„O. k. Und wie, wo, was?"

„Kannst du um halb zehn am Justizpalast sein? Am Haupteingang in der Prielmayerstraße?"

„Justizpalast? Werde ich verurteilt?"

„Ja, Höchststrafe! Klappt das?"

„Klar, ich bin da."

„Super! Ich hol dich pünktlich vorm Haupteingang ab. Bis dann!"

„Alles klar, bis später ..."

Justizpalast? Um halb zehn? Ok, das ist wirklich mal eine Überraschung. Aber vielleicht geht's ja ganz woandershin, und das ist nur der Treffpunkt. Möglicherweise gibt's da um die Ecke ein fröhliches Meineid-Stübchen oder sonst eine Juristenkneipe, wo sie mit ihm hingehen möchte. Dort, wo sich alle nach dem Richterspruch treffen und nachverhandeln. Oder gegebenenfalls auch schon mal vorher alles ausbaldowern.

Heute Freispruch, morgen Vergleich und übermorgen Tod durch Verfahrensdauer. Manche Dinge regeln sich ja im Rechtsgeschäft ganz von alleine. Mit der Zeit. Also gut, doch noch eine Überraschung heute!

Winfried wirft einen kurzen Blick auf seine Uhr. Noch gut neunzig Minuten Zeit. Das reicht. Duschen, umziehen, hinfahren. Alles easy.

Eine Stunde später verlässt Winfried frohen Mutes und vollkommen ahnungslos das Haus. Bei Frau Dillinger ist logischerweise alles dunkel. Da muss er morgen unbedingt mal im Krankenhaus vorbeischauen. Mit Blumen und so. Jetzt aber erst mal zum Justizpalast.

„Winnie! Was warr denn das eute fürr ein Affesirküs? Ers kömmt die Frölein Eidi mit dir ier an, dann kömmt die Frölein Döris ünn dann kömmt die Ambulance! Ünn die ohlt die Frau Dillinschär ab! Ünn die Frölein Döris geht mit in die kranke Auto! Isch ab gedach, jetz gib ein Riesenkataströph!"

„Ja, das war wirklich spannend heute, sehr spannend."

„Isch verschteh nisch!"

„Ich hatte vor, Heidi und Doris reinen Wein einzuschenken."

„Oh!"

„Und Frau Dillinger hat wohl Heidi und mich kommen sehen. Und dann kam Axel mit Doris an. Das hat Frau Dillinger auch gesehen, und dann hat sie offenbar einen Anfall simuliert, um zu verhindern, dass ich mit den beiden Mädels Ärger bekomme. Und dann kam der Krankenwagen und Doris ist netterweise mitgefahren, weil Frau Dillinger ja sonst niemanden mehr hat."

„Das is aber särr nett von die Frölein Doris. Aber warüm at die Frau Dillinschär das gemach?"

„Das weiß ich auch nicht. Sie ist ja eigentlich eher so altbacken, konservativ und rennt bestimmt jeden Sonntag in die Kirche."

„Mach sie nisch. Sie gück immär aus die Fenstär. Auch die Sonntag."

„Aha. Du kennst dich ja aus."

„Isch bin ja immer in die Öf, wenn du noch in die Bett liegs. Isch glaub, sie mag disch."

„Wieso denn das? Sie hängt den ganzen Tag am Fenster, löchert mich immer nur mit blöden Fragen und ist einfach schrecklich neugierig."

„Sag isch doch: Sie mag disch! Deswege at sie das gemach. Um disch zu rette. Als Schützengel!"

„Ja nun. Ich geh sie morgen im Krankenhaus besuchen. Und jetzt geht's zum Justizpalast. Zu Doris. Ein Überraschungs-Rendezvous."

„Oh lala, as du denn noch nisch genug fürr eute?"

„Eigentlich schon, aber mal sehn, was der angebrochene Abend noch so bringt. Viel schlimmer kann's ja nicht mehr werden."

„Doch!", denkt sich der ältliche Tunikaträger, der gut versteckt im Halbschatten hinter der Restmülltonne steht, „und zwar noch viel, viel schlimmer ...", und schmunzelt still vor sich hin.

Der Justizpalast ist ein geschichtsträchtiges, neobarockes Gerichts- und Verwaltungsgebäude in der Nähe des berühmten Stachus, der ja eigentlich offiziell Karlsplatz heißt. Das Landgericht München I tagt hier, und das Bayerische Staatsministerium der Justiz hat ebenda seinen Sitz. In diesem imposanten Gebäude fanden während der Nazi-Zeit die Prozesse gegen die Mitglieder der *Weißen Rose* statt.

Als Winfried ankommt, ist er natürlich wieder mal zehn Minuten zu früh. Ein weiterer Beitrag zu seiner lebenslangen Wartezeit. Schade, dass man Zeit nicht einfach bunkern kann. Konservieren. Wenn man mal zu spät dran ist, macht man einfach noch zehn Minuten Zeit auf, die man irgendwann vorher unnütz hätte warten müssen, sie aber einfach in die große Zeitdose gepackt hat. Winfried überlegt, was wohl Einstein zu so einer Möglichkeit des Zeitsparens gesagt hätte. Wahrscheinlich wäre sein Raum-Zeit-Kontinuum dabei durcheinandergeraten. Oder Schlimmeres. Naja, zehn Minuten sind ja mal schnell heruntergewartet und schon sieht Winfried ein seltsames Licht hinter den Türen des Eingangsportals. Es sieht aus wie der Lichtkegel einer Taschenlampe, der sich auf die Tür zubewegt. Und schon öffnet sich auch einer der schweren Flügel und Doris' Kopf erscheint im schmalen Spalt zwischen Gerechtigkeit und Wahrheit.

„Schnell! Komm rein!"

Winfried spurtet die Stufen hoch und betritt das El Dorado der bayerischen Rechtsprechung.

„Na?", begrüßt ihn Doris und schlingt ihren Arm um seinen Hals, gefolgt von einem langen Kuss. „Lust auf eine Verhandlung mit ungewissem Ausgang und ohne Berufung?"

Kommt jetzt doch die Nummer mit dem Hämmerchen? Winfried grinst und fügt sich in die juristische Diktion ein.

„Also, zunächst möchte ich meinen Anwalt und dann noch dessen Anwalt sprechen, danach möchte ich wissen, was mir vorgeworfen wird, und überhaupt zweifle ich die Zuständigkeit und Rechtmäßigkeit dieses Gerichts an. Denn: Die Richterin ist befangen!"

„Sie haben das Recht zu schweigen!", lächelt Doris. „Komm mit. Ich zeig dir das Allerheiligste!"

Winfried und Doris gehen durch Gänge und Verbindungstrakte, bis sie schließlich vor einer Tür stehen, neben der ein eher bescheidenes Schild auf den „Großen Sitzungssaal" der bayerischen Gerichtsbarkeit hinweist. Doris öffnet die Tür und zieht Winfried sanft hinter sich in den Saal. Der stand noch nie im Leben vor Gericht, ist ohnehin ein ziemlich unbescholtener Bürger, der höchstens mal einen Strafzettel wegen Falschparkens bekommen hat, und blickt sich neugierig in der fremden Umgebung um.

„So, mein Lieber. Überraschung heißt natürlich auch immer ein wenig Geduld mitbringen. Du setzt dich jetzt brav hier auf die Anklagebank, und dann kommt auch gleich der Richter und macht kurzen Prozess mit dir, ja?"

„Ich war's nicht! Ich bin unschuldig!"

Das glaubst aber auch nur du!

„Das entscheidet der Richter! Schön abwarten!"

Winfried setzt sich wie geheißen auf die Arme-Sünder-Bank und Doris verschwindet hinter einer unscheinbaren Tür an der Rückseite des Saales. Es vergehen zwei Minuten leicht angespannten Wartens (schon wieder warten!) und Winfried wird plötzlich durch das Erscheinen einer Richterin in vollem Ornat elektrisiert. Doris! Mit allem, was man so erwartet. Schwarze Robe, ein kesses Richterhütchen und natürlich der obligatorische Hammer. Mit wenigen Schritten hat sie ihren Platz als Vorsitzende Richterin eingenommen und schaut gestreng auf Winfried hinab.

Also doch: Die geile Nummer mit dem Hämmerchen! Das war ja nun wirklich mal eine Überraschung. Wahrscheinlich hat sie nichts unter der Robe an. Außer vielleicht schwarzen Halterlosen und einem seidenen Höschen.

Doris blickt kurz durch den leeren Saal und dann bleibt ihr gestrenges Auge auf Winfried hängen.

„Hiermit eröffne ich das Hauptverfahren ‚Die weibliche Gerechtigkeit gegen Winfried Fischer'! Ich darf zunächst die Staatsanwaltschaft bitten, die Anklageschrift zu verlesen."

Winfried lächelt ein letztes Mal in Richtung Doris, bevor seine Gesichtszüge bei geschätzten minus 200°C schlagartig den berühmt-berüchtigten Blitzgefriertod sterben. Rechts von ihm, vollkommen unerwartet, erhebt sich hinter der Balustrade der Staatsanwaltschaft eine Gestalt in ebenfalls schwarzer Robe, schüttelt kurz ihre blonden Locken und grinst ihn an, wie ein mitleidloser, kalter Schlächter, der gerade mit absoluter Gefühlslosigkeit den groben Stahl des Bolzens in das Schussgerät eingelegt hat. Heidi! Mit der tonlosen Stimme eines nüchternen Bürokraten beginnt sie mit der Anklageverlesung ohne den Blick auch nur für eine Sekunde von Winfried zu nehmen.

„Winfried Fischer! Sie werden beschuldigt, vorsätzlich und ohne schuldmindernde Umstände mehrfach und fortgesetzt zwei unschuldige Damen kontaktiert zu haben. Sie haben sich darüber hinaus in einem Zeitraum von mehr als vier Monaten abwechselnd mit den Damen getroffen, sich mit ihnen vergnügt und sogar Geschlechtsverkehr ausgeübt. Außerdem haben Sie sich durch entsprechendes Verhalten unrechtmäßigen Zutritt in das private, sozusagen intime Umfeld der Damen verschafft und daraus Ihren persönlichen Vorteil gezogen. Es liegt also der Straftatbestand der Sogutwie-Bigamie, des vorsätzlichen Beziehungsbetruges, der beabsichtigten Vorteilsnahme im und außerhalb des Amts und der gemeinen, dreisten Schuftigkeit vor. Die Staatsanwaltschaft beantragt die Höchststrafe!"

Winfried sitzt da wie die Darstellung des auf dem elektrischen Stuhl zum Tode Verurteilten in Madame Tussauds Wachsfigurenkabinett. Das Gesicht ist vollkommen blutleer, der Mund leicht geöffnet und der starre Blick bereitet sich langsam auf die Begegnung mit den Pforten der Hölle vor. Ungläubig bewegt er seinen Hals und dreht den Kopf in Richtung Doris. Genau wie bei Heidi lastet auch ihr schwerer Blick vollkommen unbarmherzig auf ihm. O. k. Überraschung gelungen. Wirklich gelungen! Was jetzt? Winfried überlegt. Verteidigung! Vor Gericht gibt es doch immer einen Verteidiger. Und wenn man sich keinen leisten kann, gibt's halt einen Pflichtverteidiger. Also Flucht nach vorne. Wenn schon Gerichtsverfahren, dann richtig!

„Verteidiger! Ich möchte mich mit meinem Verteidiger beraten!"

Das möchte Winfried gerne sagen, aber sein Mund ist so trocken, dass er den Satz erst im dritten Anlauf und nach mehrfachem, hartem Schlucken hervorbringt.

„Wegen der Schwere der Vergehen wurde die Bestellung eines Pflichtverteidigers abgelehnt. Sie können sich gerne mit sich selbst beraten!", traf ihn unvermittelt der Bescheid der Vorsitzenden Richterin Doris Mehringer, charmant begleitet von einem süffisanten Lächeln.

„Und was ist mit Rechtsstaat?"

„Der Rechtsstaat wird hier vertreten durch die Vorsitzende Richterin, also durch mich, und durch die Staatsanwaltschaft, also durch Staatsanwältin Terpisch. Und damit das auch klar ist: Das Urteil steht bereits fest! Und Berufung gibt's keine! Basta!"

„Ist das nicht ein wenig ungerecht?"

„Ungerecht? Freundchen, ungerecht ist das, was du mit uns die letzten Monate angestellt hast! Machst hier fröhlich mit zwei Frauen rum und denkst, das geht schon alles irgendwie gut. Denkst, wir sind zu blöd, das rauszufinden. Da hast du dich aber geschnitten, mein Lieber!"

Na immerhin ist jetzt das befremdliche „Sie" vom Tisch und es wird sich wieder geduzt. Winfried hat mittlerweile seine Fassung ein wenig zurückgewonnen.

„Und wie lautet denn das Urteil?"

„Erst verteidigst du dich mal schön!"

„Wozu soll ich mich denn verteidigen, wenn das Urteil ja sowieso schon feststeht?"

„Weil wir gerne hören möchten, was du dir dabei so gedacht hast."

So, denkt sich Winfried, jetzt ist es dann doch mal Zeit, ein wenig auf Angriff umzuschalten.

„Was ich mir so gedacht habe? Was habt ihr euch denn so gedacht, als ihr rausgefunden habt, was da so läuft. Da habt ihr ja auch ganz fröhlich mitgespielt. Einfach so. Sehe ich da etwa eine nicht unerhebliche Teilschuld beim Hohen Gericht?"

„Das steht hier nicht zur Debatte. Es wird ausschließlich dein Fall verhandelt, und außerdem gibt es da ja auch noch eine gewisse zeitliche Abfolge. Du hast nämlich mit der ganzen Geschichte angefangen, nicht wir!"

„Genau! Und wir wollen jetzt wissen, wieso? Hat dir eine nicht gereicht? Denkst du, dass du so was wie Superman bist?", ergänzt Heidi.

Nein, das denkt Winfried nicht wirklich. Aber im Prinzip läuft ja gerade genau die Situation, die er heute sowieso herbeiführen wollte. Und auf die er sich vorbereitet hatte. Gut, dann also eine Pseudo-Gerichtsverhandlung. Winfried kann genauso gut hier sein Plädoyer halten. Ist jetzt zwar anders gelaufen, als ursprünglich geplant, aber Flexibilität ist eben alles in der heutigen Zeit. Winfried schweigt eine Weile. Die Spannung knistert. Winfried blickt abwechselnd von Doris zu Heidi und wieder zurück.

„Hohes Gericht, ich möchte ein Geständnis ablegen."

„Wir hören, Angeklagter!"

Ein kaum erkennbares, ganz leises Schmunzeln der staatlichen Gewaltenträger muntert Winfried noch zusätzlich auf. Vielleicht wird das Urteil ja doch nicht so streng. Vielleicht ist die Strafe ja ertragbar. Winfried räuspert sich kurz, steht auf und beginnt:

„Ich bekenne mich in allen Anklagepunkten für ..."

... Kleine Kunstpause ...

„... schuldig! Ja, ich hab Mist gebaut, aber ich hatte einen guten Grund. Den besten Grund, den es gibt: Ich war, nein, ich bin immer noch verliebt. Und zwar in euch beide! Ich habe euch ganz kurz hintereinander kennengelernt. Das war nicht die feine Art, zugegeben. Aber ich konnte mich einfach nicht entscheiden. Ich konnte einfach nicht eine von euch wegen der anderen verlassen. Und wer sagt denn überhaupt, dass man sich entscheiden muss? Wer sagt denn bitte, dass man nicht zwei Menschen mit der gleichen Intensität, mit der gleichen Tiefe und mit der gleichen Aufrichtigkeit lieben kann? Klar, ich weiß, da sind schon ein paar ganz unbedeutende Institutionen, die das sagen. Die Kirche zum Beispiel. Da darf man keinen Gott neben dem Einen haben und daher auch keine andere Frau neben der einen, die man nun mal hat. Aber das ist die gleiche Kirche, die Alimente für Pfarrerskinder zahlt, Unzucht mit Schutzbefohlenen treibt und Milliarden hortet, statt sie an die Armen zu verteilen. Die können mich mal! Und dann noch der Staat, der in das gleiche Horn bläst. Die Einehe ist das allein Rechtskonforme, alles andere ist verboten. Das macht unser Staat ganz besonders gerne: Verbieten! Und selbstverständlich kommt dann noch die Gesellschaft mit ihrer kleinen Schwester, der Moral. Natürlich darf man da seine Frau nach Strich und Faden betrügen, auf Dienstreisen im Ausland mit heißen Mädels wilde Orgien feiern, ins Puff gehen oder sich eine kostspielige Geliebte halten. Aber es darf eben keiner wissen. Sonst kommt nämlich der große Bruder von Gesellschaft und Moral, der erhobene Zeigefinger. Und der zeigt nicht nur auf dich, der zerquetscht dich förmlich im Lichte und Glanze der Öffentlichkeit. Unbarmherzig und ohne Rücksicht. Alles wendet sich betroffen ab und hofft nur, dass die eigenen Sünden bloß nicht ans Tageslicht kommen. Ich fasse kurz zusammen: Die Instanzen Kirche, Staat, Gesellschaft und Moral sind also gegen mich. Gut. Wo sind denn meine Fürsprecher? In den beschriebenen Maßstäben von Gut und Böse gemessen sind sie leider sehr weit weg. In den USA vielleicht, bei den Mormonen. Oder in der Islamischen Welt. Oder auch in vereinzelten Völkern der Südsee, des Amazonas oder sonst wo auf der Welt. Aber natürlich auch in den seltenen Matriarchaten dieser Erde, wo möglicherweise eine Frau drei Liebhaber oder gar zwölf Ehemänner hat, und wo das ganz normal ist. Nur halt nicht hier, in Deutschland. Also brauch ich einen anderen Retter aus der Not. Und da bleibt mir nur: Die Liebe selbst. Oder damit das nicht allzu pathetisch klingt: Zuneigung, Verbundenheit oder einfach nur das gute Gefühl, mit dem Anderen zusammen zu sein. Ich hab überlegt. Ich hab nachgedacht. Und ich hab gekämpft. Aber ich kann das nicht. Ich kann mich nicht entscheiden. Und wenn ihr mir nachher die Pistole auf die Brust setzt, dann bleib ich trotzdem dabei. Lieber keine von euch beiden, lieber einsamer Eremit bis zum Sankt-Nimmerleins-Tag, als eine Entscheidung für die eine Wahre und Richtige. Das ist mein Fehler, mein böses Vergehen, meine üble Schandtat, und da steh ich dazu. Ohne Wenn und Aber. So, basta! Und jetzt will ich endlich mein Urteil!"

Es ist plötzlich ganz still im Gerichtssaal. Heidi und Doris starren gebannt auf Winfried, den Geständigen. Der lässt seinen Blick zwischen den beiden Vertretern der Gerichtsbarkeit wandern. Von links nach rechts und wieder zurück. Hin und her. Es ist immer noch mucksmäuschenstill. Mickey-Mouse-still, wie Claudette sagen würde.

Doris ist die erste, die die Stille bricht. Auch ihre Stimme klingt jetzt ein wenig zittrig, oder doch zumindest ergriffen.

„Das Hohe Gericht zieht sich zu einer kurzen Beratung zurück!", flüstert sie und bedeutet Heidi mit einer Kopfbewegung, zu ihr zu kommen.

„Wieso Beratung? Ich denke, das Urteil steht schon fest!", beschwert sich Winfried.

„Es haben sich wider Erwarten neue Ansatzpunkte ergeben", ist die lapidare Antwort, die jetzt auch schon wieder mit etwas festerer Stimme vorgetragen wird. Heidi steht hinter ihrem Staatsanwaltpult auf und geht zu Doris hinüber. Winfried beobachtet, wie die beiden ihre Köpfe zusammenstecken und leise tuscheln.

„Das war ja richtig ... ergreifend."

„Ich glaub, der meint das ganz ehrlich so. Ohne Macho-Arschloch-Nummer oder Mister Super-Lover. Einfach ganz … normal."

„Und was machen wir jetzt mit ihm?"

„Verurteilen natürlich! Alles wie geplant. Wie abgesprochen."

„O. k., du bist ja die ‚Richterin'. Dann leg mal los."

Doris dreht sich zu Winfried, während Heidi neben ihr stehen bleibt.

„Angeklagter, erheben Sie sich!"

„Hallo? Muss denn nicht der Staatsanwalt wieder auf seinen Platz?"

„Ruhe im Gerichtssaal!"

„Ich mein ja nur …"

„Deine Meinung ist jetzt grad nicht gefragt. Also: Im Namen des Volkes ergeht hiermit folgendes Urteil: Der Angeklagte Winfried Fischer wird in allen Anklagepunkten für schuldig befunden. Mildernde Umstände konnten keine geltend gemacht werden. Daher wird auch die Strafe ohne Rücksicht auf die sonstigen Erklärungen des Angeklagten auf das Höchstmaß festgesetzt. Der Angeklagte wird zu einer noch unbestimmten Anzahl von Tagessätzen verurteilt, die er mit den Geschädigten seines Verhaltens zu verbringen hat. Dabei hat er sich exakt an die Anweisungen der Geschädigten zu halten, was die Ausgestaltung dieser Tage angeht. Insbesondere hat er seinen Standard in Sachen Unternehmungslustigkeit, Humor, Kommunikationswilligkeit und Bildung mindestens zu halten, wenn nicht gar zu steigern. Zusätzlich hat er sich weiterhin als Liebhaber bereitzuhalten und auch hier seine Fähigkeiten mindestens auf dem bisherigen Niveau zu belassen. Der Angeklagte wird konkrete Absprachen mit den Geschädigten treffen, um seine jeweilige Verfügbarkeit sicherzustellen. Diese Regelung gilt bis auf unbestimmte Zeit. Sollte sich der Angeklagte nicht nach den Wünschen der Geschädigten verhalten, wird er geteert, gefedert, durch die Straßen Münchens gejagt und anschließend am Marienplatz vor dem Brunnen an den Pranger gestellt, so lange, bis Ostern auf einen Mittwoch fällt. Das Urteil ist sofort rechtskräftig. Einspruch, Revision oder sonstige Widerworte sind nicht zulässig."

Und damit knallt Doris das kleine Hämmerchen so dermaßen auf den Richtertisch, dass der ganze Saal dröhnt.

„Das ist ja, äh, wie ein Freispruch!" Winfried lächelt unsicher.

„Eben! Und du unwürdiger Wurm tust gut daran, dich peinlich genau an das Urteil zu halten. Ein zweites Mal geht das nicht so glimpflich ab, Freundchen!"

„Und ihr … also ich meine … das macht euch…"

„Mist, jetzt müssen wir uns doch einen anderen suchen. Er hat das normale Sprechen in ganzen Sätzen verlernt."

„Nein, ich bin nur … äh, überrascht. Das macht euch nichts aus? Ihr spielt da einfach so mit und seid auch nicht aufeinander … naja, eifersüchtig?"

„Wir sind die Gewinner in diesem Spiel. Das hast du nur noch nicht ganz verstanden. Wir bestimmen hier, was läuft. Und du bist unser Begleiter, unser Charmeur, unser Liebhaber. Immer dann, wenn wir einen brauchen. Und immer dann nicht, wenn wir was anderes zu tun haben. Das ist nicht leicht heutzutage als moderne Frau mit Karriereambitionen. Männer wollen in der Regel besitzen. Uns kann man aber nun mal nicht besitzen."

„Nö, uns kann man ab und zu mal genießen, wenn man brav ist. Und ansonsten brauchen wir keinen Mann, der uns sagt, was Sache ist. Wir sagen nämlich selbst, was Sache ist. Und wir haben dich glückliche Kreatur auserkoren, uns bespaßen zu dürfen. Freu dich!"

„Und wie geht das jetzt weiter?"

„So wie die Richterin dir das gerade erklärt hat. Hast du nicht zugehört? Morgen Abend hast du dich ja schon mit Doris verabredet. Das passt mir gut, weil ich da sowieso in Hamburg bin. Aber übermorgen bin ich wieder da und dann kümmerst du dich gefälligst mit ausgesuchter Liebenswürdigkeit um mich. Ich möchte gern ins Kino, den neuen Hobbit-Film sehen, und hinterher wär was Italienisches recht. Und die weiteren Termine bekommst du dann eben zugeteilt. Ist doch ganz einfach!"

„Öh, ja, ganz einfach."

„Siehst du, geht doch. So, das war jetzt ein langer Tag. Ich bin hundemüde. Morgen früh gehen wir alle zusammen zu Frau Dillinger ins Krankenhaus und schauen nach ihr. Und klären sie auf. Hoffentlich kriegt sie keinen Herzinfarkt, die Gute. Und morgen Abend fahren wir nach Starnberg. Wird Zeit, dass du mal ein paar Freunde von mir kennenlernst. Zugegeben, Juristenparty, aber nette Leute. Ich mach jetzt einen schlanken Schuh und ihr kommt besser mit mir, sonst seid ihr nämlich hier drinnen bis morgen früh gefangen."

Und so verlassen die drei in ihrer neuen, noch sehr ungewohnten Konstellation den Justizpalast. Doris parkt um die Ecke und nimmt Heidi mit nach Hause. Winfried verabschiedet sich noch immer etwas verwirrt von seinen beiden, tja, wie sagt man jetzt? Geliebten? Lebensgefährtinnen? Herrinnen? Wie auch immer. Küsschen links, Küsschen rechts, und er geht zu seinem Wagen. Ach ja, da wartet ja noch eine ...

„Winnie, du bis ein bisschen blass. Was is passiert?"
„Ich war bei einer Gerichtsverhandlung."
„Ein Gerischverandlüng? Mitte in die Nacht?"
„Ja, und auch noch ohne Verteidiger!"
„Isch verschteh nisch ..."
„Mit Doris."
„Ah, Doris is ja Anwältin, nisch warr?"
„Ja. Und mit Heidi."
„Eidi! Aber das is ja, wie ...?"
„Die beiden haben mich vor Gericht gestellt und angeklagt."
„Sei bloß froh, dass die Todeschtraff nisch mehr gib!"
„Ganz im Gegenteil. Ich bin quasi freigesprochen. Alles bleibt wie gehabt. Die beiden sind sich einig. Ich bin sozusagen ihr Part-Time-Lover. Heute Doris, morgen Heidi und alles ist gut. Die wollen gar keine klassische Beziehung so mit Vater, Mutter, Kind. Die wollen

jemand, der für sie da ist, wenn sie jemand brauchen. Und wenn nicht, dann nicht.

„Das is särr merkwürdisch."

„Ja, aber gut. Passt halt einfach. Ich brauch auch keine moralisch korrekte Beziehung. Ich mag beide und beide mögen irgendwie, nun ja: mich. Besser geht's doch gar nicht. So, und jetzt ab nach Hause. Ich muss dringend schlafen!"

„Bon! Alors, Ende gütt, alle gütt, oder wie sag man? Sie abe irr Siel erreisch. Irr Siel befinde sisch links und reschs."

Epilog

Klinikum rechts der Isar, Innere Abteilung, Zimmer 523. Frau Dillinger sitzt aufrecht in ihrem Bett und ist mit sich und der Welt sehr zufrieden. Sie hat geschlafen wie ein kleines Baby. Sie trägt ein geblümtes Nachthemd, das ihr vom Krankenhaus zur Verfügung gestellt wurde. Irgendwie hatte es das Fräulein Doris hinbekommen, dass sie in einem schicken Einzelzimmer mit moderner Einrichtung, Kabelfernsehen und Chefarztbehandlung untergebracht ist. Sie weiß natürlich nicht, dass Doris beste Beziehungen zur Verwaltungsleitung der Klinik hat und dass ein kurzer Hinweis genügte, sie entsprechend zu beherbergen. Schwester Ramona, eine wahre Schönheit irgendwo aus Andalusien, war auch schon da und hat das Frühstück gebracht. Dampfender Bohnenkaffee, frische Brötchen, Wurst, Käse, Marmelade, Quark und Obstsalat. Alles wunderbar. Hier könnte sie es durchaus noch eine ganze Weile aushalten. Wie im Urlaub. Die Sonne scheint ins Zimmer und gleich kommt bestimmt ein netter Arzt und fragt sie, wie es ihr heute geht. Das wird sie sich dann noch überlegen. Die schrecklichen Krämpfe sind wie durch ein Wunder über Nacht verschwunden. Vielleicht aber lieber noch zwei, drei Tage zur Beobachtung dableiben. Sicher ist sicher. Man weiß ja nie. Frau Dillinger schürzt ihren Wurstzipfelmund und schlürft genüsslich an ihrer Kaffeetasse

Plötzlich öffnet sich die Tür. Es ist aber nicht der nette Stationsarzt, sondern das Fräulein Doris. Mit einem wunderschönen Blumenstrauß. Frau Dillinger grinst über das ganze Gesicht, sodass sich ihre unzähligen Falten wie bei einem hundertjährigen Lederapfel eng aneinanderreihen. Das ist aber nett von dem Fräulein Doris. Dann kommt aber auch noch das blonde Fräulein durch die Tür, und statt dem Araberessen hat sie einen kleinen, hübsch drapierten Fresskorb dabei. Frau Dillinger erkennt Bananen, rote Trauben, eine Schachtel mit Vollkornkeksen und diverse andere Leckereien. Ihre Kinnlade folgt den Gesetzen der Schwerkraft. Ihr Mund steht offen und die Augen weiten sich wie bei einer buntgefleckten Kuh, wenn der Blitz in die Tränke unmittelbar neben ihr einschlägt. Und dann kommt auch noch der Herr Fischer! Mit einer riesigen Flasche Doppelherz! Frau Dillinger stockt der Atem. Sie wird blass wie ein Nachtgespenst und zieht unwillkürlich die Decke unters Kinn.

„Herr Fischer …" ist alles, was sie sagen kann.

„Frau Dillinger, wie geht's Ihnen denn heute?", sagt Winfried und zwinkert ihr genauso verschwörerisch zu wie sie ihm gestern.

„Mir, äh, ja, oiso scho besser, fui besser …"

„Fräulein Doris kennen Sie ja schon namentlich. Und das hier ist das Fräulein Heidi. Ich gebe den beiden Damen ja manchmal Schachunterricht, wie sie wissen. Und nachts beobachten wir auch gerne die Sterne mit meinem Teleskop. Auch so ein Hobby von uns. Und wir sind natürlich sehr gut befreundet."

Winfried zwinkert Frau Dillinger so auffällig zu, dass sogar Karl Napf, der Erfinder der abwaschbaren Bratwurst bemerkt hätte, was hier wirklich läuft. Aber der ist nun mal nicht anwesend.

„Ja aber, i hob denkt, dass …"

„Jaja, Frau Dillinger, sie dachten möglicherweise, dass da unlautere Dinge vor sich gehen. Aber nicht doch, nicht doch! Seien Sie ganz unbesorgt. Alles vollkommen harmlos." Winfried zwinkert ihr erneut zu.

Doris und Heidi grinsen wie zwei Honigkuchenpferde. Frau Dillinger scheint sich wieder gefangen zu haben und schürzt ihren Wurstzipfelmund.

„Jo, dann bin i aber, ja so was, Herr Fischer! I hob gor ned gewusst, dass se Schach schbuin. Unn nachts an Himmel oschaung. Ja, unn de scheena Bleami!"

„Ja, Frau Dillinger, und meine Lieblingseröffnung beim Schach ist das Bespringen der Damen mit der großen Rochade und anschließend seh' ich dann Sterne am Himmel…" denkt sich Winfried und sagt:

„Gell, Frau Dillinger, und jetzt werden'S erst mal wieder ganz gesund und dann holen wir Sie ab. Nach Hause ins Lehel. Paradiesstraße 3 im Hochparterre. Da gehören'S doch hin."

„Ja, Herr Fischer. Und dann kemman'S mi olle amoi bsuacha unn i back an scheena Kuacha. Für Sie, für des Fräulein Doris und für des Fräulein Heidi."

„So machen wir's. Versprochen!"

Und so findet alles doch noch ein gutes Ende. Für Winfried, für Heidi, für Doris und auch für Frau Dillinger. Und natürlich für Claudette. Winfried hat beschlossen, sie einfach als gegeben hinzunehmen und nicht mehr weiter über ihre Existenz und deren Unmöglichkeit nachzudenken. Es gibt halt Dinge zwischen Himmel und Erde …

Nur den langhaarigen, etwas untersetzten, südländisch wirkenden Reinigungsgehilfen, der draußen auf dem Krankenhausflur mit Sandalen und einem merkwürdig anmutenden Kittel bekleidet seinen Besenwagen vor sich hin schiebt, hört man leise fluchen …

… es klingt irgendwie altgriechisch.

ÄNDEH

FSC
www.fsc.org
MIX
Papier | Fördert
gute Waldnutzung
FSC® C083411

Zeitfracht Medien GmbH
Ferdinand-Jühlke-Straße 7
99095 Erfurt, Deutschland
produktsicherheit@kolibri360.de